纳兰词评注

（清）纳兰性德 著

徐燕婷 朱惠国 评注

北京联合出版公司
Beijing United Publishing Co.,Ltd.

目录

卷　二

卷　三

卷　四

卷　五

补遗卷一

补遗卷二

前　言

纳兰性德（1655—1685），字容若，号楞伽山人。原名成德，因避太子讳改名性德。满洲正黄旗人。纳兰性德生于钟鸣鼎食之家，父亲为权倾朝野的武英殿大学士明珠。母亲觉罗氏为英亲王阿济格第五女，一品诰命夫人。原配卢氏为两广总督、尚书卢兴祖之女。纳兰家族与皇室的姻亲关系十分紧密。因此，纳兰性德一出生，便已注定了荣华富贵，加之其自幼聪颖，才华横溢，年仅二十二岁进士及第，后留在康熙皇帝身边做御前侍卫，多次随皇帝出巡。三十一岁因病谢世，令人扼腕。

纳兰性德的感情生活一向为人所关注。康熙十三年（1674），二十岁的纳兰性德娶卢氏为妻，卢氏端庄美丽，善于琴书，贤良淑德。婚后夫妻恩爱，琴瑟和鸣。康熙十六年（1677）五月，卢氏因难产而亡，纳兰性德悲痛万分。纳兰性德词集中有多首词作是为卢氏而作，或吟咏爱情，或怀思往事，或沉痛悼念，爱恋之情尽在其中。三年后续娶官氏，感情亦偕。纳兰性德还有一侍妾颜氏。此外，康熙二十三年（1684），纳兰性德在好友顾贞观的介绍下纳江南名妓沈宛为侍妾，沈宛字御蝉，是浙江乌程人，有《选梦词》。由于沈宛的汉族身份，加之青楼出身，迫于家族压力，后二人不得不分道扬镳，沈宛南归江南，数月后，纳兰性德亦溘然而逝。另据《凭庑笔记》记载，纳兰性德曾恋一女子，并有婚姻之约，后该女子入宫，恋情无疾而终。李伯元在《南亭笔记》中说该女子应为纳兰性德表妹。此后纳兰性德与表妹的一段恋情之说尘嚣渐上，再以词集中一些相思与爱恋之作加以推测，则似乎更确凿无疑了。然此说终归太过捕风捉影，并无确凿证据。

纳兰性德以清新隽秀、哀感顽艳的词风名重海内，与浙西词派朱彝尊、阳羡词派陈维崧并称“清词三大家”。纳兰性德一生创作词三百多首，尤以小令为一代冠冕。王国维认为：“纳兰容若以自然之眼观物，以自然之舌言情。此由初入中原，未染汉人风气，故能真切如此。北宋以来，一人而已。”（《人间词话》）

生于贵胄之家，才华横溢，文武双全，加之仕途顺利，平步青云，纳兰性德应算是一个幸运儿。然“如鱼饮水，冷暖自知”，纵观纳兰性德词作，词中愁情满溢。常年的侍卫生活单调枯燥，与纳兰性德一展宏图的抱负相去甚远，而他又时常需护驾随行，饱受离乡之苦，加之目睹官场倾轧的黑暗现实，使得纳兰性德常流露出对仕宦生活的消极情绪，部分词作中对闲适生活的向往即是此种情绪的流露。而卢氏的早逝对纳兰性德打击颇为沉重，加之与几个心爱女子的离合悲欢，使得天生多情而敏感的他精神上十分苦闷又无处可解。因此，词作中承受了太多的生命之重，而尤以最能代表其个性的爱情词为最。正如其好友顾贞观评其词作：“容若词一种凄惋处，令人不能卒读，人言愁，我始欲愁。”（许增娱园本《纳兰词》词评）

纳兰性德生前，曾把自己的部分词作结集为《侧帽集》，康熙十七年（1678），受纳兰性德委托，好友顾贞观在吴中为其刊刻《饮水词》。康熙三十年（1691），纳兰性德座师徐乾学和好友顾贞观、严绳孙、秦松龄等人为其编刻《通志堂集》，其中词四卷，共三百首。同年，好友张纯修又刊刻《饮水诗词集》，词三卷，共三百零三首。本书以光绪六年许增娱园本《纳兰词》为底本，又附上《清名家词》增补的五首，作为补遗二。标点依照传统的点词格式，即“韵用句，句用逗，逗用顿，骈骊处用分。”

二十世纪以来，纳兰性德词研究渐成热门，尤其进入20世纪80年代后，研究成果颇多，出现了不少优秀的笺注本，如张草纫《纳兰词笺注》和赵秀亭、冯统一《饮水词笺校》等，本书在写作过程中，参考了他们的一些观点，因难以一一指出，在此一并致谢。限于学力与时间，书稿还存在诸多不足，尤其是翻译部分，因词意本身的丰厚性和模糊性，难以准确还原作者的原意，恳请读者在阅读过程中批评指正。

徐燕婷　朱惠国

2013 年 10月

卷一

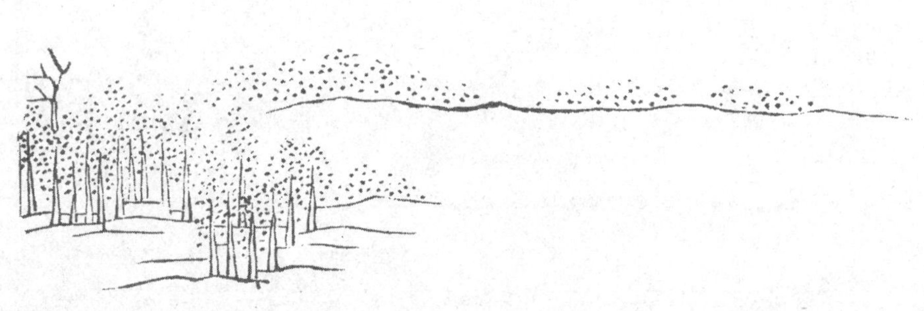

忆江南

昏鸦尽，小立恨因谁[①]。急雪乍翻香阁絮[②]，轻风吹到胆瓶梅[③]。心字已成灰[④]。

注释

① 小立：短暂停伫。

②“急雪”句：典出南朝宋刘义庆《世说新语》卷上：“谢太傅（安）寒雪日内集，与儿女讲论文义。俄而雪骤，公欣然曰：‘白雪纷纷何所似？’兄子胡儿曰：‘撒盐空中差可拟。’兄女（谢道韫）曰：‘未若柳絮因风起。’公大笑乐。”香阁：闺阁。

③ 胆瓶：长颈大腹之花瓶，因形如悬胆而名。

④ 心字：即心字香。炉香名，以香木萦篆成心字。

译文

黄昏时分，群鸦渐行渐远，消失在天际，我因谁而短暂停伫，怅恨不已？急促翻滚的雪花似柳絮般飞满闺阁，趁着轻风吹拂到瓶中之梅。心字香已燃成了灰烬。

简评

纳兰此词语带双关，明写景，实写情，耐人寻味。起句“昏鸦”的意象为全词定下一个落寞、萧索的基调，与黄昏中伫立之人构成一重画面，惆怅之意顿生。“急雪”二句则由远景转换到近景，翻腾如柳絮般的雪花和瓶中之梅构成又一重画面，凄冷之味犹浓。末句看似是前一画面的延续，用不经意的笔触描述心字香已燃烧殆尽的客观事实，实则一语双关地点明词人心如死灰之意，毫无斧凿之感，可谓全词的点睛之笔。

赤枣子

惊晓漏①，护春眠。格外娇慵只自怜②。寄语酿花风日好③，绿窗来与上琴弦④。

注释

① 晓漏：拂晓时铜壶滴漏之声。漏，滴漏，古时计时工具。

② 娇慵：柔弱倦怠貌。

③ 酿花：催花吐放。风日：风光。

④“绿窗”句：见唐赵光远《咏手》：“捻玉搓琼软复圆，绿窗谁见上琴弦。”

译文

清晨，滴漏之声将她从梦中惊醒，她却依然因困倦而睡意犹浓。格外柔弱倦怠的样子唯有暗自怜惜。寄语给园中的花朵，风光甚好，早点绽放，来到绿窗边与她一起拨弄琴弦。

简评

此词用细腻的笔触描摹一个春日里嗜睡少女的娇柔、自怜貌，并用其心理活动表现她盼望春天的美好情感。前三句写其从睡梦中惊醒、睡意未消，暗自怜惜，表现其对春睡的恋恋不舍。而这只是浅层次的，邀花绽放，与她共拨琴弦，则将全词升华到另一个层面，即爱春、惜春。

忆王孙

西风一夜翦芭蕉。倦眼经秋耐寂寥。强把心情付浊醪①。读离骚。愁似湘江日夜潮②。

注释

① 浊醪：浊酒。

② 湘江：水名。源出广西壮族自治区，流入湖南省，为湖南省最大的河流。

译文

一夜西风的摧残，芭蕉都凋败了。疲惫的眼睛整年忍受萧条的景色，勉强用浊酒来排遣不佳的心情。诵读《离骚》，心中之愁如湘江潮水般汹涌澎湃。

简评

此词从芭蕉、西风的衰飒之景落笔，进而转到自己内心的愁绪。词人本想借助浊酒和诵读《离骚》遣怀，但事与愿违，正如屈原在湘江之畔上下求索的千古之愁，纳兰此刻亦愁如湘江的浪潮，汹涌澎湃。全词透着词人无比的落寞和极度的精神苦闷。

玉连环影[①]

何处。几叶萧萧雨。湿尽檐花[②]，花底人无语。
掩屏山[③]。玉炉寒[④]。谁见两眉愁聚倚阑干。

注释

①此调《词律》《词谱》不载，疑为自度曲。
②檐花：靠近屋檐下边开的花。
③屏山：屏风。
④玉炉：熏炉的美称。

译文

不知从哪儿来的萧萧雨丝，穿过那几片叶间，打湿了屋檐下的花儿，看花之人沉默不语。屏风紧掩，炉中的香早已燃尽。谁能见她倚着栏杆，愁聚眉梢。

简评

这是一首触景写情之作，细腻动人。前半首写室外，勾画了一幅凄清的场景。后半首转入室内，掩紧屏风，熏炉中的香早已燃成灰烬，不见一丝温暖。这一切，无不透着凄冷之意。而看花之人此时无言胜有言，是对柔弱之花被摧折的叹息，是对自身命运不能由自己掌控的悲哀，一切的心事都在眉宇间流露。此词或可视为纳兰对自身处境的一个婉曲表达，从中可见词人内心的悲凉。

遐方怨

欹角枕[①]，掩红窗。梦到江南伊家，博山沉水香[②]。湔裙归晚坐思量[③]。轻烟笼翠黛[④]，月茫茫。

注释

① 欹：斜靠着。角枕：角制的或用角装饰的枕头。

② 博山：博山炉的简称，古香炉名。沉水香：又名沉香、密香，是一种木本香料。

③ 湔裙：古代的一种风俗。旧俗于农历正月元日至月晦，士女酹酒洗衣于水边，以避免度厄。

④ 翠黛：原为眉的别称。古代女子用螺黛画眉，故名。此处当形容远山之色。

译文

我斜靠着角枕，华丽的窗户已轻轻掩上。不知不觉进入了梦乡，梦到身处江南的她，博山炉中正散发着沉香的香味。梦中的她洗衣归来，时间已不早，而她依然坐着，思念着心中的人。此刻，薄烟笼罩着远山，月色茫茫。

简评

这是一首怀念远人之作。全词似乎在讲述一个梦境，梦中的她正处江南，也正思量，恰如这轻烟笼翠的月夜之景，亦幻亦真。已然不知是她的思念，或是词人的思念。全词读来有一种淡淡的感伤。

诉衷情

冷落绣衾谁与伴[1]，倚香篝[2]。春睡起，斜日照梳头。欲写两眉愁[3]。休休。远山残翠收。莫登楼。

注释

① 冷落：冷清。

② 香篝：熏笼，一种覆盖于火炉上供熏香、烘物和取暖用的器物。

③ 写：描画。

译文

冷冷清清，锦被与谁共眠？她唯有倚靠着熏笼获取些许温暖。春睡醒来，在斜日的余辉中，她正理着青丝。想要描画两眉，然而眉间尽是愁。罢了，罢了。远山的翠色正逐渐消失。此时切莫登楼。

简评

此词传神地描写了一个女子的百无聊赖和忧伤情怀。她有着独眠的凄清，有着春天的慵懒倦怠。都说女为悦己者容，而她谁适为容？故她懒画娥眉，不敢登楼。纳兰此词以男子作闺音，刻画细腻，自然流畅。一个闺中女子的春愁跃然纸上。

如梦令

正是辘轳金井[1]。满砌落花红冷。蓦地一相逢，心事眼波难定。谁省。谁省。从此簟纹灯影[2]。

注释

①辘轳：井上汲水的起重装置。金井：井栏上有雕饰的井。一般用以指宫廷园林里的井。

②“从此”句：见宋苏轼《南堂》诗之五：“扫地焚香闭阁眠，簟纹如水帐如烟。”唐杜甫《大云寺赞公房》诗之一：“灯影照无睡，心清闻妙香。”簟：竹席。

译文

正是在这汲水的井边，满地落红堆积。与她在此偶然相逢，一见倾心，然而无法从她的眼神中窥知她的情意。谁知道呢，谁知道呢。从此在灯影的伴随中，只能在床上辗转反侧。

简评

美好的邂逅总让人念念不忘。此词首先交代了邂逅的地点即井边，满地的落叶则间接地交代了时间，同时又似乎预示着邂逅的结局。而一见倾心的相逢，有着“蓦然回首，那人却在灯火阑珊处”的欣喜，于是他试图猜测她的心思。然而多情总被无情恼，她的心思有谁能猜透？末句交代了别后的情景，彻夜难眠，忧思难忘。此词读来真切感人，若非有切身体会与感受，断难写出如此真挚之作。

又

纤月黄昏庭院[①]。语密翻教醉浅。知否那人心，旧恨新欢相半。谁见。谁见。珊枕泪痕红泫[②]。

注释

①纤月：月牙儿。

②珊枕：珊瑚枕。泫：水珠下滴。

译文

黄昏时分，庭院中一轮月牙正高挂空中。绵绵的情话让我醉意渐消。但他的心思让人难以猜透。一半是曾经的绝情与怨恨，一半是今日的欢情与缠绵。谁能看得到？谁能看得到？珊瑚枕上泪痕一片。

简评

此词虽是短制，但时空转换，回忆与现实交织，表达一种又恨又爱，比较复杂的男女情感。词先写今日的欢愉，庭院的静谧与耳旁的情语暗示重逢的恩爱与欢乐，但想到曾经的绝情以及独自等待的怨恨，又有爱恨交加的感觉，发出“知否那人心”的幽怨与感叹。正如王国维《蝶恋花》云：“待把相思灯下诉，一缕新欢，旧恨千千缕。”从别后，人心难猜，故旧恨与新欢各半，进而泪湿红枕。词作将主人公的凄苦、惆怅表达得淋漓尽致。

又

木叶纷纷归路[①]。残月晓风何处[②]。消息半浮沉[③]，今夜相思几许。秋雨。秋雨。一半西风吹去[④]。

注释

① 木叶：树叶。

②“残月”句：见宋柳永《雨霖铃》：“今宵酒醒何处，杨柳岸、晓风残月。”

③ 浮沉：此处指书信没有送达。南朝宋刘义庆《世说新语·任诞》：“殷洪乔作豫章郡。临去，都下人因附百许函书。既至石头，悉掷水中，因祝曰：‘沉者自沉，浮者自浮，殷洪乔不能作致书邮。’”

④“一半”句：见清朱彝尊《转应曲·安丘客舍对雨》：“秋雨，秋雨，一半回风吹去。”

译文

归途落叶纷纷，（虽已酒醒）我却看不到那一轮残月，感受不到那一阵阵拂晓之风。自与她别后，音信杳无，今夜，我是多么思念。秋雨一阵阵地下，然而一半都被西风吹散了。

简评

此词用落叶、秋雨、西风等意象构建了一幅“秋风秋雨愁煞人”的凄凉之景。在这一片衰飒中，词人想起了那个已音信杳无的她，而思念也在这个倍觉孤清的夜里更甚。然而尽管词人愁情满怀，全词却无一字言愁。词作巧妙地化用他人词句，如“残月晓风何处”，让我们仿佛看到那“执手相看泪眼，竟无语凝噎”的离别一幕。“秋雨”等三句的化用，让我们仿佛感受到“无睡。无睡。红蜡也飘秋泪”的无眠之夜。通过化用，词作获得了内蕴的延伸，意境更加丰满。

天仙子

梦里蘼芜青一翦①。玉郎经岁音书断②。暗钟明月不归来③，梁上燕。轻罗扇。好风又落桃花片。

注释

① 蘼芜：草名，叶有香气。

② 玉郎：旧时女子对丈夫或情人的爱称。经岁：一整年，或一年以上。

③ 暗钟：晚钟。

译文

多少次她梦到蘼芜正青青一片，整整齐齐。然而整整一年了，他还是没有任何音讯。晚钟敲响，明月冉冉升起，燕子已返巢，正在梁上呢喃，然而他又如预料中没有回来。她轻摇罗扇。一阵风吹来，桃花片片坠落。

简评

这是一首闺怨词。词以女子的口吻刻画了一个日夜盼望丈夫或情人归来的女子形象。首句“蘼芜”这一意象别有深意。词作以梦的形式呈现这一意象，似真非真，给人以无限遐想的空间。结尾桃花的飘落暗示美好青春的消逝，十分伤感。

又

好在软绡红泪积①。漏痕斜罥菱丝碧②。古钗封寄玉关秋③，天咫尺。人南北。不信鸳鸯头不白④。

注释

①好在：依旧。软绡：典出宋朱胜非《绀珠集》卷十一引宋张君房《丽情集》：“灼灼，锦城官妓。御史裴质与之善，裴召还，灼灼每遣人以软红绡聚红泪为寄。”

②漏痕：指屋漏的痕迹，比喻用笔的方法。意思是行笔如屋漏，自然流畅。罥：悬挂。菱丝：菱茎，细长如丝，故名。此处比喻绢帛。

③古钗：亦作“古钗脚”，喻书法笔力遒劲。此处借指书信。玉关：即玉门关，故址在今甘肃敦煌西北。北周庾信《竹杖赋》：“玉关寄书，章台留钏。”

④“不信”句：见宋欧阳修《荷花赋》：“已见双鱼能比目，应笑鸳鸯会白头。”

译文

你寄来的缣帛上依旧沾满泪痕，犹如画在碧色绢帛上的行行草书。我将回信封缄寄出，玉门关此时已是秋天。天空近在咫尺，而你我却天各一方。不过我相信我们定会如鸳鸯般白头偕老。

简评

此词应为纳兰扈从皇帝到玉门关时所作，从内容来推测，应是写给他的妻子的。由于夫妻分离，天各一方，双方只有通过书信往来以寄慰相思之情。末句词人用鸳鸯的比喻，坚信夫妻间可以白头偕老。夫妻情深可见一斑。此词巧用典故，语言平实流畅，情真意切。

又

水浴凉蟾风入袂[①]。鱼鳞触损金波碎[②]。好天良夜酒盈樽，心自醉。愁难睡。西南月落城乌起。

注释

① 水浴凉蟾：形容明月清润光亮如水洗过一般。蟾，代指月。袂：衣袖。

② 鱼鳞：指水的波纹。

译文

月亮清润光亮如水洗过一般，微风徐徐，吹入衣袖，亦吹皱一池水，泛起一阵阵似鱼鳞般的金色波浪。在这美好的日子、美好的夜晚，将酒斟满酒杯，心早已醉了。只是心中有莫名的愁绪，久久难以入眠。月亮已在城西南角缓缓落下，乌鸦开始飞出去寻找食物。

简评

此词首先描绘了一幅月夜美景图，营造出一个轻松、惬意、悠闲的月夜氛围。然而末两句笔锋一转，一股莫名的愁绪缓缓升起，使诗人彻夜无眠。情感急转直下，遂令全词波澜起伏，不失平淡。

江城子

湿云全压数峰低。影凄迷。望中疑[①]。非雾非烟[②]，神女欲来时[③]。若问生涯原是梦[④]，除梦里，没人知。

注释

①望中：视野之中。

②非雾非烟：语出《史记·天官书》。后世常咏祥瑞之兆。

③神女：指巫山神女。见唐薛涛《九日遇雨》其一："神女欲来知有意，先令云雨暗池塘。"

④"若问"句：语出唐李商隐《无题》："神女生涯原

是梦，小姑居处本无郎。”生涯：原指生命的边际、限度。此处指生命、人生。

译文

远处数座山峰在低压压一片湿云下显得很矮小，山影凄迷。视野所及之处，一阵似雾又非雾、似烟又非烟的雾霭缓缓升腾，好像巫山神女将要来到。如果说人生本来就是一场梦，那么除了梦里，无人会知晓她的到来。

简评

此词通志堂本题作《咏史》，然而从全词内容来看，似乎与历史并无多大的关系。若非得说咏史的话，咏的便是楚襄王与巫山神女之事。与巫山神女的邂逅自然是美丽的，然而一番云雨后却终究是烟消云散，此情只待成追忆。词人清醒地认识到这一点，“除梦里，没人知”，未尝不可视为他对爱情的一种消极的追忆。

长相思

山一程。水一程。身向榆关那畔行[①]。夜深千帐灯。　风一更。雪一更。聒碎乡心梦不成[②]。故园无此声。

注释

①榆关：今山海关，属河北省秦皇岛市。

②聒：声音嘈杂，此处当指风雪声。

译文

走过一段段山路，行过一条条水路，我正向着山海关那边行进。夜深宿营，很多帐篷里灯光闪烁。夜里一会儿刮风，一会儿下雪，风雪声打碎了我思乡的梦。我的故乡没有这种风雪交加的声音。

简评

此词应作于纳兰扈从出塞途中，主要抒写乡愁乡思。“山一程。水一程。”“风一更。雪一更。”明写长途跋涉的艰辛以及天气的恶劣多变，实际上暗喻离乡远行时的糟糕心情，间接表达了词人对故乡的深深怀念，因为“故园无此声”。而此词的最大亮点在“夜深千帐灯”一句，意境雄浑，如诗如画。

相见欢

微云一抹遥峰[①]。冷溶溶。恰与个人清晓画眉同[②]。　红蜡泪。青绫被[③]。水沉浓[④]。却与黄茅野店听西风[⑤]。

注释

①“微云”句：语出宋秦观《满庭芳》：“山抹微云，天连衰草，画角声断谯门。”

②个人：那人。多指所爱的人。

③青绫被：青绫制成的被子。汉制，尚书郎值夜，官家给青缣白绫被。此借指华美的被子。

④水沉：即沉香，熏香料名。

⑤黄茅野店：即黄茅驿，原是李商隐诗中地名，后泛指荒村野店。唐李商隐《灯》："冷暗黄茅驿，暄明紫桂楼。"

译文

远处的山峰上有一片淡淡的云，给人以清凉的感觉。正与她清晨所画之眉颇为相似。此时家中应红烛正燃，她正盖着青绫被，沉水香散发出浓浓的香味。而我却在荒村野店听西风怒号。

简评

词上片由远处的微云联想到伊人所画之眉，下片则是想象中家中的温暖场景以及此刻身处的荒村野店。全词现实之景与想象之景更迭交错，温馨场景与凄冷场景相映，字里行间反映的是词人对"她"的思念。全词读来有一点儿孤独，一点儿伤感。

又

落花如梦凄迷[①]。麝烟微[②]。又是夕阳潜下小楼西[③]。　　愁无限，消瘦尽，有谁知。闲教玉笼鹦鹉念郎诗[④]。

注释

①“落花”句：语出宋秦观《浣溪沙》：“自在飞花轻似梦，无边丝雨细如愁。”

②麝烟：焚麝香散出的烟。

③“又是”句：语出唐杜牧《题扬州禅智寺》：“暮霭生深树，斜阳下小楼。”

④“闲教”句：语出宋柳永《甘草子》：“却傍金笼共鹦鹉，念粉郎言语。”

译文

落花如梦一般凄凉迷茫。麝香的细烟袅袅升腾。又一天即将过去，夕阳在小楼西边缓缓落下。她有无限的愁情，人已消瘦，可是有谁知道。空闲的时候，她让关在鸟笼里的鹦鹉念念郎君的诗。

简评

一句“又是夕阳潜下小楼西”，暗示了多少个日子她曾登楼远眺，久久伫立，直到日落时分。然而她的苦盼换来的却是“落花如梦”，全词开句即奠定了一个注定凄迷的场景。正似“衣带渐宽终不悔，为伊消得人憔悴”，尽管无人知道她内心的愁苦，他也无法看到她而今的憔悴，但相信她是无怨无悔的。闲来她让鹦鹉来读读郎君的诗句以排遣时光，打发寂寞，寄慰她无尽的思念。此词语句简淡，却字字心酸。一个痴情女子的形象跃然纸上。

昭君怨

深禁好春谁惜[①]。薄暮瑶阶伫立[②]。别院管弦声。不分明。　又是梨花欲谢[③]，绣被春寒今夜[④]。寂寂锁朱门。梦承恩[⑤]。

注释

①深禁：深宫。

②“薄暮”句：语出唐李白《菩萨蛮》：“玉阶空伫立，宿鸟归飞急。”薄暮：傍晚，太阳快落山的时候。瑶阶：玉砌的台阶，亦用为石阶的美称。

③“又是”句：语出宋李清照《浣溪沙》：“远岫出云催薄暮，细风吹雨弄轻阴。梨花欲谢恐难禁。”

④“绣被”句：语出宋史达祖《西江月·闺思》：“绣被春寒夜夜。”

⑤承恩：此处当指蒙受帝王恩泽。

译文

深宫中大好的春色有谁怜惜？傍晚时分，她站在石阶上久久伫立。别院传来管弦之声，隐隐约约，不甚分明。又到了梨花将谢之时，今晚的绣花被依旧透着春寒。将朱门锁上，冷冷清清。梦中，她得到了君王的宠幸。

简评

这是一首宫怨词。深宫中的大部分女子，都恰如这大好春色，在一年又一年的花落花开中默默凋零。朱门虽好，只可惜终日深锁。而纳兰似乎不忍看到女子的终日落寞，结句“梦承恩”给了一种望梅止渴式的期许，给惨淡的现实抹上一笔色彩。然而正如李煜“梦里不知身是客，一晌贪欢”的亡国悲哀，这看似仁慈的结句却给全词增添一分悲剧色彩。

又

暮雨丝丝吹湿。倦柳愁荷风急[①]。瘦骨不禁秋[②]。总成愁。　　别有心情怎说。未是诉愁时节。谯鼓已三更[③]。梦须成。

注释

①“倦柳”句：语出宋史达祖《秋霁》：“江水苍苍，望倦柳愁荷，共感秋色。”

②“瘦骨”句：语出宋吴文英《惜秋华·木芙蓉》：“凡花瘦不禁秋，幻腻玉、腴红鲜丽。”

③ 谯鼓：谯楼更鼓。

译文

傍晚时丝丝小雨将大地打湿，在一片疾风吹拂中，柳树、荷花亦好似倦极愁极。瘦弱的身躯忍受不了秋天的衰飒，总生出种种愁绪。心中有别人不知的心事，却不知从何说起，况且还不是诉愁的时节。谯楼更鼓已打三更，无论如何必须得进入梦乡了。

简评

暮雨是愁，打湿的不仅是天地万物，更是心境；疾风吹拂中柳、荷是愁；瘦骨难禁秋是愁；有种种愁而诉愁时节未到是愁；夜深人不寐，好梦难成是愁。作为皇室子弟，纳兰有着为人艳羡的身世背景、政治前途和满腹才华，然而他的词作读来却有着与身份不相符的浓愁。而这种愁绝不是“为赋新词强说愁”的闲愁，颇值得深思。

酒泉子

谢却荼蘼[①]。一片月明如水。篆香消[②]，犹未睡。早鸦啼。　　嫩寒无赖罗衣薄[③]。休傍阑干角。最愁人，灯欲落。雁还飞。

注释

①荼蘼：一种落叶灌木。常在春季末夏季初开花，凋谢后即表示花季结束，常有完结的意思。

②篆香：盘香。

③“嫩寒”句：语出宋张先《醉落魄》：“夜寒手冷罗衣薄。”嫩寒：轻寒。无赖：无奈。

译文

荼蘼花已经凋谢了，月光明亮得如水一般清澈。盘香燃尽，她还没有睡着。清晨的乌鸦已开始啼叫。无奈罗衣单薄禁不住轻寒，因此不要倚靠着栏杆角。最愁人的是灯将要熄灭，而大雁依旧在天上飞。

简评

这首词描写了一个月夜无眠的女子形象。她为何无眠，词中却没有明确的交代。古诗词中荼蘼总预示着青春的远去或感情的终结。那么，词中的主人公是在为青春易逝而辗转无眠，抑或是缅怀一段无疾而终的感情？词作将荼蘼意象与词境结合，自然混化，无做作之感。另外灯落雁飞的场景，也自然暗示出情有待而人未归的感伤。全词看似是客观的叙述，却刻画了一位失眠的主人公形象，而她的愁情也呈现在读者面前。

生查子

东风不解愁，偷展湘裙衩[①]。独夜背纱笼[②]，影着纤腰画。　　爇尽水沉烟[③]，露滴鸳鸯瓦[④]。花骨冷宜香[⑤]，小立樱桃下。

注释

① 湘裙：湘地丝织品制成的女裙。

② 纱笼：纱制灯笼。

③ 爇：烧。水沉：沉香。

④ 鸳鸯瓦：指房上成对排列的瓦。

⑤ 花骨：指花苞。

译文

春风不懂她的愁，偷偷地吹起她的裙子。她在这个独处之夜背对着纱笼，灯影映出她纤腰的轮廓。沉香已烧尽，露水一滴滴地滴在鸳鸯瓦上。花苞散出淡淡的香味，她在樱桃树下短暂伫立。

简评

一个春夜不寐的女子，她有着不为东风所解的愁情。一个“偷”字，写出了东风的俏皮，亦使词作在凝重之余多了一份轻灵。词中，她或背对着灯笼，或小立樱桃树下，显得孤清凄凉。虽然词作寥寥数语，却将女子的形象传神地表现出来。全词表现的许是闲愁，却如一首散文诗般将画面美轮美奂地呈现在读者面前。

又

鞭影落春堤，绿锦障泥卷①。脉脉逗菱丝②，嫩水吴姬眼③。　　啮膝带香归④，谁整樱桃宴⑤。蜡泪恼东风，旧垒眠新燕。

注释

①“绿锦”句：语出唐杜牧《少年行》：“连环羁玉声光碎，绿锦蔽泥虬卷高。”障泥：披于马鞍两旁的防护织物。因可障蔽尘土泥水，故称障泥，也叫蔽泥。

②菱丝：菱蔓。唐李贺《南园》诗之九：“泻酒木兰

椒叶盖，病容扶起种菱丝。”

③ 嫩水：指春水。吴姬：吴地的美女。

④ 啮膝：良马名。

⑤ 樱桃宴：科举时代庆贺新进士及第的宴席。

译文

策马奔腾，马鞭的影子落在春堤上，绿锦做的障泥微卷。春水如吴地美女的眼波，正含情脉脉地撩拨着水中的菱蔓。啮膝马带着芳香归来，是谁准备了庆贺新进士及第的宴席？红烛懊恼东风的吹拂，旧巢已住进春天初来的燕子。

简评

此词是纳兰及第后所作。及第后的志得意满、意气风发，在春日郊游时的策马奔腾和旖旎风光的描写中表现得淋漓尽致，全词洋溢着一种轻松、喜悦的氛围。

又

散帙坐凝尘[①]，吹气幽兰并。茶名龙凤团[②]，香字鸳鸯饼[③]。　玉局类弹棋[④]，颠倒双栖影。花月不曾闲，莫放相思醒。

注释

① 散帙：打开书帙。凝尘：积聚的尘土。语出《晋书·简文帝纪》：“帝少有风仪，善容止，留心典

籍，不以居处为意，凝尘满席，湛如也。”此句借指读书的用心。

② 龙凤团：即龙凤团茶。宋时制为圆饼形贡茶，上有龙凤纹。

③ 香字：犹香篆。指焚香时所起的烟缕。鸳鸯饼：古代形似鸳鸯的焚香饼。一饼之火，可终日不灭。

④ 玉局：棋盘的美称。类：又。弹棋：古代博戏之一。《艺经》曰：“弹棋，两人对局，白黑棋各六枚，先列棋相当，更先弹之。其局以石为之。”至魏改用十六棋，唐又增为二十四棋。

译文

打开书帙，专心地读书，旁边伴坐的她吹气如兰。品着龙凤团茶，鸳鸯饼的烟缕袅袅升起。夜晚，又开始与她在棋盘对弈，月光将树上栖息的一对鸟儿的倒影映在棋盘上。花与月都莫要偷闲，请停留在梦境里，不要让我醒后苦苦相思。

简评

全词的点睛之笔在末二句，给读者以恍然大悟之感。原来夫妻琴瑟和鸣、悠闲优裕的生活皆是在他的相思梦里。一种惆怅、凄凉之感顿生。

又

短焰剔残花，夜久边声寂[①]。倦舞却闻鸡[②]，暗觉青绫湿[3]。　　天水接冥濛[4]，一角西南白。欲渡浣花溪[5]，远梦轻无力。

注释

①边声：边地的声音。

②“倦舞”句：《晋书·祖逖传》：“（祖逖）与司空刘琨俱为司州主簿，情好绸缪，共被同寝。中夜闻荒鸡鸣，蹴琨觉曰：‘此非恶声也。’因起舞。”

③青绫：青色的有花纹的丝织物，古时贵族常用以制被服帷帐。

④冥濛：幽暗，迷蒙。

⑤浣花溪：在成都西郊，旁有杜甫草堂。

译文

灯火的焰花已渐渐暗了下来，我起身剔去灯花。夜深了，边地寂静一片。不想如祖逖般闻鸡起舞，耳边却传来鸡鸣声声。突然发现青绫被已被泪水沾湿了。远处水天一色，幽暗迷蒙，西南天边一角已渐渐露出鱼肚白。我想要渡过浣花溪，然而梦境遥远，缥缥缈缈，无力前行。

简评

在纳兰身上，我们看到一个矛盾综合体。作为贵胄子弟，他一生锦衣玉食，备受圣恩，是旁人眼中集富贵、权势、才华于一体的幸运儿。他淡泊名利，厌倦御前侍卫战战兢兢的职业生涯，渴求自由自在的闲淡生活，但成长的环境、家族的使命又使他无法逃脱这个牢笼。这首词表达了身处边地的词人想要逃脱现状的无力之感。

又

惆怅彩云飞[①]，碧落知何许[②]。不见合欢花[③]，空倚相思树[④]。　　总是别时情，那得分明语。判得最长宵，数尽厌厌雨[⑤]。

注释

①“惆怅”句：语出唐李白《宫中行乐词》其一：“只愁歌舞散，化作彩云飞。”

②碧落：道教语，天空。何许：何处。

③合欢花：植物名。一名马缨花。落叶乔木，羽状复叶，小叶对生，夜间成对相合，故俗称“夜合花”。

④相思树：一种常绿乔木，相传为战国宋康王的舍人韩凭和他的妻子何氏所化生。此处当取字面意思。

⑤厌厌：绵长貌。

译文

惆怅彩云飞逝，不知飘向天空何处。不见庭院里的合欢花盛开，只能空倚着相思树。脑海中浮现的总是离别时的场景，又怎还记得当时的具体言语。惟落得漫漫长夜，数尽绵绵细雨。

简评

此词充斥着词人的落寞、孤寂和相思。她如彩云般去无踪迹，然而离别时的场景却历历在目，对她的思念未减分毫。多情如他，唯有在孤独的长夜里，数数窗外绵绵不绝的雨声。全词颇有苏轼“十年生死两茫茫，不思量，自难忘”的感觉。

点绛唇

咏风兰[①]

别样幽芬[②]，更无浓艳催开处。凌波欲去[③]。且为东风住。　忒煞萧疏[④]，怎耐秋如许。还留取。冷香半缕。第一湘江雨。

注释

① 风兰：兰科草本植物。一般在六七月份开花，花多为乳白色。

② 幽芬：清香。

③ 凌波：语出三国魏曹植《洛神赋》：“凌波微步，罗袜生尘。”

④ 忒煞：太，过分。

译文

它有一股特殊的清香，盛开处无一点浓艳之感。它想要如凌波仙子般随碧波飘去，却被春天挽留住。它太过清丽，如何能承受得了太浓的秋意。不过即使在秋天，它的叶子上还留存半缕冷香和湘江的雨水。

简评

据张纯修刻本，此词有副题“题见阳画兰”，可知这是一首题画词。上片重点写风兰的风姿，从色香入手，它有淡淡幽香，花色素雅清淡。下片则偏重写意，在秋意萧瑟中它依然含香带雨。词作将风兰刻画得栩栩如生，同时又含蓄地夸赞了张见阳画艺的高超。

又

对月

一种蛾眉①，下弦不似初弦好②。庾郎未老③。何事伤心早。　素壁斜辉，竹影横窗扫④。空房悄。乌啼欲晓。又下西楼了。

注释

①蛾眉：指蛾眉月。

②下弦：即下弦月。农历每月二十二日或二十三日时的月亮，黎明前才出现，即通常说的残月。初弦：即上弦月。农历每月初七八时的月亮，上半夜出来，即通常说的新月。

③庾郎：指庾信，著有《哀江南赋》《愁赋》《伤心赋》等。

④“素壁”二句：宋祝穆《古今事文类聚》别集卷十三：“王子敬过戴安道，草堂饮酣，安道求子敬

文，子敬攘臂大言曰：‘我词翰不及古人，与君一扫素壁。’”南北朝庾信《至仁山铭》：“壁绕藤苗，窗衔竹影。”

译文

一样是蛾眉月，下弦月就不如上弦月好看。庾信尚未老去，却为何事而早早地伤心。月亮的余晖照在白色的粉墙上，窗前竹影在墙上尽情挥洒。空房里静悄悄的。乌鸦开始啼叫，天即将亮了。我又得下西楼了。

简评

此词是一首对月感怀之作。词首对上弦月和下弦月的评价与词末“乌啼欲晓，又下西楼了”呼应，说明词人彻夜未眠，一个“又”字点出了词人的失眠乃是常事。而失眠的原因，词人却没有正面写，而是借庾信自指，委婉点出独守空房的孤寂与凄凉。全词凄而不怨，哀而不伤。

又

黄花城早望[①]

五夜光寒[②]，照来积雪平于栈[③]。西风何限[④]。自起披衣看。　　对此茫茫，不觉成长叹。何时旦。晓星欲散。飞起平沙雁[⑤]。

注释

①黄花城：在今北京市怀柔区西北。

②五夜：五更。

③栈：栈道。

④何限：无限，此处指西风无止境地吹。

⑤平沙：指广阔的沙原。

译文

五更的月光寒气逼人，照着地面的积雪，此时雪已与栈道齐平。西风无止境地吹，我披上衣服起身观看。对着茫茫大地，我不觉长叹。什么时候天才亮？拂晓时，星星正要散去，大雁掠过广阔的沙原，飞向天空。

简评

全词描写黄花城夜景，“积雪”“西风”等意象表现了荒漠的苦寒。而五更不寐的词人形象亦在苦寒之境中显得凄凉。词作语言质朴，却情在景中。

又

小院新凉，晚来顿觉罗衫薄。不成孤酌。形影空酬酢①。　　萧寺怜君②，别绪应萧索③。西风恶。夕阳吹角④。一阵槐花落。

注释

①"不成"二句：见唐李白《月下独酌》："花间一壶酒，独酌无相亲。举杯邀明月，对影成三人。"酬酢：主客相互敬酒，主敬客称酬，客还敬称酢。

②萧寺：佛寺。唐李肇《唐国史补》卷中："梁武帝造寺，令萧子云飞白大书'萧'字，至今一'萧'字存焉。"后因称佛寺为萧寺。

③萧索：凄凉。

④夕阳吹角：语出唐杜甫《上白帝城》："老去闻悲角，人扶报夕阳。"

译文

小院中初秋的凉意袭人，一到傍晚便觉得罗衫有些单薄。我想要独自酌饮却不得，自身的影子总形影相随。想当初在寺庙中与你惺惺相惜，离别后的情绪本应是凄凉的。西风凛冽地吹，夕阳西下，吹角连天。一阵槐花随风而落。

简评

此词当是怀念友人姜宸英之作。上片用"新凉"来表达内心的凉意，而这种凉意更多地缘于自己的孤独和落寞。接着，词人化用李白《月下独酌》诗句阐明缘由，进一步表达无人为伴的孤凄。下片首句转入对往昔与友人惺惺相惜的美好回忆，而紧接着又回到现实，此时，无论别后心绪，抑或别后之景，皆是萧索。全词字字情真，对友人的怀念在情景交融中一览无余。

浣溪沙

泪浥红笺第几行[①]。唤人娇鸟怕开窗[②]。那更闲过好时光。　屏障厌看金碧画[③]，罗衣不奈水沉香。遍翻眉谱只寻常[④]。

注释

①浥：湿润。红笺：唐代笺纸，又名"浣花笺""薛涛笺"等，此指精美的信笺。晏殊《清平乐》："红笺小字，说尽平生意。鸿雁在云鱼在水，惆怅此情难寄。"

②"唤人"句：意谓怕鸟鸣声惹起相思。无名氏《鹊踏枝》："叵耐灵鹊多谩语，送喜何曾有凭据？"

③金碧画：以泥金、石青和石绿三种颜料为主色的画。

④眉谱：旧时画眉的图谱。

译文

眼泪沾湿了红色的笺纸。她害怕开窗，因为此时窗外鸟叫声声，似在唤着人的名字。更何况已错过了大好时光。她厌看屏风中的金碧画，罗衣不能承受沉香的香熏。无心画眉，翻遍眉谱皆觉稀松平常。

简评

这是一首闺情词，细腻地描写了一位深闺女子的幽怨与闺思。上片写其泪湿信笺，怕闻鸟鸣，因为这些均会惹出不断的相思。而时光闲过，暗示青春的暗暗流逝。下片写其百无聊赖，无心打扮。末句“遍翻眉谱只寻常”，含蓄婉转，欲说还休，思念之情溢于纸上。

又

伏雨朝寒愁不胜[1]。那能还傍杏花行。去年高摘斗轻盈[2]。　　漫惹炉烟双袖紫，空将酒晕一衫青。人间何处问多情。

注释

①伏雨：指连绵不断的雨。

②“去年”句：语出清吴伟业《浣溪沙》：“摘花高处赌身轻。”

译文

绵绵的阴雨和早晨的寒气，已使我平添无穷愁绪。哪里还能再沿着杏花前行。（因为那容易使我想起）去年与她高攀杏枝，比赛谁更轻盈。随意地撩弄熏炉中升起的袅袅轻烟，双袖在炉火中映出紫红的颜色。脸上因饮酒而泛起了红晕，徒然地映衬着一袭青衫。人间哪里去寻访多情之人。

简评

词人终究是个多情之人。他不敢依着杏花前行，因为那儿曾经留有她的印记，引发他的无尽思念。而没有她的日子，他显得那么空虚、寂寞、无聊。词作精确反映了词人的精神状态，百无聊赖中有着一种刻骨的思念和对爱的执着。

又

谁念西风独自凉[①]。萧萧黄叶闭疏窗。沉思往事立残阳[②]。　被酒莫惊春睡重[③]，赌书消得泼茶香[④]。当时只道是寻常。

注释

①“谁念”句：语出宋秦观《减字木兰花》：“天涯旧恨，独自凄凉人不问。”

②“沉思”句：语出唐李珣《浣溪沙》：“暗思何事立残阳。”

③被酒：为酒所醉。

④“赌书”句：宋李清照《金石录后序》：“余性偶强记，每饭罢，坐归来堂烹茶，指堆积书史，言某事在某书某卷第几页第几行，以中否角胜负，为饮茶先后。中即举杯大笑，至茶倾覆怀中，反不得饮而起。甘心老是乡矣。”

译文

西风劲吹，天气转凉，如今还有谁会关心我的冷暖。黄叶萧萧地落下，疏窗紧闭。我静静地伫立在残阳之中沉思往事。想那时她因喝多了酒，我轻轻地，不想惊扰了困倦嗜睡的她。有时与她翻书赌茶，直至茶杯倾覆，溢出浓浓的茶香。只是这些在当时看来，还觉得那么平常。

简评

据吴世昌《词林新话》所言，此词应是悼亡之作。上片主要写词人孤凄的现况。下片表面是写词人所回忆的美好往事，化用李清照、赵明诚翻书赌茶的典故，来表达夫妻伉俪情深，实则进一步反衬现实的凄凉。尤其是结句“当时只道是寻常”，将全词带入一个更加心酸的境地，这些寻常之事在事后回忆却弥足珍贵，令人扼腕。

又

莲漏三声烛半条[1]。杏花微雨湿轻绡[2]。那将红豆寄无聊。　春色已看浓似酒，归期安得信如潮[3]。离魂入夜倩谁招[4]。

注释

①莲漏：即莲花漏，古代的一种计时器。

②杏花微雨：即杏花雨。清明时节所降之雨，适值杏花盛开，故称。轻绡：一种透明而有花纹的丝织品。

③信如潮：以潮水涨落有定时，故称。

④离魂：用唐代陈玄佑《离魂记》中张倩娘半夜离魂与王宙私奔的典故。

译文

莲花漏发出清晰的水滴声，红烛已燃得只剩半条了。杏花雨沾湿了薄薄的绡衣。无奈用红豆来打发这无聊的时光。眼前的春色已似酒般浓烈，然而归期哪里能如潮涨潮落般有定时。夜晚，又有谁能召唤我脱离躯体的灵魂。

简评

这是一首离别之作。词人作为皇帝的御前侍卫，以奉行皇命为第一要义。故护驾远行成家常便饭，而何时归来亦无定期。因此，在春色已浓而归期未知的春夜，词人的思念之情犹浓。无聊之极，唯有拨弄代表相思的红豆来排遣内心的百无聊赖。词作读来有一点幽怨，有一些凄婉。

又

消息谁传到拒霜[①]。两行斜雁碧天长。晚秋风景倍凄凉。　　银蒜押帘人寂寂[②]，玉钗敲烛信茫茫。黄花开也近重阳。

注释

①拒霜：花名，木芙蓉的别称。冬凋夏茂，仲秋开

花，耐寒不落，故名。

②银蒜：银质蒜头形帘坠，用以压帘幕。

译文

是谁传来了消息，说木芙蓉花开他便回来。两行斜飞的大雁长长地掠过蓝天。晚秋的风景更加显得凄凉。银质蒜头形帘坠压着帘幕，此时万籁俱寂。她用玉钗随意地敲掉烛花，他的音信依然杳无。菊花已经开了，快到重阳佳节了。

简评

词作描写了一个痴痴守候的痴情女子。每逢佳节倍思亲。重阳，人们常登高望远、思念亲人。她也在切切地期盼。在每一个萧瑟的秋夜，她在希望中守候，又在失望中百无聊赖。而她的心境在景物的寄托中凸显，情由景生。

又

雨歇梧桐泪乍收。遣怀翻自忆从头[①]。摘花销恨旧风流[②]。　帘影碧桃人已去，屧痕苍藓径空留[③]。两眉何处月如钩[④]。

注释

①翻：同“反”。

②摘花销恨：五代王仁裕《开元天宝遗事·销恨

花》："明皇于禁苑中，初有千叶桃盛开，帝与贵妃日逐宴于树下，帝曰：'不独萱草忘忧，此花亦能销恨。'"

③屐痕：指鞋印。宋紫竹《踏莎行·约方乔不至》："粉墙阴下待郎来，藓痕印得鞋痕小。"

④两眉：代指思念之人。

译文

雨渐渐止住了，梧桐树亦如眼泪乍收，不再滴滴答答往下滴雨。我聊以排遣心情，反而想起了从前的点点滴滴。想起了与她在一起的那一段美好的风流往事。可惜那一帘幽影，一片碧桃仍在，然而伊人已远。长满苍藓的小径上，空留她曾经的足迹。此时明月如钩，她人在何处？

简评

此词读来有一种物是人非的沧桑。对美好往事的刻骨铭心，正映衬了她离开后词人的孤寂与凄凉。尤其是"帘影碧桃人已去，屐痕苍藓径空留"句，与崔护的"人面不知何处去，桃花依旧笑春风"有相似的意境，令人惆怅不已，唏嘘不已。

又

西郊冯氏园看海棠，因忆《香严词》有感[①]

谁道飘零不可怜。旧游时节好花天[②]。断肠人去自今年。　　一片晕红疑着雨[③]，晚风吹掠鬓云偏[④]。倩魂销尽夕阳前。

注释

①《香严词》：清龚鼎孳所著词集。龚鼎孳有《菩萨蛮·上巳前一日西郊冯氏园看海棠》《菩萨蛮·同韶九西郊冯氏园看海棠》两首。纳兰再游西郊冯氏园看海棠，追念龚氏，有物是人非之感。

②旧游：昔日的游览。

③晕红：雨中色泽模糊的海棠。

④“晚风”句：语出宋张孝祥《浣溪沙》：“晚雨潇潇急做秋。西风掠鬓已飕飕。”

译文

谁说飘零不值得怜悯。昔日携手同游，也是繁花烂漫的美好时节。如今她离我而去，空留我肝肠寸断。那一片泛着红色的海棠好似被雨水打湿了，晚风吹过花丛，恰如女子那乌云般的鬓发，斜斜地垂在一边。夕阳西下，它的梦魂尽销。

简评

词写海棠，上片与旧游时节相比，此时风雨飘零的海棠既有梨花带雨般的忧愁，又有一种朦胧的美感。下片更将海棠喻为一个妙龄女子，又似女子般的魂灵，然而终究在夕阳西下之时销尽。全词有一种物是人非的深沉悲哀。

又

酒醒香销愁不胜。如何更向落花行。去年高摘斗轻盈。　　夜雨几番销瘦了，繁华如梦总无凭[1]。人间何处问多情。

注释

①无凭：无所依托。

译文

酒劲渐渐消尽，她的芳香也随之远去，唯留无穷的愁绪萦绕着我，令我无法承受。我为何沿着落花走去？那里，去年我曾与她高攀花枝，比赛谁更轻盈。花儿经过几番夜雨的洗涤，似乎显得消瘦了。曾经的枝繁叶茂恰似梦一般无所依托。人间何处可问询多情之人？

简评

该词与前“伏雨朝寒”词意境略近，只是这首以花作喻，在惦念曾经的感情之余，更多了一种人生如梦、情事如烟的感慨。

又

欲问江梅瘦几分[1]。只看愁损翠罗裙[2]。麝篝衾冷惜余熏③。　可奈暮寒长倚竹④，便教春好不开门⑤。枇杷花下校书人⑥。

注释

①江梅：一种野生梅花。宋范成大《梅谱》："江梅，遗核野生、不经栽接者，又名直脚梅，或谓之野梅。"

②愁损：愁杀。

③麝篝：燃麝香的熏笼。余熏：犹余香。

④"可奈"句：语出唐杜甫《佳人》："天寒翠袖薄，日暮倚修竹。"

⑤便教：纵使。

⑥"枇杷"句：语出唐王建《寄蜀中薛涛校书》："万里桥边女校书，枇杷花里闭门居。"

译文

想要问问江梅清瘦了几分，只要看看她那令翠罗裙愁煞的腰肢便知了。被子凉了，熏笼的麝香已经快燃烧殆尽，唯留余香惹人怜惜。怎奈夜幕渐渐降临，寒气袭人，她依然长久地倚竹而立。纵使外面春光撩人，她也不愿开门。此人是谁？她正是枇杷花下有才有貌的佳人。

简评

对该词的吟咏对象历来颇有争议。因"枇杷花下校书人"的出处与妓女薛涛有关，后"女校书"又成妓女的美称，故有人认为这是吟咏薛涛之作，也有人认为是吟咏江南名妓沈宛之作。词首二句以梅喻人，含蓄地道出她的愁情和思念。下片进一步写即使在春光大好之际，她依然孤独地等待，无心赏春，进一步说明她的思念之深。全词含蓄婉转，耐人寻味。

又

一半残阳下小楼。朱帘斜控软金钩[①]。倚阑无绪不能愁[②]。　　有个盈盈骑马过[③]，薄妆浅黛亦风流。见人羞涩却回头。

注释

① 控：悬挂。

② 无绪：没有情绪。

③ 盈盈：借指女子。

译文

夕阳的余晖半隐没于小楼。红色的帘子斜斜地悬挂在铜制的帘钩上。我倚靠着栏杆，不自禁地生出愁意。有位佳人骑马而过，她虽施着淡妆，画着淡淡的眉，然而亦风情万种。见到有人望着，她羞涩不已，却在马上时不时回头偷望我。

简评

此词描写了词人一次美好的邂逅经历。词作结句甚为精彩，“见人羞涩却回头”，生动地传达了一个女子的娇羞和情愫暗生。全词一改纳兰情词凄婉的风格特征，显得生动活泼，浪漫色彩浓郁。

又

睡起惺忪强自支。绿倾蝉鬓下帘时[1]。夜来愁损小腰肢。　　远信不归空伫望，幽期细数却参差[2]。更兼何事耐寻思。

注释

①绿倾蝉鬓：语出宋苏轼《浣溪沙·春情》："朝来何事绿鬟倾。"蝉鬓，古代妇女的一种发式，薄如蝉翼，故称。

②幽期：指男女间的幽会。参差：蹉跎，错过。

译文

醒后睡眼惺忪，她强打精神，掀起帘子下床，黑色的蝉鬓松弛地斜垂在头上。由于整夜愁思不已，腰肢又清瘦不少。久久不见他的回信，她唯有站在楼头痴痴地凝望远方。仔细算算两人幽会的约定时间，期限早已过了。除此之外还有什么事值得她过多寻思。

简评

此词刻画了一个幽思女子的形象。上片写独眠女子醒后空虚无聊、颓废的精神状态，"夜来愁损小腰肢"含蓄地点出了"为伊消得人憔悴"的思念。下片楼头伫望、幽期细数，进一步点明相思之情。此词在闺思词的意境上未有创新，但女子的思念依然令人动容，她的未知命运让人萦肠挂肚。

又

五月江南麦已稀。黄梅时节雨霏微[①]。闲看燕子教雏飞。　一水浓阴如罨画[②]，数峰无恙又晴晖。湔裙谁独上鱼矶。

注释

①“黄梅”句：语出明唐之淳《忆吴越风景》：“最忆吴中与越中，黄梅时节雨蒙蒙。”霏微：雨细小貌。

②罨画：色彩鲜明的绘画。多用以形容自然景物或建筑物等的艳丽多姿。

译文

五月的江南麦苗已稀。此时正值黄梅时节，雨蒙蒙地下着。闲来无事，看檐下的燕子教雏燕飞翔。一江流水，依傍着浓密的树阴，宛若一幅色彩鲜明的山水画。远处数峰收晴，隐隐透出雨过天晴后太阳的光辉。是谁独上鱼矶石在水边浣衣？

简评

此词张草纫《纳兰词笺注》认为是思念沈宛而作，赵秀亭、冯统一《饮水词笺校》疑为题画之作。但根据纳兰词中数次出现“湔裙”的人物指向来看，张说为确。全词皆是词人的想象，江南风景如画，她的生活平静闲适。只末句一个“独”字似透露了她的孤独，实则亦是词人的孤独，他的那一份思念在不经意间流露。

又

残雪凝辉冷画屏。落梅横笛已三更[1]。更无人处月胧明[2]。　　我是人间惆怅客，知君何事泪纵横。断肠声里忆平生。

注释

① 落梅：即《梅花落》。古笛曲名。

② 胧明：微明。

译文

残雪凝聚的余晖照射在绘有山水画的屏风上，透着阵阵寒意。已到三更时分，远处却传来《梅花落》的笛声。在那无人处，月色微明。我是人间失意而感伤之人，知道你为何事而两泪纵横。怕是在断肠的笛声里，你回忆起了平生的点点滴滴。

简评

这是一首人生感怀词。纳兰身上有一种忧郁的气质，这种忧郁来自于他出身名门，却对富贵名利十分漠视；他向往自由，却羁绊于帝王身边鞍前马后的侍卫生活；

他渴求爱情，然而所爱之人不是难产而死（如妻子卢氏），就是因世俗成见而不得不劳燕分飞（如江南才女沈宛）。词作表面写吹笛人的夜半不寐，回忆平生，实则是词人对自我人生的回顾和惆怅。

又

咏五更，和湘真韵①

微晕娇花湿欲流。簟纹灯影一生愁②。梦回疑在远山楼。　　残月暗窥金屈戌③，软风徐荡玉帘钩④。待听邻女唤梳头。

注释

① 湘真：明代诗词名家陈子龙有词集《湘真阁存稿》，此处代指陈子龙。

② 簟：竹席。

③ 屈戌：门窗上的搭扣。此处应代指闺房。

④ 软风：和风。

译文

她面若娇花微晕，眼泪止不住想要往下落。在席纹灯影中，她孤独一生，愁情满怀。从梦中醒来她好似只身远在山楼。残月的余光偷偷地照进她的闺房，和风徐徐地吹动华丽的帘钩。她躺在床上，静静地等待着天明时分邻家女孩招呼梳头的呼唤声。

简评

此词和陈子龙《浣溪沙·五更》的意境近似，描写一位女子的孤凄之情。陈廷焯评为："秀绝矣，亦自凄绝。"

又

五字诗中目乍成[①]。尽教残福折书生[②]。手挼裙带那时情[③]。　　别后心期和梦杳[④]，年来憔悴与愁并。夕阳依旧小窗明[⑤]。

注释

① 五字诗：犹五言诗。目乍成：犹乍目成，谓男女间刚刚通过眉目传情来结成亲好。明王彦泓《有赠》："矜严时已逗风情，五字诗中目乍成。"亦见屈原《楚辞·九歌·少司命》："满堂兮美人，忽独与余兮目成。"

②"尽教"句：语出明王彦泓《梦游》："相对只消香共茗，半宵残福折书生。"

③ 挼：揉搓。

④ 心期：心相期许。

⑤"夕阳"句：唐方棫《失题》："夕阳如有意，长傍小窗明。"

译文

通过互赠五言诗，你我刚刚眉目定情。这一份短暂的幸福让我这一介书生消受不起。犹记得你羞涩地反复揉搓裙带时的怜爱模样。自从别后，我与你白首偕老的期许如同梦一般渺茫，近年来我更因思念而憔悴不堪，愁思不断。夕阳西下，小窗依旧光明一片。

简评

词作上片回忆二人初定情时的美好，下片则写别后的愁思，依旧是延续词人一贯的相思离别主题，情意绵绵，黯然销魂。

又

记绾长条欲别难①。盈盈自此隔银湾②。便无风雪也摧残。　　青雀几时裁锦字③，玉虫连夜翦春幡④。不禁辛苦况相关。

注释

①“记绾”句：折柳赠别的习俗始于汉代。唐张乔《寄维扬故人》：“离别河边绾柳条，千山万水玉人遥。”

②“盈盈”句：此句用牛郎织女典。银湾：银河。《古诗十九首》：“迢迢牵牛星，皎皎河汉女。盈盈一水间，脉脉不得语。”

③青雀：指青鸟。神话传说中西王母的神鸟，后常用以指信使。锦字：即锦字书，此指书信。

④玉虫：喻灯花。春幡：旧俗于立春日或挂春幡于树

梢，或剪缯绢成小幡，连缀簪之于首，以示迎春之意。

译文

犹记得你我离别之际共绾柳条，难舍难分。从此你我犹如隔着迢迢银河天各一方。即使没有风雪的阻挠，离愁依然摧残着你我的身心。青鸟何时能带着你的书信飞来。我就着灯光连夜剪裁着春幡，虽然很辛苦，但忍不住忙碌着，更何况这还是与自己有关的事（因为春天来了，你也许会回来）。

简评

此词写相思离别，一往而情深。词作连番用典，衔接自然，浑然一体，感情流畅，语言清丽，毫无滞涩之感。

又

古北口[①]

杨柳千条送马蹄。北来征雁旧南飞。客中谁与换春衣[②]。　　终古闲情归落照[③]，一春幽梦逐游丝[④]。信回刚道别多时。

注释

①古北口：长城隘口之一。在北京市密云县东北，为古代军事要地。

②“客中”句：语出宋陆游《闻雁》：“过尽梅花把酒

稀，熏笼香冷换春衣。”

③终古：自古。落照：夕阳的余晖。

④“一春”句：语出宋晁公溯《午睡》：“梦逐游丝自在飞。”游丝，飘动的蛛丝。

译文

遥记离别之际，杨柳依依，你送我离去。而今当时北飞的大雁都照旧飞回南方去了。而我依然旅居异乡，谁能伺候我更换春衣。自古以来，闲情唯有寄托于夕阳的斜照之中。春日的梦境如追逐着飘动的蛛丝般虚无缥缈。回信中只道已离开很长时间了。

简评

这是一首羁旅词。从昔时杨柳依依的送别，到今日北雁南飞，又是一年春来到，可知词人离家已一载。离家愈久，思念愈深。词作描写了词人对她的思念和孤身在外的落寞无聊。

又

身向云山那畔行。北风吹断马嘶声。深秋远塞若为情[①]。　一抹晚烟荒戍垒[②]，半竿斜日旧关城。古今幽恨几时平。

注释

①若为情：犹何以为情或难以为情。

②戍垒：戍堡。边防驻军的营垒、城堡。

译文

我向着那高耸入云的山的方向前进。北风呼啸，淹没了战马的嘶鸣声。深秋远远的边塞，使人不禁情伤。一抹晚烟袅袅升起，在这边地的城堡上显得尤其荒凉。夕阳西下，斜斜地照射在山海关城头的旗杆上。古往今来积聚胸中的怨恨何时能平？

简评

这是一首边塞词。词作通过刻画“北风”“晚烟”“戍垒”“斜日”等边塞之景，将塞外的荒凉和词人内心的凄怆合二为一，凄凉中透着一种历史的厚重感和今古之悲。

又

万里阴山万里沙①。谁将绿鬓斗霜华②。年来强半在天涯③。　　魂梦不离金屈戌④，画图亲展玉鸦叉⑤。生怜瘦减一分花⑥。

注释

①阴山：山脉名。即今横亘于内蒙古自治区南境、东北接连内兴安岭的阴山山脉。

②绿鬓：黑发。

③强半：大半，过半。

④屈戌：门窗上的钌铞儿。此处代指闺房。

⑤玉鸦叉：首饰名。玉质之钗，形似鸦翅。此处代指女子的肖像。

⑥生怜：可怜。语出明汤显祖《牡丹亭》："春梦暗随三月景，晓寒瘦减一分花。"

译文

阴山山脉连绵万里，黄沙漫天飞舞。是谁将我缕缕青丝吹成了丝丝白发。今年我多半时间离家在外，漂泊天涯。然而我在梦中却常常回到你的闺房。醒后，我缓缓地展开你的画像。可怜画中的你如花般的容貌也因思念而清瘦不已。

简评

此词写作者扈从出驾的漂泊和对妻子的思念之情。尤其是末句"生怜瘦减一分花"，以己度人，将自己的思念移情于妻子之上，想象画中的妻子因思念自己而瘦削。思念之情愈甚。

又

庚申除夜[①]

收取闲心冷处浓。舞裙犹忆柘枝红[②]。谁家刻烛待春风[③]。　　竹叶樽空翻彩燕[④]，九枝灯灺颤金虫[⑤]。风流端合倚天公[⑥]。

注释

①庚申：康熙十九年（1680）。这一年纳兰二十六岁。

②柘枝：柘枝舞的省称。唐代西北民族舞蹈。最初为女子独舞，舞姿矫健，大多以鼓伴奏。

③刻烛：典出《南史·王僧孺传》："竟陵王子良尝夜集学士，刻烛为诗，四韵者则刻一寸，以此为率。"此处当指刻烛以计时。

④竹叶：酒名，即竹叶青，亦泛指美酒。彩燕：旧俗，立春日剪彩绸为燕饰于头部。

⑤九枝灯：古灯名。谓一干九枝的烛灯，亦泛指一干多枝的灯。灺：灯烛。金虫：妇女首饰，以黄金制成虫形，故称。

⑥端合：应当。

译文

收起闲情逸致，静下心来，我心底的思念竟愈演愈烈。犹记得当年她身着红色的舞裙跳着柘枝舞的情景。是谁家刻烛以待新春的到来？酒樽中竹叶青已喝完，头上彩绸制成的燕饰物因酒醉不稳而不停翻动。在九枝灯烛火的映照下，她头上的金制虫形头饰不停颤动。如此风流快活应当全赖天公的庇佑。

简评

词人触景生情，在本该热闹异常的除夕夜，他想起了曾经与她一起共度的除夕之夜，思念之情溢于言表。"舞裙"句以下皆是词人的回忆，回忆中的欢快、美好、喜庆正映衬了现实的孤清，也呼应了首句的“冷处浓”。词以乐景写哀，以倍增其哀乐。

又

红桥怀古，和王阮亭韵[①]

无恙年年汴水流[②]。一声水调短亭秋。旧时明月照扬州[③]。 惆怅绛河何处去[④]，绿杨清瘦绾离愁[⑤]。至今鼓吹竹西楼[⑥]。

注释

①红桥：桥名。在江苏省扬州市。明崇祯时建，为扬州游览胜地之一。王阮亭：清王士祯。曾与诸名士修禊红桥，并作《浣溪沙》三首。

②汴水：古水名，一说为汴渠、汴河，唐宋人称隋所开通济渠的东段。

③“一声”二句：水调曲调名。语出唐杜牧《扬州》诗之一：“谁家唱《水调》，明月满扬州。”

④绛河：即银河。

⑤“绿杨”句：语出唐刘禹锡《竹枝词》：“长安陌上无穷树，唯有垂杨绾别离。”

⑥竹西楼：亭名，在扬州城北门外。唐杜牧《题扬州禅智寺》：“谁知竹西路，歌吹是扬州。”

译文

汴水依旧如隋时的样子，年年东流。秋日的短亭传来一声《水调》的歌声。明月仿佛也是旧时的，静静地照耀着扬州城。河水潺湲，如人的惆怅，将流向何处？绿杨也似清瘦不堪，正绾织着离愁别绪。至今竹西亭依旧演奏着乐曲。

简评

这是一首咏史之作。全词将历史的风物寓于当前红桥景物的描述之中，流露出一种兴亡之感和古今之叹。

又

凤髻抛残秋草生[①]。高梧湿月冷无声[②]。当时七夕有深盟[③]。　　信得羽衣传钿合[④]，悔教罗袜送倾城[⑤]。人间空唱雨淋铃[⑥]。

注释

①凤髻：古代妇女发式，属于高髻的一类。此处指代亡妻。

②“高梧”句：语出宋姜夔《扬州慢》：“波心荡、冷月无声。”

③“当时”句：唐白居易《长恨歌》载，唐玄宗和杨贵妃曾在长生殿定情盟誓：“在天愿作比翼鸟，在地愿为连理枝。”

④“信得”句：唐白居易《长恨歌》：“唯将旧物表深情，钿合金钗寄将去。钗留一股合一扇，钗擘黄金合分钿。但教心似金钿坚，天上人间会相见。”

⑤罗袜：丝罗制的袜子，此处代指遗物。

⑥雨淋铃：即“雨霖铃”，词牌名。相传唐玄宗入蜀时因在雨中闻铃声而思念杨贵妃，故作此曲。

译文

你香消玉殒，坟头秋草已生。高高的梧桐，皎皎寒月，万籁俱寂。当时七夕你我曾立下山盟海誓。我误信道士，将钿合金钗传到仙界，现在却后悔将遗物与你一起埋葬。徒留人间白白传唱《雨淋铃》曲。

简评

这是一首悼亡词。词借唐玄宗和杨贵妃的生死爱情，来表达纳兰与妻子的生死之隔和对亡妻的刻骨思念。

又

肠断斑骓去未还[①]。绣屏深锁凤箫寒[②]。一春幽梦有无间。　　逗雨疏花浓淡改，关心芳草浅深难。不成风月转摧残[③]。

注释

①斑骓：毛色青白相杂的骏马。

②“绣屏”句：语出宋辛弃疾《江神子》：“绣阁香浓，深锁凤箫声。”凤箫：即排箫。比竹为之，参差如凤翼，故名。

③不成：助词。用于句首，表示反诘，意为“难道”。

译文

他骑着骏马离去，久久不归，令她肝肠寸断。她绣屏紧锁，凤箫也因无人和鸣而显得清寂。一春幽梦朦胧而恍惚。多姿的花儿经过雨点的洗涤颜色由浓转淡，令人伤情的芳草颜色浅深难辨。难道美好的景色皆转变成残败之景?

简评

此词写闺思。女子的苦苦等待、寂寞无聊，换来的不仅是时间的流逝，更是大好青春的逝去。词下片用疏花、芳草的意象来暗喻青春。“不成风月转摧残”的慨叹留给读者无尽凄凉。

又

旋拂轻容写洛神[①]。须知浅笑是深颦。十分天与可怜春。　　掩抑薄寒施软障[②]，抱持纤影藉芳茵[③]。未能无意下香尘[④]。

注释

①旋：随意，漫然。轻容：薄纱名。洛神：传说中的洛水女神，名宓妃。

②掩抑：遮挡。软障：帷障。

③芳茵：茂美的草地。

④香尘：芳香之尘，多指女子之步履踏起者。

译文

我随意地拂拭着轻容纱，为那洛神般的美人题写画像。要知道连她皱眉的模样都让人感觉似在浅浅地微笑。上天赋予她如许青春可爱。画中的她用帷障抵御微寒，她环抱双手，纤纤身影落在茂美的草地上。她似乎是有意挟着芳香之尘而下。

简评

这是一首题画词。将画中貌若天仙的女子刻画得楚楚动人、惟妙惟肖，令人顿生怜爱之情。

又

十二红帘窣地深①。才移刬袜又沉吟②。晚晴天气惜轻阴。　珠衱佩囊三合字③，宝钗拢髻两分心。定缘何事湿兰襟④。

注释

① 十二红：小太平鸟的别称。候鸟的一种，体形近似太平鸟而稍小，尾羽末端红色，故名。窣：垂。

② 刬 chǎn 袜：不穿鞋踏着袜子走路。

③ 珠衱：缀珠的裙带。三合字：香囊成双，合绣三个字，一分为二，人各取半。

④ 定：到底，究竟。

译文

绣有小太平鸟的红帘深深地垂在地上，她刚刚才移动脚步却又不禁陷入沉思。傍晚时分，天气晴朗，只可惜天空飘过几片淡淡的云朵。缀珠的裙带佩带着绣有三合字的香囊，宝钗将乌发轻轻拢起，好似分开的两个心字形。她究竟因何事而泪湿芬芳的衣襟。

简评

这是一首闺怨词。上片用景象、物象以及女子犹疑的行动间接刻画闺中少女的情思。下片直接写闺情。“三合字”“两分心”点名了女子的情窦初开和对情郎的期待。如果说以上还是表达一种幽思之情，那么结句则为全词奠定了一个幽怨而凄楚的基调。

又

容易浓香近画屏。繁枝影著半窗横。风波狭路倍怜卿[①]。　　未接语言犹怅望[②]，才通商略已瞢腾[③]。只嫌今夜月偏明。

注释

①风波：喻动荡不定或艰辛劳苦。明王彦泓《代所思别后》：“风波狭路惊团扇，风月空庭泣浣衣。”

②“未接”句：语出明王彦泓《和端己韵》：“未接语言当面笑，暂同行坐夙生缘。”

③商略：商讨。此处当指交谈。瞢腾：形容模模糊

糊，神志不清。语出明王彦泓《赋得别梦依依到谢家》："今日眼波微动处，半通商略半矜持。"

译文

她身上那熟悉的浓香很快传到画屏里。窗外枝繁叶茂，疏影横斜。她不辞辛劳从小路赶来相会，让我对她更加怜惜。还未交谈，我惆怅地凝望着她；刚说上几句，我便已觉得自己迷迷糊糊。只是讨厌今夜的月色太过明亮。

简评

词写纳兰一次幽会的经历，细腻刻画了他兴奋焦急的期待、初见面时的惆怅感慨、面对爱人交谈时的陶醉紧张和对月明的抱怨等，生动传神，符合幽会的场景和心理。

又

十八年来堕世间[①]。吹花嚼蕊弄冰弦[②]。多情情寄阿谁边[③]。　　紫玉钗斜灯影背[④]，红绵粉冷枕函边[⑤]。相看好处却无言[⑥]。

注释

①"十八"句：语出唐李商隐《曼倩辞》："十八年来堕世间，瑶池归梦碧桃闲。"

②吹花嚼蕊：语出唐李商隐《柳枝》序："柳枝，洛

中里娘也……吹叶嚼蕊，调丝擫管，作天海风涛之曲，幽忆怨断之音。”吹花：衔草木之叶于口，吹出乐声。嚼蕊：咀嚼花蕊，使口中带有香气。此指吹奏、歌唱。冰弦：琴弦的美称。传说中有用冰蚕丝做的琴弦，故称。

③阿谁：犹言谁，何人。

④紫玉钗：此处指贵重的钗饰。

⑤红绵：红丝绵的粉扑。宋周邦彦《蝶恋花》：“唤起两眸清炯炯，泪花落枕红绵冷。”枕函：中间可以藏物的枕头。

⑥“相看”句：语出明汤显祖《牡丹亭》：“相看俨然，早难道这好处相逢无一言。”

译文

十八年来你流落人间，吹奏歌音，拨弄琴弦。你将多情给了谁。背对着灯影，紫玉钗斜斜地插在发髻上。枕边红丝绵的粉扑冷冷地搁在一旁。一时竟相顾无言，相看两不厌。

简评

上片用一“堕”字来突出她的超逸脱俗、与众不同。她又是多才多艺的，如此佳人情寄何人？这显然是自问自答式的铺设。下片随即给出了答案：灯影中，二人含情脉脉地对视，相顾无言。末句道出了两情相悦之人难以言表的情愫。

又

寄严荪友[①]

藕荡桥边理钓筒[②]。苎萝西去五湖东[③]。笔床茶灶太从容[④]。　　况有短墙银杏雨，更兼高阁玉兰风[⑤]。画眉闲了画芙蓉[⑥]。

注释

①严荪友：即严绳孙（1623—1706），清代书画家、文学家。字荪友，又字冬荪，号秋水，自号藕荡渔人。明末清初无锡（今江苏无锡）人。

②藕荡桥：位于今无锡。钓筒：插在水里捕鱼的竹器。

③“苎萝”句：此句借范蠡辅佐越王勾践灭吴后归隐五湖之事，称赞严荪友的归隐不仕。苎萝：西施的代称。相传西施为浙江诸暨苎萝山鬻薪者之女。

④笔床茶灶：典出《新唐书·陆龟蒙传》：“（陆龟蒙）不喜与流俗交，虽造门不肯见。不乘马，升舟设蓬席，赍束书、茶灶、笔床、钓具往来。”后因以“笔床茶灶”形容隐士超尘脱俗的生活。笔床，放置毛笔的器具。茶灶，烹茶的小炉灶。

⑤“况有”二句：语出清严绳孙《望江南》：“暗绿扑帘银杏雨，昏黄扶袖玉兰风。”

⑥画眉：典出《汉书·张敞传》。后用以形容夫妻恩爱。

译文

归隐后，你垂钓于藕荡桥畔，或泛舟五湖，练练字，煮煮茶，这种超尘脱俗的生活实在太悠闲。何况矮墙边时不时扑来一阵阵穿过银杏的雨丝，更有那高高的阁楼上吹来的一阵阵带着玉兰花香的清风。闲暇之际，你为佳人描画两眉，或摹画芙蓉。

简评

此词是对严绳孙归隐生活的写照，悠游、从容、安逸、雅致。而这样的生活正是纳兰梦寐以求却可望不可即的。词作在艳羡、思念友人之余，更承载了纳兰向往自由的理想和理想难以实现的怅惘。

又

欲寄愁心朔雁边[①]。西风浊酒惨离筵。黄花时节碧云天[②]。　古戍烽烟迷斥堠[③]，夕阳村落解鞍鞯[④]。不知征战几人还[⑤]。

注释

①“欲寄”句：语出唐李白《闻王昌龄左迁龙标遥有此寄》：“我寄愁心与明月，随君直到夜郎西。”朔雁：指北地南飞之雁。

②“黄花”句：语出宋范仲淹《苏幕遮》：“碧云天，黄叶地。秋色连波，波上寒烟翠。”

③戍：边防的营垒、城堡。斥堠：指侦察、候望的士兵。

④鞍鞯：鞍子和托鞍的垫子。

⑤“不知”句：语出唐王翰《凉州词》：“醉卧沙场君莫笑，古来征战几人回。”

译文

我想要将心里的忧愁寄予南飞之雁。遥想当时，西风呼啸，浊酒一杯，离筵惨淡。那时正是秋菊盛开的季节，天空碧云万里。古城堡上烽烟弥漫，笼罩着侦察兵。夕阳的余晖中，大家卸去行装在村落安营驻扎。只是不知道古来征战有几人能够生还。

简评

词的上片回忆离别的场景。他的“愁心”有对家的思念，有对持久战事的无奈。下片写边地之景。末句看似在不经意中发问，却将此词置于历史时空中，悲壮和凄凉之感顿生，亦有对自身命运的隐忧。

又

败叶填溪水已冰。夕阳犹照短长亭[①]。行来废寺失题名[②]。　　驻马客临碑上字[③]，斗鸡人拨佛前灯[④]。劳劳尘世几时醒[⑤]。

注释

①短长亭：短亭和长亭的并称。旧时城外大道旁，五里设短亭，十里设长亭，为行人休憩或送行饯

别之所。

②题名：此处指题有废寺名字的门额。

③“驻马”句：语出宋周邦彦《浣溪沙》：“下马先寻题壁字，出门闲记榜村名。”

④“斗鸡”句：唐陈鸿《东城老父传》载，贾昌因善斗鸡获得唐玄宗的赏识，富贵荣华至极。“安史之乱”后，其一无所有，后改易姓名，入寺奉佛至九十多岁。此处斗鸡人当借指富家子弟。

⑤劳劳：劳苦，辛劳。

译文

干枯凋落的树叶堆积在溪上，水已结冰。黄昏时分，夕阳的余晖依然照着长亭短亭。来到一座废寺前，寺的门额上已看不清寺名。闲游的过客驻马临摹碑上之字，富家子弟拨弄佛前灯芯。尘世辛劳，凡人几时醒悟？

简评

此词由途中所见之废寺而发人生之感悟。上片写景并引入主题。下片写废寺香火已绝，成为游赏之地。贾昌典故的运用增加了词作的厚重感：昔日的繁华已如过眼云烟，徒留今日之残败与凄凉。结句的发问有众人皆醉我独醒的凄怆。

霜天晓角

重来对酒。折尽风前柳。若问看花情绪，似当日、怎能彀。　　休为西风瘦[①]。痛饮频搔首。自古青蝇白璧[②]，天已早、安排就。

注释

① 西风瘦：语出宋李清照《醉花阴》："莫道不消魂，帘卷西风，人比黄花瘦。"

② 青蝇白璧：语出唐陈子昂《宴胡楚真禁所》："青蝇一相点，白璧遂成冤。"《毛诗注疏》卷二十一《小雅 · 甫田之什 · 青蝇》："营营青蝇，止于樊。"汉郑玄笺："兴者，蝇之为虫，污白使黑，污黑使白，喻佞人变乱善恶也。"

译文

今日你我再度举杯对饮。折尽风中摇曳之柳条，依依惜别。如果要问我今日赏花是何情绪，这又如何能与当日（相聚之时）赏花的心情相比？不要为秋天的到来而感伤，尽情地喝酒，却频频因忧思而以手挠头。自古佞人作奸，善恶难辨，老天早就安排好了。

简评

词上片用折柳点明离别。这一次离别对饮，与前次相聚时的心情不可同日而语。下片似是对友人的劝慰。末二句蕴含着对人事的感慨，隐隐中又有一种宿命的消极。

菩萨蛮

回文[1]

雾窗寒对遥天暮。暮天遥对寒窗雾。花落正啼鸦，鸦啼正落花。　　袖罗垂影瘦。瘦影垂罗袖。风翦一丝红[2]。红丝一翦风。

注释

① 回文：指回文诗。指以一定形式排列，回环往复均可诵读之诗。

② 一丝红：典出五代蜀王仁裕《开元天宝遗事·牵红丝娶妇》："郭元振少时，美风姿，有才艺……张曰：'……吾欲令五女各持一丝，幔前使子取便牵之，得者为婚。'元振欣然从命。遂牵一红丝线，得第三女，大有姿色。"后常用"红丝"比喻姻缘巧合。

译文

满是雾花的寒窗对着天空渐暝的暮色。傍晚的天空遥遥对着寒窗的雾花。花儿凋零，啼鸦声声。乌鸦开始啼叫，正值落花时节。垂着罗袖的影子显得清瘦不已。清瘦的身影正垂着罗袖。和风剪出一丝丝红线，红线似被风剪得整整齐齐。

简评

回文诗多用作文字游戏，以逞才使能，故往往艺术价值不高。纳兰此词却能在束缚中自然成理，自成意境，实属不易。

又

隔花才歇廉纤雨[①]。一声弹指浑无语[②]。梁燕自双归。长条脉脉垂。　小屏山色远[③]。妆薄铅华浅[④]。独自立瑶阶[⑤]。透寒金缕鞋[⑥]。

注释

①廉纤雨：微雨。

②弹指：形容极短时间。《无量寿经》："如弹指顷，即生彼国。"

③"小屏"句：语出唐温庭筠《春日》："屏上吴山远，楼中朔管悲。"

④ 铅华：妇女化妆用的铅粉。

⑤"独自"句：语出宋无名氏《浣溪沙》："消魂独自立空阶。"瑶阶：玉砌的台阶。亦用为石阶的美称。

⑥"透寒"句：语出宋赵长卿《菩萨蛮》："夜霜金缕寒。"金缕鞋：镶有金丝线的鞋子。

译文

隔着花儿望去，绵绵细雨才刚消歇。弹指间，时光飞逝，使人感叹无语。梁上的燕儿已成双成对地归巢。柳条亦含情脉脉地低垂。屏风上绘制的远山山色苍苍。她画着淡妆，薄施铅粉。独自伫立在华美的石阶上。金缕鞋正透着阵阵寒意。

简评

上片以白描的手法写景，景中含情。下片侧重写她的孤独、寂寞。

又

新寒中酒敲窗雨[1]。残香细学秋情绪。端的是怀人。青衫有泪痕[2]。　　相思不似醉。闷拥孤衾睡。记得别伊时。桃花柳万丝。

注释

① 中酒：饮酒半酣时。《汉书·樊哙传》："项羽既飨军士，中酒，亚父谋欲杀沛公。"唐颜师古注："饮酒之中也。不醉不醒，故谓之中。"

②"青衫"句：语出唐白居易《琵琶行》："江州司马青衫湿。"

译文

天气转冷，我独自醉酒，窗外雨滴滴答答地敲打着窗户。她残留的香气似也学秋天的情绪撩拨我的心情，勾起无穷思念，不知不觉竟已泪湿青衫。相思之情不像醉酒，醉了还可以孤独地拥着衾被入眠（忘却烦恼）。我依然记得与她离别之际，桃花映面，杨柳丝丝。

简评

词写相思，真切感人。上片写雨夜醉酒怀人，因思念而泪湿青衫。下片将相思与醉酒作比，借酒可消愁，然相思却如影随形，即使在酒酣之际，依然记得离别一幕。末句“柳”与“留”谐音，将离别之际的难舍难分、难言难尽表现得淋漓尽致。

又

淡花瘦玉轻妆束[①]。粉融轻汗红绵扑[②]。妆罢只思眠。江南四月天。　绿阴帘半揭。此景清幽绝。行度竹林风[③]。单衫杏子红[④]。

注释

①淡花瘦玉：指淡色的花饰，素净的穿戴。唐孙光宪《女冠子》：语出“淡花瘦玉，依约神仙妆束。”

②“粉融”句：语出唐白居易《和梦游春诗一百韵》：“朱唇素指匀，粉汗红绵扑。”

③“行度”句：语出唐祖咏《宴吴王宅》：“窗度竹林风。”

④“单衫”句：语出古乐府《西洲曲》：“单衫杏子红，双鬓鸦雏色。”

译文

她淡色的花饰，素净的穿戴，一身清淡的打扮。香汗轻漾脸上的脂粉，她用红丝绵做的粉扑轻轻地补妆。妆罢困意袭来，她只想着再补一觉。此时正值江南四月的天气。她半掀帘子，外面绿荫浓郁。这种景色极其秀丽而幽静。在竹林漫步，一阵轻风扑面而来，杏子般红的衣衫此时略显单薄。

简评

此词围绕一位江南女子的活动落笔，从梳妆、思眠，到掀帘、漫步，将她的素雅、娇慵与悠闲生动传达。此词一洗凄婉之音，笔调轻盈。

又

梦回酒醒三通鼓①，断肠啼鴂花飞处②。新恨隔红窗，罗衫泪几行。　　相思何处说③，空有当时月。月也异当时，团栾照鬓丝④。

注释

①“梦回”句：语出宋孙觌《清明日与范季实诸人过胥泽民别墅小集》：“酒醒落花风里，梦回啼鸟声中。”三通鼓：谓已三更。

②啼鴂：伯劳鸟。

③“相思”句：语出唐韦庄《应天长》：“暗相思，无处说。”

④团栾：团圆之月。

译文

梦醒时分酒意不再，已三更。落花飞处，伯劳鸟断肠啼鸣。心上人遥遥相隔，新的哀怨顿生。丝织的衣衫上不禁泪痕斑斑。我的相思何处可以诉说，只空余当时的月亮。月亮也不比当时，当时的团聚之月而今孤独地照着我的鬓发。

简评

词写相思离别。上片写梦回酒醒，词人依旧能听到啼鸩的鸣叫。“啼鸩”的意象不仅意味着众花的残败，更寓意着别离。因此，词人的相思无处可逃，进而生出新的相思、新的幽怨，终致泪湿青衫。下片写相思无处可说的悲哀，呼应上片的“新恨”。全词感情浓郁而不滞涩；情思单一却不单调，余韵悠长。

又

催花未歇花奴鼓[①]。酒醒已见残红舞。不忍覆余觞[②]。临风泪数行。　　粉香看欲别。空剩当时月。月也异当时。凄清照鬓丝。

注释

① 催花：典出唐南卓《羯鼓录》：“（玄宗）尝遇二月初诘旦，巾栉方毕，时宿雨初晴，景色明丽，小殿内亭柳杏将吐。睹而叹曰：‘对此景物，岂可不与他判断之乎？’左右相目，将命备酒，独高力士遣取羯鼓。上旋命之临轩纵击一曲，曲名《春光好》（上自制也）。神思自得。及顾柳杏，皆已

发拆，指而笑嫔嫱内官曰：'此一事不唤我作天公可乎？'皆呼万岁。"花奴：唐玄宗时汝南王李琎的小名。琎善击羯鼓。《羯鼓录》记载："(玄宗)谓内官曰：'速召花奴将羯鼓来，为我解秽！'"

② 覆余觞：谓倾杯饮尽剩余之酒。

译文

催花盛开的羯鼓声还未停歇，酒醒时分，却已见凋残的花儿飞舞。不忍看此萧瑟之景，我倾杯饮尽残酒，数行清泪迎风而落。含香的歌女也将离我而去，只空余当时的月亮。月亮也不如当时了，凄清地照着我的鬓发。

简评

此词与前词意境近似，也写相思。上片写花开花落的短暂，暗含时光飞逝以及词人与她离别已久之意。词人的伤感落泪意蕴丰富，不仅是为自然景物的衰败，也为韶华的流逝，更为心中对她的一腔思念。下片转入对月的抒写，月还是当时的月，只因心境的不同，对月的感受亦不同，颇有沧桑的意味。

又

早春

晓寒瘦著西南月。丁丁漏箭余香咽[1]。春已十分宜。东风无是非。　　蜀魂羞顾影[2]。玉照斜红冷[3]。谁唱后庭花[4]。新年忆旧家[5]。

注释

① 漏箭：漏壶中用作标识的箭。余香咽：谓香炉中的香已燃尽，余香缭绕。

② 蜀魂：指杜鹃鸟。相传蜀主名杜宇，号望帝，死后化为杜鹃，昼夜悲鸣，蜀人闻之，曰："我望帝魂也。"

③ 玉照：宋张镃堂名。以其堂周围皆种梅，皎洁辉映，夜如对月，因名。此处借指种有梅花的庭院。

④ 后庭花：借指凄凉之曲。语出唐杜牧《泊秦淮》："商女不知亡国恨，隔江犹唱后庭花。"

⑤ 旧家：从前。

译文

晓来寒意阵阵，一轮月牙儿高挂西南角。漏壶声叮叮作响，炉中之香已燃尽，余香缭绕。此时应是春光宜人，偏偏东风不分是非，乍暖还寒。杜鹃鸟在枝头羞涩地回头偷窥映在地上的影子。庭院梅枝横斜，冷红飘香。是谁在奏唱《后庭花》，凄凉的歌声让我在新年里想起了从前的点点滴滴。

简评

此词写早春之景，却暗蕴悲凄。在纤月高挂、漏壶声声之际，他不知是彻夜未眠还是过早醒来，体味着早春的寒冷天气。而这种寒冷更多来自于他的内心，所以才有“春已十分宜，东风无是非”的抱怨。下片的重点在末二句，《后庭花》常被称作亡国之音，而此处词人借以指凄凉的音乐。悲伤的音乐正勾起了他心底的点点滴滴，与新年本应喜庆的场景对比鲜明，更突显了其中的凄冷之意。

又

窗间桃蕊娇如倦[①]。东风泪洗胭脂面[②]。人在小红楼[③]。离情唱石州[④]。　　夜来双燕宿。灯背屏腰绿[⑤]。香尽雨阑珊。薄衾寒不寒。

注释

①“窗间”句：语出唐温庭筠《春暮宴罢寄宋寿先辈》：“窗间桃蕊宿妆在，雨后牡丹春睡浓。”

②“东风”句：语出唐白居易《后宫词》：“三千宫女胭脂面，几个春来无泪痕。”

③“人在”句：语出宋姜夔《满江红》：“又怎知、人在小红楼，帘影间。”

④石州：乐府商调曲名。唐李商隐《代赠》其二：“东南日出照高楼，楼上离人唱《石州》。”

⑤屏腰绿：谓屏风中间呈现的昏暗不明之貌。

译文

窗前桃花的花苞娇柔而困倦。春风徐徐，她红润娇美的脸上却泪痕斑斑。伫立在华美的楼头，心中被离别的愁绪萦绕，她轻轻唱起了《石州》。夜幕降临，燕儿双双归巢。在灯影中，燕影映在屏风的中间，显得昏暗不明。焚香燃尽，夜雨渐渐消歇。薄薄的被子是否寒冷？

简评

这是一首离别相思之作。全词哀婉感伤，令人不忍卒读。

又

朔风吹散三更雪。倩魂犹恋桃花月。梦好莫催醒。由他好处行。　无端听画角[①]。枕畔红冰薄[②]。塞马一声嘶。残星拂大旗。

注释

①画角：古管乐器。发声哀厉高亢，古时军中多用以警昏晓，振士气，肃军容。帝王出巡，亦用以报警戒严。

②红冰：喻泪水。五代王仁裕《开元天宝遗事·红冰》："杨贵妃初承恩召，与父母相别，泣涕登车，时天寒，泪结为红冰。"

译文

三更时分，北风劲吹，雪花乱舞。她依旧沉醉在沉沉的梦里，梦中桃花盛开，月光皎洁。如此好梦莫要将她催醒。由着她往梦中越来越美丽的地方前行。无由地听到画角声声。枕边已泪痕一片。塞外一声战马嘶鸣，星光寥落，军旗挥舞。

简评

此词似写一个绵长的梦。这个梦由两个色彩截然不同的梦境组成：上片写梦之美，桃花明月，留恋不已。下片转入凄凉的边塞之梦。画角声声将她无端地引入到他的世界：画角、战马、残星、大旗。思念的泪水喷涌而出。梦中独独不见他，给人以无限回味的空间。

又

问君何事轻离别。一年能几团栾月。杨柳乍如丝[①]。故园春尽时。　　春归归不得。两桨松花隔[②]。旧事逐寒潮[③]。啼鹃恨未消[④]。

注释

①“杨柳”句：语出唐温庭筠《菩萨蛮》：“杨柳又如丝，驿桥春雨时。”

② 松花：松花江。

③ 旧事：往事。

④ 啼鹃：杜鹃鸟。因杜鹃鸟叫声似“不如归去”，因而勾起词人的思家情绪。

译文

问你（月亮）为了何事而轻易地离别。一年中能有几次月圆。杨柳刚刚抽出嫩条，故乡的春天已经结束。春已尽，而我却不得返家。我的船儿被松花江阻隔。往昔的点点滴滴随着寒冷的潮水渐渐在心头退去，杜鹃鸟一声啼叫又勾起无限怅惘之情。

简评

此词写思乡之情。上片首二句明写问月，实是自问。由此可知词人常为思乡之情所苦。后二句写春天的短暂，实蕴含对家的思念，一种凄婉自在其中。下片首二句回答不得归的理由。末二句将思乡之情推向高潮，颇有“才下眉头，却上心头”之感。

又

为陈其年题照[①]

乌丝曲倩红儿谱[②]。萧然半壁惊秋雨[③]。曲罢髻鬟偏。风姿真可怜。　须髯浑似戟[④]。时作簪花剧[⑤]。背立讶卿卿[⑥]。知卿无那情[⑦]。

注释

①陈其年：陈维崧（1625—1682），清代词人、骈文作家。字其年，号迦陵。宜兴（今属江苏）人。

②乌丝：即《乌丝词》，陈维崧著。红儿：即杜红儿，唐代名妓。此处指歌妓。

③萧然：犹骚然，扰乱骚动的样子。

④“须髯”句：见《南史·褚彦回传》：“公主谓曰：

‘君须髯如戟，何无丈夫意？’”须髯：络腮胡子。陈维崧少负才名，冠而多须，浸淫及颧准，陈髯之名满天下。

⑤ 簪花剧：明沈自征杂剧《杨升庵诗酒簪花髻》。剧写状元杨升庵因进谏被贬，故沉湎于酒。春天，装扮成妇女去游春，穿妓女衣装，头梳双髻，面涂脂粉。时有人以重金求取翰墨，被其拒绝。酒酣之际，却在妓女身上泼墨淋漓。

⑥ 卿卿：男女间相互亲昵之称谓。

⑦ 无那：无限。

译文

《乌丝词》请歌妓谱唱，一唱半壁江山为之震动，秋雨亦为之震惊，萧萧而下。唱罢，她的发髻斜斜地偏在一边，风度仪态确实可爱。他满脸的络腮胡子简直就像戟一样，却构思、写作《簪花髻》。她背他而立，虽惊讶于此番模样，但也知道他的无限才情。

简评

据谢章铤《赌棋山庄词话》记载，释大汕作《迦陵填词图》，画其年掀髯露顶，旁坐丽人拈洞箫而吹。词上片首二句写词成后谱唱的盛况，后二句写唱罢歌妓的仪态。下片则写画中填词时的状态。全词看似就画论画，似则蕴含了对陈其年才情的赞赏。

又

宿滦河[①]

玉绳斜转疑清晓[②]。凄凄白月渔阳道[③]。星影漾寒沙。微茫织浪花。　　金笳鸣故垒[④]。唤起人难睡。无数紫鸳鸯[⑤]。共嫌今夜凉。

注释

①滦河：古濡水，即今河北东北部的滦河。

②玉绳：星名，即北斗第五星。秋季夜半之后，玉绳自西转北，逐渐下沉。

③渔阳：地名。辖境相当于今北京市平谷区、天津市蓟县等地。

④金笳：古代北方少数民族的一种管乐器。

⑤“无数”句：语出唐徐延寿《南州行》：“河头浣衣处，无数紫鸳鸯。”

译文

玉绳星自西转北，似乎天快要亮了。一轮略带寒意的明月照耀着渔阳道。星光点点，映得寒冷的沙滩上影影绰绰。渺茫星光里，一阵阵浪花轻漾。古堡垒传来金笳声声，使人难以入眠。还有那无数紫鸳鸯，都嫌今夜太过寒凉。

简评

词上片用白描手法写滦河拂晓之美景，如诗如画。

下片情感陡转，幽怨凄凉的金笳声给词作染上一层凄凄的色彩。夜寒难耐，借由鸳鸯隐曲表述。是嫌天气寒凉，抑或是成双的鸳鸯勾起了词人心中的另一层凉意？不尽之意，自在言外。

又

荒鸡再咽天难晓[①]。星榆落尽秋将老[②]。毡幕绕牛羊。敲冰饮酪浆[③]。　山程兼水宿。漏点清钲续[④]。正是梦回时。拥衾无限思。

注释

① 荒鸡：指三更前啼叫的鸡。此处用祖逖闻鸡起舞的典故。明汤显祖《牡丹亭》："梦回远塞荒鸡咽。"

② 星榆：榆荚形似钱，色白成串，因以"星榆"形容繁星。

③"敲冰"句：用唐王休敲冰煮茗事。五代王仁裕《开元天宝遗事》载，寒冬，王休常邀好友至家，亲自下河敲冰块，用来煮上好的建溪名茶，以招待客人。

④ 漏点：漏壶滴下的水点声。钲：古代乐器，在行军时敲打。

译文

第二遍鸡鸣声已沉寂，天空仍难以破晓。此时已近深秋，夜空繁星落尽。牛羊绕着毡制的帐篷。人们饮着敲开冰块所煮沸的牛羊奶。一路跋山涉水，清脆的钲声接着漏壶的水滴声。正是梦醒时分，我拥着衾被思绪万千。

简评

此词作于纳兰护驾出行途中。上片写边地之景，衰飒、凄清。首句即委婉地点明了词人的无眠。下片首二句写行军的艰辛。末二句明写无眠，与词首呼应，“无限思”则将词人的思家之情表达得一览无余。

又

惊飙掠地冬将半[①]。解鞍正值昏鸦乱。冰合大河流[②]。茫茫一片愁。　　烧痕空极望[③]。鼓角高城上。明日近长安[④]。客心愁未阑[⑤]。

注释

① 惊飙：迅猛的狂风。

②“冰合”句：唐李贺《北中寒》：“黄河冰合鱼龙死。”大河：黄河。

③ 烧痕：野火的痕迹。

④ 长安：此处借指清朝京城北京。

⑤“客心”句：语出南朝齐谢朓《暂使下都夜发新林至京邑》：“大江流日夜，客心悲未央。”

译文

狂风席卷大地，冬天已过半。解下马鞍暂且停驻，正值黄昏，群鸦乱飞。黄河已成片成片地结冰，茫茫一片，恰如愁思不绝。放眼望去，唯余一片野火的痕迹。高高的城楼上，鼓角连天。明日即将抵京，可游子的愁思却依然没有尽头。

简评

此词作于词人即将回京之际。全词基调低沉。景物一如既往的萧瑟苍茫，客心一如既往的愁情满怀。而这不能用近乡情怯来草草解释。“客心愁未阑”给词作赋予了更深的意蕴，颇得含蓄之旨。

又

榛荆满眼山城路[①]。征鸿不为愁人住。何处是长安[②]。湿云吹雨寒。　丝丝心欲碎。应是悲秋泪。泪向客中多。归时又奈何。

注释

①榛荆：犹荆棘。山城：指依山固守的营垒。

②长安：此处借指北京。

译文

放眼望去，通向营垒的山路荆棘遍布。远飞的大雁亦不会为我这个多愁之人而停留片刻。何处是京师？湿云沉沉，吹来的雨丝带着阵阵寒意。一丝丝飘进我的心里，使我心碎欲滴。那应该是悲秋的眼泪。

眼泪在旅居他乡时尤其多。那么到了回家的时候又将如何呢？

简评

游子思归的主题总能引出无穷的愁情，全词字字伤感，哀婉欲绝。

又

黄云紫塞三千里[①]。女墙西畔啼乌起[②]。落日万山寒。萧萧猎马还。　　笳声听不得。入夜空城黑。秋梦不归家。残灯落碎花[③]。

注释

①黄云：边塞之云。塞外沙漠地区黄沙飞扬，天空常呈黄色，故称。紫塞：晋崔豹《古今注·都邑》："秦筑长城，土色皆紫，汉塞亦然，故称紫塞焉。"此处指北方边塞。

②女墙：城墙上呈凹凸状的小墙。

③"残灯"句：语出唐戎昱《桂林腊夜》："晓角分残漏，孤灯落碎花。"碎花：此处指灯花。

译文

茫茫边塞，黄云几千里。女墙西边，乌鸦啼叫着飞向天空。日落时分，群山笼罩着寒意。打猎而归的马群嘶鸣萧萧。入夜时分，不堪听胡笳的凄凄之声。荒凉的边城夜色沉沉。秋日的梦中亦难促成回家的夙愿。灯将尽，灯花簌簌落下。

简评

此词上片写日落时分的边塞之景，苍劲雄浑。下片写入夜的边城，“笳声”“空城”“残灯”，凄凉之意甚浓。末二句将词人的思乡梦不成与眼前的残灯结合，簌簌而落的灯花又何尝不是词人心碎的隐喻，一个“落”字而境界全出。

又

寄顾梁汾苕中①

知君此际情萧索②。黄芦苦竹孤舟泊③。烟白酒旗青④。水村鱼市晴⑤。　柁楼今夕梦⑥。脉脉春寒送。直过画眉桥⑦。钱塘江上潮。

注释

①顾梁汾：顾贞观（1637—1714），清代文学家。号梁汾，江苏无锡人。苕中：湖州有苕溪，此处指湖州一带。

②萧索：凄凉。

③“黄芦”句：语出唐白居易《琵琶行》：“黄芦苦竹绕宅生。”

④“烟白”句：语出宋秦观《望海潮》：“烟暝酒旗斜。”

⑤“水村”句：语出宋陆游《秋思》：“水村渔市从今

始，安用区区海内名。”

⑥柁楼：船上操舵之室。此处借指乘船。

⑦画眉桥：语出顾贞观《踏莎美人》：“双鱼好记夜来潮，此信拆看，应傍画眉桥。”自注：“桥在平望，俗传画眉鸟过其下即不能巧啭，舟人至此，必携以登陆云。”

译文

我知道你此刻倍感凄凉。一叶孤舟停泊在黄芦苦竹间。白烟袅袅，青色的酒旗飘飘。水边村落的天空晴朗，卖鱼的市场开始活跃。今夜你梦载行舟，春日的寒气无声地袭来。船驰过画眉桥，来到钱塘江上，随江潮起伏。

简评

此词写纳兰想象中的友人归途之景和行程。“萧索”二字为全词奠定一个凄清的基调，同时亦是词人自身心情的影射，使得冲和平淡的景物染上一层落寞和孤清的色彩。全词清淡疏朗，尤其是“烟白酒旗青，水村鱼市晴”句，恰如一幅色彩淡雅的水墨画，美不胜收。

又

萧萧几叶风兼雨。离人偏识长更苦[①]。攲枕数秋天[②]。蟾蜍早下弦[③]。　夜寒惊被薄。泪与灯花落[4]。无处不伤心[5]。轻尘在玉琴[6]。

注释

①长更：犹长夜。

②欹枕：斜靠着枕头。

③蟾蜍：代指月。此处指下弦月。即农历每月二十二日或二十三日时的月亮，为满月之半，亮面朝东，弦向西，故称。

④“泪与”句：语出宋范仲胤妻《伊川令》：“叫奴独自守空房，泪珠与灯花共落。”

⑤“无处”句：语出唐荆叔《题慈恩塔》：“暮云千里色，无处不伤心。”

⑥“轻尘”句：语出唐温庭筠《题李处士幽居》：“瑶琴寂历拂轻尘。”玉琴：华丽的琴。

译文

稀疏的几片叶子在风雨中飘零。离别之人偏偏知晓长夜漫漫之苦。斜靠着枕头数着秋天的星空，月亮早已是下弦之月了。被子太薄，半夜因寒冷而惊醒。眼泪与灯花双双落下。没有什么地方能让自己不伤心，华丽的琴已蒙上一层薄薄的灰尘。

简评

这是一首怀思之作。萧条的景物与主人公悲哀的心境相映。夜半无寐数星空的百无聊赖，无人同眠因被薄而夜惊的辛酸，因无人琴瑟和鸣而瑶琴落灰的叹息，无不诉说着主人公的孤寂。一个"离人"的形象清晰地呈现在眼前。

又

为春憔悴留春住。那禁半霎催归雨[1]。深巷卖樱桃。雨余红更娇。　　黄昏清泪阁[2]。忍便花飘泊[3]。消得一声莺。东风三月情。

注释

①半霎：极短的时间。

②阁：搁置，此处当作"含着"。参见宋范成大《八场坪闻猿》："天寒林深山石恶，行人举头双泪阁。"

③便：便让。

译文

为了春的美好我竭尽心力想要让春光停留，哪里禁得住突然刮来的雨催春归去。深巷里有人在卖樱桃，雨后的樱桃红得更加娇艳。黄昏时分，我含着眼泪，极力忍着，让花随风而去。一声莺啼悦耳，三月的东风撩人情思。

简评

此词写伤春、惜春之情。词人的伤感来自于惜春又无计留春住的无奈。全词有一种淡淡的感伤。唯末二句似给原本凄凄的情感带来些许惊喜与温暖。小词清丽疏荡，别有一番动人之处。

又

晶帘一片伤心白[①]。云鬟香雾成遥隔[②]。无语问添衣。桐阴月已西。　　西风鸣络纬[③]。不许愁人睡[④]。只是去年秋。如何泪欲流。

注释

①晶帘：水晶帘子。伤心白：极白之义，却多了一层感伤的意味。参见唐李白《菩萨蛮》："寒山一带伤心碧。"

②云鬟香雾：指乌黑的头发和她的香气。此处代指纳兰心中的女子。

③络纬：蟋蟀。俗称络丝娘、纺织娘。

④"不许"句：语出宋李清照《念奴娇》："被冷香消新梦觉，不许愁人不起。"

译文

水晶帘望去白白一片。她与我已遥遥相隔。（天气凉了）再没有人会问我是否要添衣裳。月已西沉，梧桐树转为暗淡。西风里，蟋蟀长鸣，吵得愁思之人辗转反侧。还与去年一样的秋色，如何惹得我的眼泪快要滴落。

简评

从词作极其哀伤的情感基调来看，此词当属悼亡之作。上片交代词人与妻子天人两隔。下片首二句将他的孤枕难眠归咎于蟋蟀的鸣叫，婉曲表述的手法似乎稍稍冲淡了词作浓浓的哀思。末二句的提问，虽无答案而答案自现，将全词的情感推入一个新的境界。哀婉凄恻，令人动容。

又

乌丝画作回文纸[①]。香煤暗蚀藏头字[②]。筝雁十三双。输他作一行[③]。　　相看仍似客。但道休相忆。索性不还家。落残红杏花。

注释

①乌丝：乌丝栏。指上下以乌丝织成栏，其间用朱墨界行的素绢。后亦指有墨线格子的笺纸。回文：指回文诗。

②香煤：妇女用以画眉的化妆品。色黑若煤，并带芳香气味。藏头：即藏头诗。每句的第一个字连起来读，可以传达作者的某种心思。

③“筝雁”二句：筝雁：筝柱。因筝柱斜列如雁行，故称。筝有弦十三条，每条弦两头各有一柱。故两头筝柱排列起来共有两行。此二句的意思是：十三弦的筝柱尚能排成两行，而我却孤独一人，所以才有“输他作一行”之说。

译文

乌丝栏上写着一首饱含相思的回文诗，你用香煤将藏头诗句首的字偷偷遮住。十三弦的筝柱尚能排成两行，而我却孤独一人。刚刚相聚，彼此还未熟稔（便已离别在即），互劝别后不要想念，（相聚的时光如此短暂）。还不如不要回家，任那红色的杏花全部凋零。

简评

此词亦写相思，却一改凄婉哀怨，笔调平淡，构思独特。上片写她的来信和思念。下片写词人的回忆和现在的感受。“索性不还家，落残红杏花”的负气之语，生动道出思念和憾恨。

又

阑风伏雨催寒食①。樱桃一夜花狼藉。刚与病相宜。琐窗薰绣衣②。　　画眉烦女伴。央及流莺唤③。半晌试开奁。娇多直自嫌④。

注释

① 寒食：节令名，在清明前一日或二日。南朝梁宗懔《荆楚岁时记》：“去冬节一百五日，即有疾风甚雨，谓之寒食，禁火三日。”

② 琐窗：镂刻有连锁图案的窗棂。

③ 央及：连累。此处当作“引得”之义。

④ 直：只。

译文

阑珊的风，绵绵的雨，似催促着寒食节早早来到。一夜之间樱桃的花遍地狼藉。她刚刚病愈，便在窗前用香料熏彩绣的丝绸衣服。她呼唤女伴，烦请为自己画眉，引得黄莺也在窗外啼啭。许久，她才试着打开镜匣，看到自己娇弱的面容，她又对自己不满意了。

简评

此词首二句写春日阑珊之景。第三句以下写一刚病愈女子熏衣、梳妆等活动。全词明白如话，平淡自然。

又

春云吹散湘帘雨[①]。絮黏蝴蝶飞还住。人在玉楼中。楼高四面风。　柳烟丝一把。暝色笼鸳瓦[②]。休近小阑干。夕阳无限山。

注释

① 湘帘：用湘妃竹做的帘子。
② 鸳瓦：鸳鸯瓦，指成对的瓦。

译文

风吹湘帘，云收雨散。柳絮飘飘，黏着蝴蝶乍飞还停。她站在华丽的楼头，高高的楼上四面环风。烟雾蒙蒙的柳条如一把丝，鸳鸯瓦笼罩在一片暮色苍茫中。此时莫凭栏。夕阳外，群山连绵。

简评

上片首二句勾勒一幅春日雨后美景图，“吹”“飞还住”，动感十足。下片首二句写春日晚景，色彩明暗结合，柳烟的“绿”与夜色的“暝”给人以视觉冲击。末二句大有“夕阳无限好，只是近黄昏”之意，一句“休近小阑干”流露出词作伤感的基调。至此，一个春日傍晚登楼远眺、略带伤感的主人公形象跃然纸上，怀思之意顿现。

减字木兰花

新月

晚妆欲罢。更把纤眉临镜画。准待分明。和雨和烟两不胜[①]。　　莫教星替[②]。守取团圆终必遂。此夜红楼。天上人间一样愁。

注释

①“和雨”句：语出宋杜安世《行香子》：“寒食下，半和雨，半和烟。”

② 莫教星替：语出唐李商隐《李夫人》其一：“惭愧白茅人，月没教星替。”

译文

化完晚妆本该结束，但她又对镜描起了纤纤细眉，准备等待皎洁的月光铺洒，却经不起烟雨的笼罩。不要让星星将你替代。只要等待终能迎来月圆。今夜这华丽的楼中，天上人间一样含愁。

简评

此词表面上写新月，实则以月喻人间的离别。上片用拟人的手法来表现新月的乍隐乍现。下片是词人对月圆的期待和浓浓的感伤。

又

烛花摇影。冷透疏衾刚欲醒。待不思量[①]。不许孤眠不断肠。　茫茫碧落。天上人间情一诺[②]。银汉难通[③]。稳耐风波愿始从[④]。

注释

①待不思量：语出宋苏轼《江城子》："十年生死两茫茫，不思量，自难忘。"

②"茫茫"二句：此二句暗用唐白居易《长恨歌》故事。一诺：《史记·季布列传》："楚人谚曰：'得黄金百斤，不如得季布一诺。'"此处当指爱情盟誓。

③银汉：银河。

④稳耐：忍受。

译文

蜡烛的光焰在灯影中摇曳，我刚从冷冷的薄被中醒来。想要不去思念，思念却偏让我这个孤眠之人痛彻心肠。茫茫青天，（你人在何处？）你我天人相隔，但此情不渝。银河迢迢路难通，我愿忍受各种考验与你始终相随。

简评

上片写词人的断肠思念。下片是词人对爱情的承诺。天人之隔亦无法阻断词人对爱情盟誓的坚守，从中更可见其一片深情。《长恨歌》典故的运用让词作多了一层悲情而浪漫的色彩。

又

相逢不语。一朵芙蓉着秋雨[①]。小晕红潮。斜溜鬟心只凤翘[②]。　待将低唤。直为凝情恐人见[③]。欲诉幽怀。转过回阑叩玉钗。

注释

①“一朵”句：语出明张羽《送沈孝廉读书天屏山》：“秋空雨洗千芙蓉。”

②斜溜：斜斜地插着。凤翘：凤形头饰。

③凝情：情意专注。

译文

偶然相逢，彼此静默不语。她如一朵滴着秋雨的芙蓉花，脸上微微泛起红晕，鬟髻中央只斜斜地插着一支凤翘。我想要低声地呼唤她，只是害怕如此深情被人看见。想要倾诉埋藏在心中的感情，转过曲折的栏杆，轻轻叩击着玉钗。

简评

这是一首爱情词，写纳兰与心仪女子相逢的经历。上片描写女子美丽娇羞的容貌。下片写词人欲说还休的矛盾心理。词作准确、细腻地刻画了恋爱中情侣的娇羞、小心翼翼和情意绵绵。

又

从教铁石[①]。每见花开成惜惜。泪点难消。滴损苍烟玉一条[②]。　　怜伊太冷。添个纸窗疏竹影。记取相思。环佩归来月下时[③]。

注释

①从教：任凭。铁石：即铁石心肠。唐皮日休《桃花赋序》："余尝慕宋广平之为相，正姿劲质，刚态毅状，疑其铁石心肠，不解吐婉媚辞。然睹其文而有《梅花赋》，清便富艳，得南朝徐庾之体。"

②玉一条：语出唐张谓《早梅》："一树寒梅白玉条。"

③"记取"二句：语出宋姜夔《疏影》："昭君不惯胡沙远，但暗忆、江南江北。想佩环、月夜归来，化作此花幽独。"

译文

任凭铁石心肠之人，每每看到花开也会倍加怜惜。泪珠难以消去，一滴滴落在苍茫云雾深处的梅枝上。可怜她太过寒冷，便在她旁边添画一扇纸窗和一片疏疏的竹影。请记得我的思念，清寒的月光下，务必要回来。

简评

这是一首咏梅词。梅花在词人的笔下似乎具有生命，尤其是末二句化用姜夔《疏影》词句，将梅花想象成一个具有感情的女子，十分浪漫、温馨。而“惜惜”“滴损”“怜伊”等词语的运用，使一个爱梅、惜梅之人的形象呼之欲出。

又

断魂无据。万水千山何处去①。没个音书。尽日东风上绿除②。　　故园春好。寄语落花须自扫。莫更伤春。同是恹恹多病人③。

注释

①“断魂”二句：语出唐韦庄《木兰花》：“千山万水不曾行，魂梦欲教何处觅。”断魂：指哀伤的梦魂。无据：指无所依凭。

②除：台阶。

③恹恹：精神委靡貌。

译文

忧伤的梦魂无所依凭，飘越千山万水却不知道该去向何方。依旧没有你的任何音信。春风终日吹着绿色的台阶。故乡此时应春光明媚。寄语给远方的你：若有落花飘落，请自行清扫，更加不要因为春天的凋零而伤心。我跟你一样，都是恹恹多病之人。

简评

上片用春已来到，而她依旧音信杳无来含蓄地表达他的思念。下片是词人对远方的嘱咐、安慰：尽管现在春光大好，总有落花时节，切莫伤春。而末句的“多病”非真实的身体之病，更多的是“心病”，即相思病。他试图委婉地告诉她：他也深深地思念着对方。小词如叙家常，情真意切。

又

花丛冷眼[①]。自惜寻春来较晚[②]。知道今生。知道今生那见卿。　　天然绝代。不信相思浑不解。若解相思。定与韩凭共一枝[③]。

注释

① 花丛冷眼：语出清顾贞观《烛影摇红·立春》：“负却韶光，十年眼冷花丛里。”

②“自惜”句：典出《唐诗纪事》。杜牧曾在湖州与一少女相遇，约定十年后迎娶。然而十四年后，

他到湖州做刺史时，这个女子已经嫁人生子，于是作《怅诗》一首："自是寻春去较迟，不须惆怅怨芳时。狂风落尽深红色，绿叶成阴子满枝。"

③"定与"句：据晋干宝《搜神记》载：宋康王霸占韩凭的妻子何氏，韩凭夫妇先后殉情，死后二人冢上各生一棵大梓树，屈体相就，根交于下，枝错于上。树上常有双鸳鸯悲鸣，人称其树为"相思树"。

译文

（这些年来）我无心流连于百花丛中，心里也暗暗地可惜现在再来游赏春色已经较晚了。但是我哪里知道，哪里知道，今生能见到像你一样的可人儿。天生丽质的绝代佳人啊，我不相信我对你的相思你全然不知。如果你能知道我的相思，你定会如韩凭妻与韩凭般与我共结连理枝。

简评

此词亦写相思，上片写相见恨晚之意，杜牧典故的运用浑化无迹。下片写词人的思念和美好的愿望。词人用韩凭典，想象她若解相思，定会与自己共结连理。全词透着一种淡淡的遗憾，淡淡的感伤。

卜算子

新柳

娇软不胜垂[①]，瘦怯那禁舞[②]。多事年年二月风，翦出鹅黄缕[3]。　　一种可怜生，落日和烟雨。苏小门前长短条[4]，即渐迷行处[5]。

注释

①“娇软”句：语出隋炀帝《望江南》：“湖上柳，烟里不胜垂。”

②“瘦怯”句：语出宋高观国《解连环·柳》：“春风时节，隔邮亭。故人望断，舞腰瘦怯。”

③“多事”二句：语出唐贺知章《咏柳》：“不知细叶谁裁出，二月春风似剪刀。”鹅黄：指新柳的淡黄色。

④“苏小”句：语出唐温庭筠《杨柳枝》：“苏小门前长短条。”苏小：南朝齐钱塘名妓。

⑤即渐：渐渐。

译文

它那柔美的样子似乎承载不了垂着的千丝万缕，瘦弱的模样怎禁得起春风的舞动。那年年多事的二月春风，为它吹出淡黄色的柳条。日落时分，烟雨蒙蒙，它别有一种可爱。苏小小门前那长短不一的柳条（枝繁叶茂），使得小径渐渐迷失。

简评

这是一首咏物词。上片用拟人的手法状写柳条的娇柔貌，形神兼备。下片将柳置于特定的环境中，间接写它的可爱和枝繁叶茂。全词用简笔勾勒，素雅清淡，然柳的风韵尽出。而苏小小典故的运用又为词作增添一层凄迷和沧桑感。

又

塞寒

塞草晚才青，日落箫笳动。戚戚凄凄入夜分[①]，催度星前梦。　小语绿杨烟[②]，怯踏银河冻[③]。行尽关山到白狼[④]，相见唯珍重。

注释

①戚戚凄凄：宋李清照《声声慢》："寻寻觅觅，冷冷清清，凄凄惨惨戚戚。"夜分：夜半。

②小语：细语。

③银河冻：语出宋华岳《冬日述怀》："寒入肌肤粟已生，银河冻合水无声。"此处当指结冰的河。

④白狼：白狼河。今称大凌河，在辽宁省朝阳市南，流入渤海湾。

译文

边塞的青草在黄昏时分才显露出青绿的本色。太阳西沉，箫和胡笳声响起。忧伤而凄凉的乐声一直持续到夜半时分，催促着她的梦魂前来与我相会。杨柳织烟处传来她的细语，她正害怕地踩着冰冻的河流前来。踏遍关山终于来到白狼河，而相见时唯道一声"珍重。"

简评

词作于纳兰扈行边塞之际。上片首二句写景，苍凉悲凄。边塞的荒凉、寒冷加剧了词人对她的思念，此时此刻，唯一温暖之事便是早早入梦与她相会。下片写了一个看似温暖的梦，她历尽艰辛来了，千言万语却唯有一声淡淡的“珍重”。一种无语的沧桑和浓浓的情谊在默默流淌。以这样一种方式安排两人相会，相思而外更多了一层凄楚。

又

午日[①]

村静午鸡啼，绿暗新阴覆。一展轻帘出画墙[②]，道是端阳酒。　　早晚夕阳蝉，又噪长堤柳[③]。青鬓长青自古谁[④]，弹指黄花九[⑤]。

注释

① 午日：端午，即农历五月初五日。

② 帘：酒旗。

③“早晚”二句：语出宋释永颐《秋蝉》：“日落秋蝉噪柳津。”

④“青鬓”句：语出唐韩琮《春愁》：“金乌长飞玉兔走，青鬓长青古无有。”

⑤ 黄花九：黄花即菊花。此处当指九月九日重阳节。

译文

宁静的村庄中，日午鸡鸣，一片暗绿的树丛在正午阳光的照射下投射出新的阴影。一面酒旗探出华丽的墙壁迎风招展，道是卖端午节的酒。蝉鸣阵阵，早晚不绝，夕阳西下，又在长堤的柳树上鸣个不停。自古有谁能够长久地保持浓黑的鬓发？时光飞逝，马上又到重阳节。

简评

上片以白描手法写景，绘制一幅端午村景图，动中有静，质朴自然，给人以宁静、安逸、出尘之感。下片首二句依然写景，却已明显带上了词人的感情色彩，一“又”字涌动着词人内心隐隐的烦躁。紧接着末二句便道出烦躁的缘由：容颜易老，光阴易逝，将一首普通的节序词提升到人生层面的深度思考，耐人寻味。

卷二

采桑子

彤云久绝飞琼字[①]，人在谁边。人在谁边。今夜玉清眠不眠[②]。　香销被冷残灯灭[③]，静数秋天。静数秋天。又误心期到下弦[④]。

注释

①彤云：彩云。飞琼：许飞琼，仙女名，传说中西王母的侍女。字：此指书信。

②玉清：道家三清境之一。此指仙境。

③“香销”句：语出宋李清照《念奴娇》：“被冷香消新梦觉，不许愁人不起。”

④心期：心愿。下弦：即下弦月。

译文

彩云中很久都没有传来许飞琼的来信了。她人在哪里？人在哪里？今夜她在玉清仙境是否也无眠？炉香的烟雾逐渐散去，衾被凉透，残灯也已熄灭。我静静地、静静地数着秋天的夜空。又到了下弦之月，我与你相见的愿望又落空了。

简评

词上片将日思夜想的她喻成身处仙境的仙女，二人音信断绝已久。而天上人间的距离似乎暗示了相会的渺茫。下片跌落人间，写他的孤独无眠和一次又一次落空的期待。一种真情，几许愁情，多少痴念，在朴实无华的文字中流淌。

又

谁翻乐府凄凉曲[①]，风也萧萧。雨也萧萧[②]。瘦尽灯花又一宵[③]。　　不知何事萦怀抱，醒也无聊。醉也无聊。梦也何曾到谢桥[④]。

注释

①翻：演奏。乐府：诗体名。初指乐府官署所采制的诗歌，后将魏晋至唐可以入乐的诗歌，以及仿乐府古题的作品统称乐府。

②“风也”二句：语出宋蒋捷《一剪梅·舟过吴江》：“风又飘飘，雨又萧萧。”

③“瘦尽”句：见明曹溶《采桑子》：“忆弄诗瓢，落尽灯花又一宵。”

④“梦也”句：见宋晏几道《鹧鸪天》：“梦魂惯得无拘检，又踏杨花过谢桥。”谢桥：此处当指所爱女子之居所。

译文

是谁在演奏凄凉的乐府诗歌，伴随着风声萧萧，雨声萧萧？灯花落尽，又一个夜晚过去了。不知何事萦绕在我的心里，令我醒着也无聊，醉了也无聊，连做梦都不曾到达她所住的地方。

简评

上片写景，凄凉乐声，风雨萧萧，残灯落尽，皆是凄凉之意。下片写词人的百无聊赖。而这种无聊皆因对她的思念和连梦也不可及的怅恨，哀婉沉重。

又

严宵拥絮频惊起[①]，扑面霜空[②]。斜汉朦胧[③]。冷逼毡帷火不红。　　香篝翠被浑闲事[④]，回首西风。数尽残钟。一穗灯花似梦中[⑤]。

注释

①严宵：寒夜。

②霜空：秋冬的晴空。唐张说《和朱使欣》之二："霜空极天静，寒月带江流。"

③斜汉：指秋天向西南方向偏斜的银河。

④香篝翠被：见宋周邦彦《花犯·梅花》："更可惜，雪中高树，香篝薰素被。"香篝：熏笼。

⑤穗：禾本植物聚生在茎的顶端的果实。此处喻指灯花。

译文

寒夜里拥被而眠却频频惊起，秋日的晴空扑面而来，远处银河朦胧。寒气袭人，连毡帐中的炉火也烧得不够旺盛。瑟瑟秋风中，回首往事，曾经熏笼暖翠被的美好已离我远去了。我默默地数着残更的钟声，静静地看着眼前的一穗灯花，一切好似在梦中一般。

简评

上片写景，寒意逼人。“频惊起”一方面是由于天气苦寒，实则也有思家的凄楚在其中。下片首二句是对往事的回忆，“闲事”则说明这一切已远去了。末二句回到现实，延续凄苦的基调，如梦如幻，令人凄绝。

又

冷香萦遍红桥梦[①]，梦觉城笳。月上桃花。雨歇春寒燕子家。　　箜篌别后谁能鼓[②]，肠断天涯。暗损韶华。一缕茶烟透碧纱[③]。

注释

①红桥：红色栏杆的桥。

②箜篌：古代拨弦乐器名。鼓：弹奏。

③茶烟：烧茶煮水、泡茶时产生的烟。碧纱：即“碧纱橱”，古代的一种纱帐，因像橱形，故称“纱橱”。

译文

梦中的红桥，处处萦绕着花的清香。城头胡笳的悲鸣声令我从梦中惊醒。月亮渐渐升到桃花树梢。春雨渐止，带着丝丝寒意，燕子已经归巢。自从别后，谁还能弹奏箜篌？此刻我远在天涯，肝肠寸断。美好的年华正暗自流逝。一缕茶烟，透过碧色的纱橱袅袅升起。

简评

这是一首春夜怀思之作。上片皆用景语，但处处留“情”。下片首二句直写怀人，而怀人之余，又暗伤年华的流逝。末句回归景语，却有一种淡淡的幽凄。

又

咏春雨

嫩烟分染鹅儿柳[1]，一样风丝[2]。似整如欹[3]。才著春寒瘦不支[4]。　　凉侵晓梦轻蝉腻[5]，约略红肥[6]。不惜葳蕤[7]。碾取名香作地衣[8]。

注释

①“嫩烟”句：语出唐韦庄《春陌》：“嫩烟轻染柳丝黄。”嫩烟：喻蒙蒙雨丝。分染：工笔画绘制中最重要的染色技巧。一支笔蘸色，另一支笔蘸水，将色彩拖染开去，形成色彩由浓到淡的渐变效果。

② 风丝：指微风。

③ 欹：歪斜。

④“才著”句：见唐韩偓《无题》：“春寒瘦着人。”

⑤ 轻蝉：指光滑的蝉鬓。腻：烦。

⑥红肥：见宋李清照《如梦令》："知否，知否，应是绿肥红瘦。"

⑦葳蕤：指鲜好之花。

⑧"碾取"句：语出宋秦观《阮郎归》其一："落红成地衣。"地衣：地毯。

译文

蒙蒙雨丝似用分染之法将柳条染成淡淡的鹅黄色。同样的微风习习，柳条却一会儿整整齐齐，一会儿又歪歪斜斜。似乎风中才刚带着点儿春寒，它就已经瘦弱得不能承受。丝丝凉意渐来，令人晓梦初醒，不觉些许烦躁：外面花儿或许在春雨中绿肥红瘦。春雨却不顾惜花儿，打落一地，铺成一张华美地毯。

简评

此词咏春雨，却不拘泥于春雨，而从弱柳、微风、落花等事物落笔，间接描写，将春雨的形神刻画得恰到好处，流露出淡淡的惜春之情。

又

塞上咏雪花

非关癖爱轻模样[①]，冷处偏佳。别有根芽。不是人间富贵花[②]。　谢娘别后谁能惜[③]，飘泊天涯。寒月悲笳。万里西风瀚海沙[④]。

注释

① 非关：不是因为。轻模样：语出宋孙道绚《清平乐·雪》："悠悠扬扬，做尽轻模样。"

② 富贵花：指牡丹。

③ 谢娘：指谢道韫。

④ 瀚海：此指沙漠。

译文

不是因为我特别喜爱雪花轻飘飘的模样，实在是因它在寒冷之地更有魅力。它的根茎自在别处，并不是人间的富贵之花。自谢道韫谢世后还有谁能怜惜它，它四处飘零，（和它相伴的）唯有寒冷的月亮，悲凄的胡笳，万里西风和浩如烟海的沙漠。

简评

这是一首咏物词。上片写词人怜爱雪花的缘由。下片写雪花的无人赏识和漂泊孤凄。故纳兰笔下的雪花形神兼具之余，别有韵味，不流于平淡。

又

桃花羞作无情死，感激东风。吹落娇红。飞入窗间伴懊侬[①]。　谁怜辛苦东阳瘦[②]，也为春慵。不及芙蓉[③]。一片幽情冷处浓。

注释

①懊侬：烦闷的人。

②“谁怜”句：用南朝梁沈约事。沈约曾任东阳太守。他在仕途上不得志，常悒郁不平，曾写信给徐勉，言已老病，百日数旬，革带常应移孔，以手握臂，率计月小半分。亦见宋苏轼《临江仙》：“谁道东阳都瘦损。”

③芙蓉：即芙蓉镜。指背面铸有芙蓉花饰的铜镜。唐段成式《酉阳杂俎续集·支诺皋中》：“相国李公固言，元和六年下第游蜀，遇一老妪，言：‘郎君明年芙蓉镜下及第，后二纪拜相，当镇蜀土，某此时不复见郎君出将之荣也。’明年果然状头及第，诗赋题有《人镜芙蓉》之目。”

译文

桃花羞于无情地消失在人间。它感激春风将它的花儿吹落。花儿飞进窗间陪伴着烦闷之人。有谁会可怜我这个辛苦瘦削之人，如今因为春天的凋零而慵懒不已。以至于赶不上廷试。一片郁结的情思在寂寂无人处更加强烈。

简评

康熙十二年殿试，纳兰因病未能参加，此词即缘此而作。词上片写桃花多情，陪伴他这个烦恼之人。而他的烦恼大概正出于以上的原因。下片委婉交代他不得参加殿试的缘由，而错失机遇也令他郁闷不已。全词连用两典，词人的失意尽在其中。

又

拨灯书尽红笺也，依旧无聊。玉漏迢迢[①]。梦里寒花隔玉箫[②]。　几竿修竹三更雨，叶叶萧萧。分付秋潮。莫误双鱼到谢桥[③]。

注释

①“玉漏”句：语出宋秦观《南歌子》其一：“玉漏迢迢尽，银潢淡淡横。”玉漏：古代计时漏壶的美称。

②“梦里”句：语出唐司空曙《送王尊师归湖州》：“玉箫遥听隔花微。”此句喻梦里与她音尘相隔。

③双鱼：指书信。古乐府《饮马长城窟行》：“客从远方来，遗我双鲤鱼。呼儿烹鲤鱼，中有尺素书。”

译文

把灯拨亮，在红笺上写尽满满的相思，可我依旧百无聊赖。精美的漏壶水滴声漫漫。梦里与她音尘相隔。三更雨潇潇，几竿修竹树叶萧萧。将红笺托付给秋天的潮水。不要耽误了将这些书信送到她的身边。

简评

此词写相思。上片首二句写他的相思和无聊。后二句写时间的漫长和即使在梦里亦不得见的无奈。下片首二句写景，凄清萧瑟。末二句托情。他想借助有规律的潮涨潮落将自己的书信寄到她的身边。全词不事雕琢，却恰到好处地将词人的寂寞、无聊、相思表现得淋漓尽致。

又

凉生露气湘弦润[①]，暗滴花梢。帘影谁摇。燕蹴风丝上柳条[②]。　舞余镜匣开频掩，檀粉慵调[③]。朝泪如潮。昨夜香衾觉梦遥[④]。

注释

① 湘弦：即湘瑟。泛指弦乐器。屈原《楚辞·远游》：“使湘灵鼓瑟兮，令海若舞冯夷。”

② 蹴：追逐。

③ 檀粉：一种浅赭色的眉粉。

④ 香衾：香被。此处暗指夫妻间的情爱。

译文

夜来寒凉，露凝结成水汽滋润了湘瑟，露珠暗暗地滴在花梢上。是谁摇动了帘影？燕儿追逐着微风，飞上了柳树的枝条。轻舞之余，她将梳妆用的镜匣频频开启又频频掩上。她懒得匀调眉粉，眼泪如潮水般涌出来，想起昨夜梦里一晌贪欢，恍若隔世。

简评

此词以男子作闺音。上片写景，给人以寒冷、静谧而空灵之感。下片写女子的慵懒和悲情。末句对梦境的回忆和感受凄凉之意甚浓。此词虽是代言之作，却无矫揉之感，生动而真切地刻画了一个闺思女子的形象。

又

土花曾染湘娥黛[①]，铅泪难消[②]。清韵谁敲[③]。不是犀椎是凤翘[④]。　　只应长伴端溪紫[⑤]，割取秋潮。鹦鹉偷教[⑥]。方响前头见玉箫[⑦]。

注释

①土花：苔藓。湘娥：即湘夫人。此处指湘妃竹。世传湘夫人哭舜帝，泪染楚竹成斑。

②铅泪：晶莹凝聚的眼泪。此处指竹的斑痕。

③清韵：清雅和谐的声音或韵味。

④犀椎：犀角制成的小槌。凤翘：凤形头饰。

⑤端溪紫：即端溪紫石，代指端砚。

⑥鹦鹉偷教：典出宋祝穆《古今事文类聚后集》卷四十三《鹦鹉传呼》："蔡相确贬新州，侍儿名琵琶随焉。有鹦鹉甚慧，公每扣响板，鹦鹉传呼其名。琵琶卒后，误触响板，鹦鹉犹传呼不已。"

⑦方响：古磬类打击乐器。由十六枚大小相同、厚薄不一的长方铁片组成，分两排悬于架上。用小铁槌击奏，声音清浊不等。创始于南朝梁，为隋唐常用乐器。玉箫：人名。此处当指词人心爱之女子。唐韦皋未仕时，寓江夏姜使君门馆，与侍

婢玉箫有情，约为夫妇。韦归省，愆期不至，箫绝食而卒。后玉箫转世，终为韦侍妾。事见唐范摅《云溪友议》卷三。

译文

苔藓曾爬满了青青的湘妃竹，依旧能看到斑痕点点。是谁敲出了清雅之音？不是乐器方响中的犀角制的小槌，而是她的凤形头饰。而今我只应长伴在端砚旁书写红笺，让秋潮带信而去。我偷偷地将相思之语教给鹦鹉代为传达、呼唤。恍惚中，在方响的清韵中，我似乎见到她的身影。

简评

上片回忆竹林中发生的美好往事。她用玉翘敲击着斑竹，清韵缭绕，似在传递绵绵情意。下片现实与想象结合。他让秋潮送信，让鹦鹉传情，而他的努力似乎得到了回报。在一片竹林清韵般的乐声中，她似乎出现了，亦幻亦真。此词时空交错，含蓄曲折。相思之浓，尽在字里行间，令人凄怆不已。

又

谢家庭院残更立[①]，燕宿雕梁。月度银墙。不辨花丛那辨香[②]。　此情已自成追忆[③]，零落鸳鸯。雨歇微凉。十一年前梦一场。

注释

①谢家庭院：用谢道韫咏雪旧事。

②“不辨”句：语出唐元稹《杂忆》之三：“寒轻夜浅绕回廊，不辨花丛暗辨香。”

③“此情”句：语出唐李商隐《锦瑟》：“此情可待成追忆，只是当时已惘然。”

译文

五更时分，我依然伫立在庭院之中。燕子已在华丽的雕梁上休息了。月光流转，墙上银色一片。夜色朦胧，难以辨识花丛的位置，又哪里能辨别花香的来源？一片深情早已成了空空的回忆，你也已香消玉殒。雨渐渐止住了，空气中带着丝丝凉意。十一年前发生的一切好像一场梦一般。

简评

上片写景，凄清惨淡。“残更”一词说明词人彻夜无眠。“不辨花丛那辨香”似乎别有所指，除了因夜色的苍茫无法辨识，怕更多的是因伊人已去，他已无心欣赏美好之物了。下片抒发感慨。“雨歇微凉”虽是景语，却也正契合沧桑的心境。

又

而今才道当时错[①]，心绪凄迷。红泪偷垂[②]。满眼春风百事非。　情知此后来无计，强说欢期。

一别如斯。落尽梨花月又西[3]。

注释

①“而今”句：语出宋刘克庄《忆秦娥》：“古来成败难描摸，而今却悔当时错。”

②红泪：眼泪。晋王嘉《拾遗记·魏》：“文帝所爱美人姓薛名灵芸，常山人也……灵芸闻别父母，歔欷累日，泪下霑衣。至升车就路之时，以玉唾壶承泪，壶则红色。既发常山，及至京师，壶中泪凝如血。”

③“落尽”句：见宋梅尧臣《苏幕遮》：“落尽梨花春又了。”

译文

现在才知道当时的错，我心情因此而悲凉怅惘。暗自默默地流泪，眼前春风袭人，然而一切皆物是人非。明明知道以后她再也不可能回来了，当时还强自约定他日相会。如此一别，再无相逢。梨花已落尽，月亮又西沉了。

简评

上片写词人的悔恨和物是人非的怅惘。一“错”字百感交集，内蕴丰富。下片首二句回忆当初离别的一幕，一“强”字道出了多少无可奈何的辛酸。末二句回到现实，写别后的时光荏苒。梨花落尽则暗示着韶华的流逝。全词缠绵凄恻，催人泪下。

又

明月多情应笑我[①]，笑我如今。孤负春心[②]。独自闲行独自吟。　　近来怕说当时事，结遍兰襟[③]。月浅灯深。梦里云归何处寻[④]。

注释

①“明月”句：语出宋苏轼《念奴娇·赤壁怀古》：“故国神游，多情应笑我，早生华发。”

②春心：春景所引发的意兴或情怀。此指那个女子对词人的爱慕之情。

③结遍兰襟：语出宋晏几道《采桑子》：“结遍兰襟，遗恨重寻，弦断相如绿绮琴。”兰襟，衣襟的美称。

④“月浅”二句：见宋晏几道《清平乐》：“梦云归处难寻，微凉暗入香襟。犹恨那回庭院，依前月浅灯深。”云：朝云。用巫山神女事。借指词人心仪的女子。

译文

多情的明月应笑我，笑我如今白白地辜负她的情谊，独自漫步，独自吟唱。近来怕提起当时之事，当时我与她情投意合。月光惨淡，灯影暗淡。她如楚襄王梦里的朝云般归去，无处可寻。

简评

上片以明月的多情来反衬词人的“无情”，然词人真的无情吗？欲擒故纵的手法正强调了词人的“多情”。

正因多情，才有“独自闲行独自吟”的悲凄。下片进一步证明了他的多情。他不敢回忆，因为过往的美好让人伤情。他想要寻找，已无处可觅。全词伤感、落寞，又有一种隐隐的惆怅。此词亦有人认为是怀念友人之作，可备一说。

谒金门

风丝袅。水浸碧天清晓①。一镜湿云青未了②。雨晴春草草③。　梦里轻螺谁扫④。帘外落花红小。独睡起来情悄悄⑤。寄愁何处好。

注释

①“水浸”句：语出宋米芾《蝶恋花·米南宫登海岱楼玩月》：“水浸碧天天似水。”

②“一镜”句：见唐杜甫《望岳》：“岱宗夫如何，齐鲁青未了。”

③ 草草：匆忙仓促貌。

④ 轻螺：指黛眉。

⑤ 悄悄：忧伤貌。《诗·邶风·柏舟》：“忧心悄悄，愠于群小。”

译文

天刚亮时，微风袅袅，蔚蓝色的天空倒映在水中。水面如镜，湿云缓度，蓝色一望无际。雨过天晴，春色匆匆。梦中是谁为她轻描眉黛？帘外红色的小花洒落一地。她独自一人睡觉起来，一种忧伤萦绕心头。她的愁思向何处寄托才好？

简评

词作上片写春日雨后之景，明净优美，传神生动。一“浸”字境界全出，“草草”二字既写出了春色匆匆，又略带一种伤感的情绪。下片写她的春愁。小词笔调闲淡，清新隽永，余韵悠长。

好事近

帘外五更风[①]，消受晓寒时节[②]。刚剩秋衾一半[③]，拥透帘残月[④]。　争教清泪不成冰，好处便轻别。拟把伤离情绪，待晓寒重说。

注释

①“帘外”句：语出宋李清照《浪淘沙》：“帘外五更风，吹梦无踪。”

② 消受：禁受，忍受。

③“刚剩”句：见宋无名氏《洞仙歌》：“独拥寒衾一半。”

④ 透帘残月：见宋柳永《女冠子》：“有时魂梦断，半窗残月，透帘穿户。”

译文

帘外五更的寒风凄厉，忍受着拂晓时候的寒冷天气。秋日的衾被恰好空剩着一半，拥着透进帘子的残月余光而眠。眼泪怎能不长流而致结冰呢？彼此总是在欢好情浓之际便轻易地离别。打算把这种因离别而感伤的心情，等到再次晓寒时候重新诉说。

简评

上片首二句写景，突出“寒”意。后二句写词人的孤独。下片首二句直写人的感受。眼泪长流而致结冰，不仅呼应了上片天气寒冷的特点，更是悲伤程度的形象表述。由于轻离轻别，悲伤中带着些许无奈，也使得主人公最后发出了晓寒重说的呼声。

又

马首望青山，零落繁华如此。再向断烟衰草[1]，认藓碑题字[2]。　　休寻折戟话当年[3]，只洒悲秋泪。斜日十三陵下[4]，过新丰猎骑[5]。

注释

① 断烟衰草：语出宋林一龙《越中吟》：“断烟衰草共凄凉。”

② 藓碑题字：见宋梅尧臣《送永兴通判薛虞部》：“藓碑剥烂少文字，雨耕拾宝牛蹄中。”

③ 折戟：见唐杜牧《赤壁》：“折戟沉沙铁未销，自将磨洗认前朝。”此处当指历史的遗迹。

④ 十三陵：明代十三个皇帝陵墓的总称。位于北京市昌平区天寿山麓。

⑤新丰：汉县名，故城在今陕西西安市临潼区东北阴盘城。本秦骊邑。汉高祖定都关中，因其父思归故里，乃依故乡丰邑街里房舍格局改筑骊邑，并迁来丰民，改称新丰，以娱其父。太上皇居新丰，日与故人饮酒高会，心情愉快。后乃用作新兴贵族游宴作乐及富贵后与故人聚饮叙旧之典。

译文

依着马首所向望去，眼前青山连绵，曾经的繁华已衰败成而今的苍凉萧索。再向那孤烟枯草深处，去辨认长满苔藓的古石碑上所题的字迹。不要再寻找历史的遗迹，并诉说当年的成败兴亡，仅眼前衰飒的秋色便已令人潸然泪下。夕阳西下，新朝的行猎者正骑着马缓缓地驰过十三陵。

简评

这是一首咏史怀古之作，抒发古今兴亡之叹。词作末二句最为出彩，昔日明朝帝王的陵寝而今已变成新朝权贵的游猎之所，既有时空的跨度，又有成败的对比；既有思古的幽情，又有伤今的意味。一切权力、繁华，终究躲不过历史的轮回。“夕阳”的意象似乎暗蕴了新朝的未来。

又

何路向家园，历历残山剩水[①]。都把一春冷淡，到麦秋天气[②]。　料应重发隔年花[③]，莫问花前事。纵使东风依旧，怕红颜不似。

注释

① 残山剩水：语出唐杜甫《陪郑广文游何将军山林》之五："剩水沧江破，残山碣石开。"此处当指词人因心情的忧伤而看到的山河寥落。

② 麦秋：麦熟的季节。通指农历四五月。

③"料应"句：宋马令《南唐书》卷六："(李后主)又尝与后移植梅花于瑶光殿之西，及花时而后已殂，因成诗见意曰……又云：'失却烟花主，东君自不知。清香更何用，犹发去年枝。'"

译文

哪一条道路才是回家乡的路？（途经之地）满目山河寥落萧索。一春的芳华都被忽略，而今已到麦熟的季节。想来花儿明年应该还会重新盛开，就不要再追究花儿的凋零了。即使那时春风跟现在一样，她的美丽容颜也不会跟现在一样了。

简评

上片首二句写词人离家在外，沿途风景寥落萧索。后二句写对春色的无心欣赏和春的短暂。下片抒发感慨。花儿凋零了来年还可以再开，红颜易老却一去不返。词作既有惜春之情，又反映了词人对她的思念，隐含着不能陪她慢慢变老的自责和无奈。

一络索

长城

野火拂云微绿[①]。西风夜哭。苍茫雁翅列秋空，忆写向、屏山曲[②]。　　山海几经翻覆[③]。女墙斜矗[④]。看来费尽祖龙心[⑤]，毕竟为、谁家筑。

注释

① 野火：指磷火。俗称“鬼火”。

② 屏山：指屏风。

③“山海”句：意为发生了沧海桑田的变迁，此处暗指朝代的兴亡更替。

④ 女墙：城墙上呈凹凸形的小墙。此指长城。

⑤ 祖龙：指秦始皇。

译文

远处天地相接，磷火似触着天上的云朵，绿光闪闪。夜晚的秋风声声凄厉，似发出阵阵哀嚎。广阔无边的秋空中，雁翅整齐地排列，让人想起画在曲折如山的屏风上的雁行。经过多少次沧海桑田的变迁，长城依然斜斜地矗立。当年秦始皇费尽心思筑造的长城，究竟是为了谁而建？

简评

上片写长城周围的景色。下片重在抒发感慨。长城几经变迁，依然屹立不倒，而这正是当年秦始皇费尽心思而建，希望万世绵延，然而现在早已成为别朝的防御之地，所以一句“毕竟为、谁家筑”带着世事无常，功名虚无的叹息。全词着重通过描写和叙述来抒发对历史的心灵感悟，感情沉郁。

又

过尽遥山如画。短衣匹马[①]。萧萧木落不胜秋[②]，莫回首、斜阳下。　别是柔肠萦挂。待归才罢。却愁拥髻向灯前，说不尽、离人话[③]。

注释

①短衣匹马：穿着短衣，骑着骏马。形容士兵英姿矫健貌。语出唐杜甫《曲江三章》：“短衣匹马随李广，看射猛虎终残年。”

②“萧萧”句：见唐杜甫《登高》：“无边落木萧萧下，不尽长江滚滚来。”

③“却愁”二句：见宋刘辰翁《宝鼎现》：“又说向、灯前拥髻，暗滴鲛珠坠。”拥髻：谓捧持发髻，话旧生哀。汉伶玄《赵飞燕外传》：“通德占袖，顾视烛影，以手拥髻，凄然泣下。”

译文

我穿着短衣，骑着骏马，驰过一座座如画的远山。树叶凋零，萧萧而下，如此秋色让我愁不自禁。夕阳西下，不堪回首。另有一番柔情让我牵肠挂肚，待到回去才能稍稍消歇。又愁灯下捧持着她的发髻，有无尽的离愁别情要诉说。

简评

上片写途中之景。“过尽”一词似暗示路途之遥。而由于离别太久，词人的思念愈甚，移情于景，途中的景色显得愈加萧瑟。下片是对重逢场景的想象，生动真实地展现一种欲说还休的思念之情。词作情景交融，感情真挚，又极富画面感。

又

雪

密洒征鞍无数。冥迷远树。乱山重叠杳难分，似五里、濛濛雾[①]。　　惆怅琐窗深处[②]。湿花轻絮[③]。当时悠飏得人怜，也都是、浓香助。

注释

①“似五里”句：典出《后汉书·张楷传》：“张楷字公超……性好道术，能作五里雾。”此处指模糊不清的景物。

②琐窗：见南朝宋鲍照《玩月城西门廨中》：“蛾眉蔽珠栊，玉钩隔琐窗。”

③湿花：喻雪花。

译文

无数的雪花偷偷地洒落在征鞍上。远处树木昏暗迷茫。凌乱的山层层叠叠，幽深难分，仿佛一切都在蒙蒙的雾中。如轻轻的柳絮般，雪花飘进琐窗，使我惆怅不已。雪花飘扬，惹人怜爱，而这一切都因为当时有浓香的暗中相助。

简评

这是一首咏物词，却将所咏之物与词人隐秘的情感结合，余韵悠长。上片写景，雪花飘飘，景物迷蒙，勾勒出一片凄清昏冥的雪景图。下片首二句由飘进窗棂的雪花引发感慨。末二句则交代当时的雪花与而今不同的原因，即有“浓香”的暗助。此句含义多重，既指当时的雪花有梅花等花香的衬托，又暗示当时有佳人陪伴，而今孤身一人，同样的雪景却造就两副不同的肝肠。

清平乐

烟轻雨小[①]。望里青难了。一缕断虹垂树杪。又是乱山残照[②]。　凭高目断征途[③]。暮云千里平芜[④]。日夜河流东下，锦书应托双鱼[⑤]。

注释

①烟轻雨小：见宋晏几道《清平乐》：“烟轻雨小，紫陌香尘少。”

②乱山残照：见唐李中《江行晚泊寄湓城知友》："江浮残照阔，云散乱山横。"

③凭高目断：语出宋晏殊《诉衷情》："凭高目断，鸿雁来时，无限思量。"

④"暮云"句：见唐王维《观猎》："千里暮云平。"

⑤锦书：即"锦字书"。双鱼：一底一盖，可以把书信夹在里面的鱼形木板，常指代书信。亦称"双鲤"。

译文

烟雨蒙蒙。我放眼望去，青青一色，一望无际。（乍雨还晴）一缕彩虹挂在树梢，落日的余晖又笼罩着荒芜的山头。登临高处，我望断远行的路途。草木丛生的平旷原野上，暮云千里。河流日夜不停地往东流逝，我应把书信托付给双鱼（带到她的身边）。

简评

此词当作于词人远行之际。末句以上皆以白描手法写景，妥帖细腻，语言质朴，带着些许落寞的伤感。末句点题，借双鱼将自己的思念传达。于是读者豁然开朗，这一切凄凄的景色皆因词人心中的离情所致。全词读来有一种自然之美。

又

青陵蝶梦[①]。倒挂怜么凤[②]。褪粉收香情一种[③]。栖傍玉钗偷共。　　愔愔镜阁飞蛾[④]。谁传锦字秋河⑤。莲子依然隐雾⑥，菱花偷惜横波⑦。

注释

①青陵：青陵台。韩凭夫妇殉情之处。见唐李商隐《青陵台》："青陵台畔日光斜，万古贞魂倚暮霞。莫讶韩凭为蛱蝶，等闲飞上别枝花。"

②么凤：鸟名。因其喜桐花，又称桐花凤。

③褪粉：宋罗大经《鹤林玉露》卷十四："杨东山言《道藏经》云：蝶交则粉退，蜂交则黄退。"宋周邦彦《满江红·春闺》："蝶粉蜂黄都褪了。"收香：明徐应秋《玉芝堂谈荟》卷三十三："《益部方物略》记桐花凤……此鸟以十二月来，日间焚好香，则收而藏之羽翼间，夜则张尾翼而倒挂以放香。一名收香倒挂，又名探花使。性极驯，好集美人钗上，宴客终席不去。"

④愔愔：悄寂貌。镜阁：指女子住室。

⑤秋河：即银河。

⑥"莲子"句：见《乐府·子夜歌》："雾露隐芙蓉，见莲不分明。"

⑦菱花：见宋王质《临江仙》："千顷翠围遮绿净，菱花影落波中。"

译文

我爱那青陵台的梦之蝶，也怜爱倒挂的桐花凤。无论是蝶交粉退抑或收香藏翼，它们皆是专一的情种，共同偷偷地停靠在玉钗旁。阁中寂寂，唯有飞蛾相伴。有谁能将我的书信寄到银河那边。莲子依然在雾中若隐若现，菱花偷偷地将影子倒映在横流的水波上。

简评

此词依然写相思，却一改往昔词作平白如话的特点，写得隐曲含蓄。上片写蝶和桐花风两种事物，用两个意味深长的典故暗喻曾经的欢好和此情不渝。下片写词人的孤寂和思念。末二句看似写景，实则又可作另一种解读：莲子可解读为“怜子”，菱花可借指为菱花镜，横波也可喻秋波。词人思念深深，可怜记忆中的她依然如雾里看花般朦胧，他唯有对着菱花镜偷偷怜惜记忆中的她秋波流转的模样。词作以这样一个雾里看花的结句，传达词人的思念，也留给后人无尽的探索和回味。

又

将愁不去[①]。秋色行难住。六曲屏山深院宇[②]。日日风风雨雨。　雨晴篱菊初香。人言此日重阳。回首凉云暮叶，黄昏无限思量。

注释

① 将愁不去：见宋辛弃疾《祝英台近》：“是他春带愁来，春归何处，却不解、带将愁去。”

② 六曲屏山：指十二扇屏风折成六曲。屏山，屏风。

译文

愁苦挥之不去，连秋色都无法停驻。深深的庭院中，六曲屏风遮护，却依旧日日风雨不止。雨过天晴，篱下的菊花开始散发出淡淡的香气。别人说这一日是重阳佳节。黄昏时分，我回头看那空中阴凉的云朵和落日中的树叶，引发无限的思索。

简评

此词写重阳之思，却又不拘泥于节令的叙写。上片写因愁思不断而秋色难驻，日日凄风苦雨的萧瑟之景。下片首二句以重阳特定的景物菊花和他人的议论来切题。末二句用黄昏之景又一次引出愁思，呼应词首“将愁不去”。词作不加修饰，自然简淡，却情思饱满。

又

凄凄切切。惨淡黄花节①。梦里砧声浑未歇②。那更乱蛩悲咽。　　尘生燕子空楼。抛残弦索床头③。一样晓风残月④，而今触绪添愁。

注释

①黄花节：指重阳节。

②砧声：捣衣声。

③“尘生”二句：语出宋周邦彦《解连环》：“燕子楼空，暗尘锁，一床弦索。”燕子楼：楼名，在今江苏省徐州市。相传为唐贞元时尚书张建封之爱妾

关盼盼居所。张死后，盼盼念旧不嫁，独居此楼十余年。此处指纳兰所思念的女子居住之所。

④ 晓风残月：见宋柳永《雨霖铃》："今宵酒醒何处，杨柳岸、晓风残月。"

译文

悲惨凄凉的重阳节，一片凄凄切切之声。梦中捣衣声还没停歇，更何况又传来蟋蟀的悲鸣声。你曾居住的楼已空空荡荡，满是灰尘，床头琴弦散乱。还是跟从前一样的晓风残月，而今却触动了我的心绪，徒添忧愁。

简评

重阳佳节，词人触景伤情。全词皆用景语，却字字凄凉。相思离别的主题演绎得凄婉感伤，令人断肠。

又

忆梁汾[①]

才听夜雨。便觉秋如许。绕砌蛩螿人不语[②]。有梦转愁无据[③]。　乱山千叠横江[④]。忆君游倦何方[⑤]。知否小窗红烛，照人此夜凄凉[⑥]。

注释

① 梁汾：即顾梁汾。

② 蛩螿：蟋蟀和寒蝉。

③"有梦"句：见宋卢祖皋《谒金门》："蝶梦转头无据。愁到曲屏深处。"

④"乱山"句：见宋苏轼《书王定国所藏烟江叠嶂图》："江上愁心千叠山。"

⑤游倦：即倦游，谓厌倦于行旅生涯。

⑥"知否"二句：见宋周紫芝《清平乐》："只有琐窗红蜡，照人犹自销魂。"

译文

才听到夜里的潇潇雨声，我便已感知到浓浓的秋意。蟋蟀和寒蝉围绕着台阶凄凄鸣叫，人声消歇。幽幽梦中相见，但无凭之梦醒来生出更多的愁意。远山层层叠叠，杂乱地横陈在江上。我想起了你，不知道你漂泊到了哪里？今夜这小窗前，红烛正照着孤独的我，无限凄凉。

简评

这是一首怀念友人之作。上片写愁，情与景融。下片依旧写愁。苍凉的景色让词人关心起友人的近况。而末二句以孤寂的场景来表达孤清之情，对友人的思念尽在其中。全词感情深挚，笔调凄凉。

又

塞鸿去矣。锦字何时寄。记得灯前佯忍泪[①]。却问明朝行未。　　别来几度如珪[②]。飘零落叶成堆。一种晓寒残梦，凄凉毕竟因谁。

注释

①“记得”句：见唐韦庄《女冠子》：“别君时，忍泪佯低面，含羞半敛眉。”

②如珪：见南朝梁江淹《别赋》：“至乃秋露如珠，秋月如珪，明月白露，光阴往来。”

译文

边塞的鸿雁已经远去了。书信何时才能寄来？犹记得分离之际，你在灯前强忍着泪水，问我明天是否出发。离别后，月亮几度圆缺，凋零的落叶堆积。在寒冷的拂晓残梦中，我究竟因谁而凄凉不已？

简评

上片首二句，词人由眼前鸿雁的远去而发出书信何时寄的问询，表达相思之情。后二句回忆别时情景，二人的难舍难分用她的语言和动作生动传神地表达。下片首二句写景，暗寓离别之久。末二句由梦境抒发感慨，流露出凄凉孤独之意。词作用塞鸿、落叶等典型的意象渲染离情，用“佯忍泪”“却问”等生动的细节表达情意，将相思和凄楚之情表达得淋漓尽致。

又

风鬟雨鬓[①]。偏是来无准。倦倚玉阑看月晕。容易语低香近[②]。　软风吹过窗纱。心期便隔天涯。从此伤春伤别[3]，黄昏只对梨花。

注释

①风鬟雨鬓：形容妇女头发蓬松散乱。唐李朝威《柳毅传》："昨下第，闲驱泾水右涘，见大王爱女牧羊于野，风鬟雨鬓，所不忍视。"

②"容易"句：见宋晏几道《清平乐》："勾引行人添别恨，因是语低香近。"

③"从此"句：语出唐李商隐《杜司勋》："刻意伤春复伤别，人间惟有杜司勋。"

译文

你风尘仆仆地赶来与我约会，却总是常常迟到。你略带疲倦地倚靠着华丽的栏杆与我一起看天上的月晕。你我软语温存，我总能轻易地闻到你身上的香气。和风缕缕，吹过窗纱。你我竟已天各一方，彼此思念。从此我不时为春天的逝去、为你我的离别而感伤。黄昏时分，只剩我孤独一人对着梨花悠悠思念。

简评

此词写相思。上片回忆幽会的情景，温情脉脉。下片情感陡转，抒写离思，愁情满怀。从别后，二人天涯相隔。词人伤春伤别，黄昏独对梨花，而这又何尝不是离别后她的处境呢？全词情感大起大落，对比鲜明，语言浅显流畅，读来倍觉凄凉。

又

秋思

凉云万叶。断送清秋节。寂寂绣屏香篆灭[1]。暗里朱颜消歇。　　谁怜照影吹笙。天涯芳草关情[2]。懊恼隔帘幽梦，半床花月纵横。

注释

①“寂寂”句：见唐韦庄《应天长》：“寂寞绣屏香一炷。”香篆：盘香。因其状盘屈如篆文，故称。

②“天涯”句：见宋辛弃疾《满江红》：“更天涯、芳草最关情。”

译文

阴凉的云，无数的落叶，伴着她度过明净爽朗的重阳节。屏风里寂静无声，盘香已经燃尽。不知不觉中，美好的容颜慢慢老去。谁会怜惜月光中独自吹笙的她？天边的芳草最能牵动情思。正懊恼梦境如隔着帘子一般隐隐约约，醒来时，床上月光和花影交错。

简评

此词塑造了一个容颜渐渐消歇的女子形象，用淡淡的笔调勾勒出静谧的场景和月下的孤独。结合“秋思”，引出一种隐曲而迷离的悲秋之情。将自古文人悲秋的主题，演绎得婉约、淡雅而意蕴绵长。

又

弹琴峡题壁[1]

泠泠彻夜[2]。谁是知音者。如梦前朝何处也。一曲边愁难写。　　极天关塞云中[3]。人随雁落西风。唤取红襟翠袖，莫教泪洒英雄[4]。

注释

①弹琴峡：居庸关七十二景之一，在三堡附近，山崖下清溪流于乱石间，淙淙有声，空谷传音，声若弹琴。

②泠泠：形容声音清越、悠扬。此处当指水声清脆。

③极天关塞：形容关塞极高，极为险阻。见唐杜甫《秋兴》："关塞极天唯鸟道，江湖满地一渔翁。"

④"唤取"二句：见宋辛弃疾《水龙吟》："倩何人唤取，红巾翠袖，揾英雄泪。"

译文

水声清脆，整夜不绝，谁是它的知音呢？前朝如梦，何处可觅？驻守边塞之人的愁苦难以用一首乐曲写尽。关塞高极入云，征人与大雁共同飘零于秋风。应唤取歌女消愁，不要让英雄的眼泪洒下。

简评

此词首二句由弹琴峡宛若琴音的淙淙水声，想到了"伯牙善鼓琴，钟子期善听"（《列子·汤问篇》）的典故，继而引出谁是知音的发问。此处一语双关，既问谁是清脆水声的知音，又隐含了词人无知音共赏的寂寞。第三句感怀历史。第四句写他的愁情无边。五六句写景，苍茫中带着凄凉。末二句化用前人词句写解愁之法，实则进一步渲染愁情。全词抒写边愁，将行役之人的孤独、寂寞表现得沉郁苍劲。

又

元夜月蚀[1]

瑶华映阙[2]。烘散蓂墀雪[3]。比似寻常清景别[4]。第一团栾时节。　　影娥忽泛初弦[5]。分辉借与宫莲[6]。七宝修成合璧[7]，重轮岁岁中天[8]。

注释

① 元夜：即正月十五元宵节。

② 瑶华：原指美玉。此处指月亮。

③ 蓂：蓂荚，传说中尧时的一种瑞草。墀：台阶前的空地，亦指台阶。

④ 比似：与……相比；比起。清景：清丽的景色。

⑤ 影娥：即影娥池。汉代未央宫中池名，后以指清澈鉴月的水池。典出《三辅黄图·未央宫》："影娥池，武帝凿以玩月。其旁起望鹄台，以眺月影入池中，亦曰眺蟾台。"初弦：指阴历每月初七、八的月亮。其时月如弓弦，故称。此处指月未蚀部分如同新月。

⑥分辉：典出《史记·樗里子甘茂列传》："臣闻贫人女与富人女会绩。贫人女曰：'我无以买烛，而子之烛光幸有余。子可分我余光，无损子明，而得一斯便焉。'"宫莲：莲花瓣的美称。

⑦七宝：七种珍宝。说法不一，《无量寿经》以金、银、琉璃、珊瑚、琥珀、砗磲、玛瑙为七宝。唐段成式《酉阳杂俎》卷一："君知月乃七宝合成乎，月势如丸，其影日烁，其凸处也，常有八万二千户修之。"合璧：完璧。

⑧重轮：日、月周围光线经云层折射而形成的光圈。古代以为祥瑞之象。中天：高空中，当空。

译文

月光照耀着皇宫，烘散了长满蓂荚的台阶上的皑皑白雪。今晚的景色与平常的清丽之景相比，颇为不同。这正是一年中第一次月圆的时候。清澈的宫池中，倒映着一轮月亮，形似新月。月光分辉，池中的莲花瓣明光闪闪。七种珍宝修成一轮完璧之月，在重轮烘托下年年高挂空中。

简评

此词描述了元宵佳节从月圆、月食到重圆的过程。全词比喻形象，融典混成，但并无多少新意，尤其是末句似有歌功颂德的嫌疑。此首疑为应制之作。

忆秦娥

龙潭口[①]

山重叠。悬崖一线天疑裂。天疑裂。断碑题字，古苔横啮。　风声雷动鸣金铁。阴森潭底蛟龙窟。蛟龙窟。兴亡满眼[②]，旧时明月[③]。

注释

① 龙潭口：即今吉林市东郊龙潭山之龙潭。山上有潭，名为“龙潭”，又称“水牢”，传说昔年曾锁孽龙于此。

② 兴亡满眼：见宋辛弃疾《南乡子·登京口北固亭有怀》：“满眼风光北固楼，千古兴亡多少事。”

③ 旧时明月：见宋毛滂《踏莎行·追往事》：“旧时明月犹相照。”

译文

群山重重叠叠。悬崖绝壁，一线天光，似欲将天裂开一般。断碑上苍苔斑斑，似在啃咬着碑上的字。风声如雷，发出兵器交接的声音。阴森森的潭底隐藏着传说中的蛟龙窟。满眼的潭口风光，却藏着多少兴亡旧事。依旧是一轮过去的明月高挂空中。

简评

此词写龙潭口风光。上片前三句写龙潭口悬崖的险绝，后二句用断碑苔藓来说明历史的变迁和凄凉。下片首三句写龙潭口的阴森，融传说于其中。以上皆是景语。唯末二句抒发兴亡之叹，情景交融，苍凉悲慨。

又

春深浅。一痕摇漾青如翦[①]。青如翦。鹭鸶立处[②]，烟芜平远[③]。　　吹开吹谢东风倦。缃桃自惜红颜变[④]。红颜变。兔葵燕麦[⑤]，重来相见。

注释

①“春深浅”二句：语出唐温庭筠《春野行》：“草浅浅，春如剪。”摇漾：荡漾。

②鹭鸶：白鹭。

③烟芜：云烟迷茫的草地。

④缃桃：即缃核桃，结浅红色的果实。

⑤兔葵燕麦：参见唐刘禹锡《再游玄都观绝句》的小引：“居十年，召至京师。人人皆言有道士手植仙桃，满观如红霞，遂有前篇，以志一时之事。旋又出牧，今十有四年，复为主客郎中。重游玄都，荡然无复一树，唯兔葵燕麦，动摇于春风耳。”兔葵：野生草本植物。

译文

春色深深，微风过处，如水波荡漾，显出整整齐齐的青青一片。白鹭站立处，一片云烟迷茫的草地，平坦辽阔。春风吹来，花儿开了又凋零，这样的日子似乎连春风都已觉得疲倦不堪。缃核桃也暗自怜惜花色的改变。再度重来，唯剩兔葵与燕麦依旧。

简评

上片以白描手法写春景，优美如画。下片依旧写景，却蕴含了更多的情愫。“倦”“自惜”等词汇的运用，流露出强烈的伤春、惜春之感。“兔葵燕麦”之典的运用，使感情进一步升华，多了一种物是人非、世事变迁的沧桑，增加了词作的厚重感。

又

长飘泊。多愁多病心情恶[①]。心情恶。模糊一片，强分哀乐。　拟将欢笑排离索[②]。镜中无奈颜非昨。颜非昨。才华尚浅，因何福薄。

注释

①“多愁”句：见宋柳永《安公子》：“当此好天好景，自觉多愁多病，行役心情厌。”

② 离索：指离群索居之寂寞。

译文

我长期漂泊在外。愁情多多，病魔缠身，心情糟糕。心情糟糕得分不清喜怒哀乐，却硬要勉强去区分哀乐。我打算用欢笑来排遣离群索居的寂寞。细观镜中的自己，容颜已非昨日。我才华尚浅，为何福气也如此浅薄？

简评

此词似是词人自言自语，抒发心中的牢骚，表达一种欲遣愁而不得的苦闷。全词明白如话，浅显易懂，却不流于浅薄。

阮郎归

斜风细雨正霏霏[①]。画帘拖地垂。屏山几曲篆烟微[②]。闲庭柳絮飞。　新绿密，乱红稀。乳莺残日啼。春寒欲透缕金衣[③]。落花郎未归。

注释

① 霏霏：浓密盛多貌。

②“屏山”句：见明陈子龙《醉落魄》：“几曲屏山，镇日飘香篆。”

③ 缕金衣：即金缕衣，以金丝编织的舞衣。

译文

正斜风拂拂，细雨霏霏。画帘垂地，几曲屏风遮护，盘香的烟缕渐渐消尽。寂静的庭院中柳絮纷飞。初春的草木嫩绿一色，郁郁葱葱，偶尔几朵红色的花儿杂乱地点缀其中。夕阳西下，乳莺婉转啼鸣。春日的寒气欲透过薄薄的金缕衣。花已开始飘落，而郎君还没有回来。

简评

此词借春日之景表达离愁别绪，自然清新，清丽疏荡，别有韵致。

画堂春

一生一代一双人[①]。争教两处销魂[②]。相思相望不相亲[③]。天为谁春。　浆向蓝桥易乞[④]，药成碧海难奔[⑤]。若容相访饮牛津[⑥]。相对忘贫。

注释

①“一生”句：语出唐骆宾王《代女道士王灵妃赠道士李荣》：“相怜相念倍相亲，一生一代一双人。”

②“争教”句：见宋杜安世《诉衷情》：“梦兰憔悴，掷果凄凉，两处销魂。”

③“相思”句：唐王勃《寒夜怀友》：“故人故情怀故宴，相望相思不相见。”

④蓝桥：桥名。在陕西省蓝田县东南蓝溪之上。相传其地有仙窟，为唐裴航遇仙女云英处。据《太平广记》载，唐代秀才裴航过蓝桥，遇一老妇与一绝色女子名云英在路旁茅舍内。裴航欲娶云英，老妇说，昨夜神仙给一小匀仙药，须玉杵臼捣之，故聘礼须玉杵臼，并为捣药百日。裴航依言而行，遂取云英为妻。

⑤“药成”句：用嫦娥奔月典。唐李商隐《嫦娥》：“嫦娥应悔偷灵药，碧海青天夜夜心。”碧海：传说中

的海名。《海内十洲记》："扶桑在东海之东岸。岸直，陆行登岸一万里，东复有碧海。海广狭浩汗，与东海等。水既不咸苦，正作碧色，甘香味美。"

⑥ 饮牛津：据晋张华《博物志》载：一海边居民乘槎至天河，见一丈夫牵牛渚次饮之，此丈夫即牵牛星。后以饮牛津指天河。

译文

明明是一生一世天造地设的一对人，怎让两处分离，各自哀伤，互相思念，互相遥望，却不能互相亲近。老天你到底为谁而春色满园？向蓝桥讨取船桨是容易的，难的是仙药捣成后却难以奔向碧海。如果能容我远访天河，与你面对面地生活在一起，即便是贫苦也毫不在意。

简评

上片多化用前人诗词句子抒发感慨，浑化无迹，不事雕琢，明白晓畅。下片接连用典，切合情境。表达了与她不易相见的憾恨，并许下了若能相见必当忘贫的誓言。此词将相知不能相守，相恋不能相见的苦楚表达得入木三分。

眼儿媚

独倚春寒掩夕霏[①]。清露泣铢衣[②]。玉箫吹梦，金钗画影，悔不同携。　　刻残红烛曾相待[③]，旧事总依稀。料应遗恨，月中教去，花底催归。

注释

① 夕霏：傍晚的雾霭。

② 铢衣：传说神仙穿的衣服，重量只有数铢甚至半铢。因用以形容极轻的分量，如舞衫之类。

③ 刻残红烛：刻烛计时。此谓在红烛上的刻度已烧残，即已夜深。

译文

傍晚的雾霭笼罩，独自站立在料峭春寒中。任凭清露打湿了铢衣。想当年玉箫悠扬，金钗映出你美丽的容颜，这一切早已远去，如梦如影。我后悔不能与你相携相伴。记得我曾与你烛下相对，直到夜深时分，然往事逐渐变得模糊不清。这些悔恨在月光下刚刚拂却，花底下却又涌上心头。

简评

此词上片由今而昔，追忆过去的情事，发出“悔不同携”的憾恨。下片继续回忆，并由此抒发感慨。往事逐渐模糊，思念却分毫未减，不能相守的憾恨亦是“才下眉头、却上心头”。此词寄语隐晦，似在怀念一段曾经逝去的感情，又似悼亡九泉之下的妻子。

又

重见星娥碧海槎[①]。忍笑却盘鸦[②]。寻常多少，月明风细，今夜偏佳。　　休笼彩笔闲书字[③]，街鼓已三挝[④]。烟丝欲袅，露光微泫[⑤]，春在桃花[⑥]。

注释

①星娥：神话传说中的织女，此处当指纳兰所爱之女子。唐李商隐《海客》："海客乘槎上紫氛，星娥罢织一相闻。"槎：木筏。

②盘鸦：指妇女盘卷黑发而成的头髻。

③"休笼"句：见唐赵光远《咏手》："慢笼彩笔闲书字。"彩笔：典出《南史·江淹传》：江淹少时，曾梦人授以五色笔，从此文思大进。晚年又梦一个自称郭璞的人索还其笔，自后作诗，再无佳句。后人因以"彩笔"指辞藻富丽的文笔。

④街鼓：设置在京城街道的警夜鼓。宵禁开始和终止时击鼓通报。始于唐，宋以后亦泛指"更鼓"。挝：敲打。

⑤泫：水珠下滴。

⑥春在桃花：典出宋周邦彦《少年游》："而今丽日明金屋，春色在桃枝。"

译文

我乘着木筏，越过碧海，重新见到你。你忍着笑却重新盘卷着发髻。平常见惯的明月微风，今夜却显得特别美好。不要再握笔悠闲地书写了，（夜已深）街上的更鼓敲过三遍。细长的杨柳枝条随风摆动，露珠微微地往下滴，春色正在桃花之上。

简评

此词写重聚。上片首句用典，似暗示自己结束了牛郎织女般的生活，与她重逢。第二句写她的情态，注重细节描写，将她乍见的喜悦与克制、娇羞与可爱刻画得入木三分。后三句写景兼抒发感慨。平常的景物，此时因为相聚的喜悦而变得更加美好，实则是词人主观感受的投射。下片首二句看似是劝慰，实则进一步刻画词人的喜悦。末三句写景，因带上了浓浓的感情色彩，故此时的景物竟是如此美好，春色可人。全词笔调轻快、灵动，恬静自然，在纳兰凄婉色彩浓郁的词集里别树一帜。

又

咏梅

莫把琼花比淡妆①。谁似白霓裳②。别样清幽，自然标格③，莫近东墙④。　　冰肌玉骨天分付⑤，兼付与凄凉。可怜遥夜，冷烟和月，疏影横窗⑥。

注释

① 琼花：一种珍贵的花。叶柔而莹泽，花色微黄而有香。淡妆：此处指白梅花。

② 霓裳：神仙的衣裳。相传神仙以云为裳。此处当喻梅花。屈原《九歌·东君》："青云衣兮白霓裳，举长矢兮射天狼。"

③ 标格：风度。

④ 东墙：典出战国楚宋玉《登徒子好色赋》之序："天下之佳人，莫若楚国；楚国之丽者，莫若臣里；臣里之美者，莫若臣东家之子……然此女登墙窥臣三年，至今未许也。"此处喻梅花的美丽。

⑤"冰肌"句：见宋李之仪《蝶恋花》："冰肌玉骨天所赋，似与神仙，来作烟霞侣。"

⑥ 疏影横窗：语出宋林逋《山园小梅》："疏影横斜水清浅，暗香浮动月黄昏。"

译文

不要把琼花比作白梅花，哪一种花能像它有白色的霓裳。它有着与众不同的清淡幽雅，自然的风度，美丽得让人只可远观。上天赋予了它冰清玉洁的肌骨，同时亦赋予它冷落孤清的气质。可怜漫漫长夜，在清冷烟雾和寒月的陪伴下，它疏朗的影儿横在窗前。

简评

此词咏白梅花。从梅花的颜色、气质、品质、神韵等方面落笔，刻画细腻生动，形神俱备、不落俗套。小词清丽疏荡，读来别有韵致。

朝中措

蜀弦秦柱不关情[①]。尽日掩云屏[②]。已惜轻翎退粉[③]，更嫌弱絮为萍[④]。 东风多事，余寒吹散，烘暖微醒[5]。看尽一帘红雨[6]，为谁亲系花铃[7]。

注释

①蜀弦：即蜀琴。秦柱：指秦国之筝瑟类弦乐器。关情：牵动情怀。

②云屏：有云形彩绘的屏风，或用云母作装饰的屏风。

③轻翎：指蝶翅。

④弱絮为萍：语出《御定佩文斋广群芳谱》卷九十一："浮萍，又名水花……季春始生，杨花入水所化。一叶经宿即生数叶，叶下有微须，即为其根。"明晏璧《柳絮泉》："东风三月飘香絮，一夜随波化绿萍。"絮，柳絮。

⑤醒：酒醉昏沉。此处当指陶醉。

⑥红雨：谓红色花瓣纷纷落下。

⑦"为谁"句：典出五代王仁裕《开元天宝遗事·花上金铃》："至春时，于后园中纫红丝为绳，密缀金铃，系于花梢之上。每有鸟鹊翔集，则令园吏掣铃索以惊之，盖惜花之故也。"花铃：指用以惊吓鸟雀的护花铃。

译文

动人的琴瑟声也无法牵动我的情怀，我整日里掩上云母屏风独自伤情。已经暗自怜惜蝴蝶褪粉，更不满柔弱的柳絮也飘入水中，化为浮萍。多事的春风吹散了残留的寒冷，暖意融融令人陶醉。帘外红色的花瓣纷纷落下，还能为谁系上那护花铃呢？

简评

此词写伤春惜春之情。上片首二句开门见山，写词人的感伤情绪。第三句以下则交代了感伤的缘由：无论是蝴蝶粉褪还是柳絮化萍，皆寥落伤感。下片首三句似有一丝暖意，然一“多事”却包含了一丝埋怨，一点无奈。因为落花飞尽，还能为谁寄花铃呢？浓浓的伤春之意尽显无疑。

摊破浣溪沙

林下荒苔道韫家[①]。生怜玉骨委尘沙[②]。愁向风前无处说，数归鸦[③]。　半世浮萍随逝水，一宵冷雨葬名花。魂是柳绵吹欲碎，绕天涯[④]。

注释

①道韫：指东晋谢道韫。南朝宋刘义庆《世说新语·贤媛》：“谢遏绝重其姊，张玄常称其妹，欲以敌之。有济尼者并游张谢二家，人问其优劣，答曰：王夫人（谢道韫）神情散朗，故有林下风气。顾家妇清心玉映，自是闺房之秀。”

②“生怜”句：语出明袁凯《赋绿珠得车字》：“只为恩深不相弃，还将玉体委尘沙。”生怜：犹可怜。

③数归鸦：见宋辛弃疾《玉蝴蝶》：“佳人何处，数尽归鸦。”

④“魂是”二句：见唐顾敻《虞美人》：“玉郎还是不

还家，教人魂梦逐杨花，绕天涯。”

译文

树林下荒苔遍布，此处正是她的家。可怜她已香消玉殒，埋葬在尘埃和沙土之中。迎着风，我的愁情无处诉说，唯有默默地数着天上的归鸦。半生如浮萍一般随流水逝去，归宿如名贵之花，被一夜寒凉的雨，尽数葬尽。魂灵如绵绵柳絮，轻吹欲碎，飞满天边。

简评

这似是一首悼亡之作。上片首二句写悼亡，下片首二句是词人的感怀，有“伤逝”之意。既有对自身光阴逝去的伤感，又有对她香消玉殒的悲痛。末二句迷离含蓄，再度强调伤痛之意。“吹欲碎”一语双关，明写柳絮，实写心碎。

又

风絮飘残已化萍。泥莲刚倩藕丝萦[1]。珍重别拈香一瓣[2]，记前生。　　人到情多情转薄，而今真个悔多情。又到断肠回首处，泪偷零。

注释

①倩：请求。萦：缠绕。

②香一瓣：亦称“一炷香”。佛教用语。

译文

风中的柳絮飘零凋残，已堕入水中化为浮萍。荷塘中的莲花虽刚劲，但藕丝缠绕不绝。离别时拈一炷香，道一声珍重，记起从前的点点滴滴。人如果太过多情，反而显得不够深厚。而今真的后悔自己太过多情。又到了令人断肠的地方，眼泪禁不住偷偷地掉下来。

简评

此词似是悼亡之作。上片首二句写景，已透露出凄凉之意。后二句似写悼亡之意，拈一炷香，记起她生前之事。下片写情，沉痛伤感，断人心肠。

又

欲语心情梦已阑[①]。镜中依约见春山[②]。方悔从前真草草[③]，等闲看。　　环佩只应归月下，钿钗何意寄人间。多少滴残红蜡泪[④]，几时干。

注释

①“欲语”句：语出宋辛弃疾《南乡子·舟中记梦》：“别后两眉尖，欲说还休梦已阑。”

②春山：春日山色黛青，因喻指妇人姣好的眉毛。

③草草：草率，随便。

④“多少”句：见唐李商隐《无题》：“春蚕到死丝方尽，蜡炬成灰泪始干。”

译文

想要诉说自己的心情，梦却醒了。镜中依稀能看到你画眉时的模样。后悔从前真是太草率了，没有把你看了又看。你本应该在月下归来，却为何徒将钿钗等首饰留寄人间。多少红烛的眼泪，一滴滴滴尽，不知道何时能干。

简评

从词意来看，当为悼亡之作。上片由一个阑珊的梦引出思念和悔恨。下片连用典故，“环佩”当借指女子，“钿钗”句暗用《长恨歌》词意，红蜡泪暗用李商隐诗句。将生死两隔、刻骨的思念和悲伤表达得淋漓尽致。

又

小立红桥柳半垂。越罗裙飏缕金衣[①]。采得石榴双叶子[②]，欲遗谁。　　便是有情当落月，只应无伴送斜晖。寄语东风休著力，不禁吹。

注释

①越罗裙：越地所产的丝织品，以轻柔精致著称。缕金衣：即金缕衣。

②“采得”句：见宋贺铸《玉楼春》：“离亭再卜和欢期，寻见石榴双翠叶。”

译文

短暂停驻在红桥上，两旁杨柳半垂。金缕衣和越罗裙随风飘扬。她摘下两片石榴的叶子，想要赠给谁。正是月落时分，有情人凄然入梦，只怕无人与她为伴，送去这一缕夕光余晖。寄语给春风休要用力，她瘦弱的身子禁受不住春风的劲吹。

简评

此词刻画了春日里一位女子的孤凄形象。虽于境界上未有多大的突破，却写得清新可人，优美流畅，形象生动，情感真挚。

又

一霎灯前醉不醒。恨如春梦畏分明①。淡月淡云窗外雨，一声声。　　人到情多情转薄，而今真个不多情②。又听鹧鸪啼遍了，短长亭。

注释

①“恨如”句：见宋周邦彦《木兰花令》：“恶嫌春梦不分明。”

②“人到”二句：与前《摊破浣溪沙》（风絮飘残已化萍）句意雷同。

译文

刹那间，我在灯前醉得不省人事，然而离恨如春天的梦一般害怕太过清楚。夜空中，一轮淡月、几片淡云点缀，更有窗外雨潇潇，一声声滴落。人如果太过多情，感情反而显得不够深厚。而今自己真的不算多情之人。然而又听到鹧鸪声声，回荡在长亭短亭间。

简评

此词依然延续离愁别恨的主题。上片词人意欲借酒消愁，却离恨不绝，一句害怕太过分明，凄楚之意顿现。月、云、雨的景物铺垫，进一步渲染了凄清的情感。下片明写自己已不多情，实是自我解脱之语。末二句用鹧鸪的凄切叫声将这种痛苦心境进一步加强，推翻前语。全词景中有情，情语、景语交错，将沉痛、凄婉、哀伤之意表现得自然真挚。

又

昨夜浓香分外宜。天将妍暖护双栖[①]。桦烛影微红玉软[②]，燕钗垂[③]。　　几为愁多翻自笑[④]，那逢欢极却含啼。央及莲花清漏滴，莫相催[⑤]。

注释

① 妍暖：谓晴朗暖和。双栖：此处喻夫妻共处。

② 桦烛：用桦木皮卷成的烛。红玉：红色宝玉。古常以此比喻美人肌色。汉刘歆《西京杂记》卷一："赵后体轻腰弱，善行步进退，女弟昭仪不能及也。但昭仪弱骨丰肌，尤工笑语。二人并色如红玉。

为当时第一，皆擅宠后宫。”唐施肩吾《夜宴曲》："被郎嗔罚琉璃盏，酒入四肢红玉软。”

③燕钗：旧时妇女别在发髻上的一种燕子形的钗。典出汉郭宪《汉武洞冥记》："元鼎元年，起招灵阁，有神女留一玉钗与帝，帝以赐赵婕妤。至昭帝元凤中宫人犹见此钗，共谋欲碎之。明旦视之，恍然见白燕直升天去。故宫人作玉钗，因改名玉燕钗，言其吉祥。”

④“几为”句：见明王彦泓《鳏绪三十二韵》："悔多翻自笑，怨极不能羞。”

⑤“央及”二句：见唐苏味道《正月十五夜》："金吾不禁夜，玉漏莫相催。”莲花清漏：即莲花漏，一种古代计时器，状如莲花。

译文

昨夜浓郁的香气弥漫，分外适宜。老天也带来了晴朗暖和的天气，保护着你我二人双宿双栖。在桦烛的灯影微茫中，你的肤色如温软的红玉，燕钗斜斜地垂在发髻上。曾有太多的愁反而发出苦涩的笑，谁想欢乐至极却不禁而泣。莲花漏发出清晰的滴漏声，请不要催促太急啊。

简评

此词叙写纳兰与所爱女子共度良宵之事。上片写二人灯下共处的温馨场景。首二句写景，并移情于景，因为相逢的喜悦，浓香适宜，天气晴暖，为相守创造了极其温暖而舒适的环境。后二句描摹她的动人情态。下片则一反温馨而平静的场景描写。首二句用喜极而泣来反衬相聚的欢乐。末二句用莲漏声声来表达时间飞逝，进一步强调欢聚的快乐，同时亦暗示了欢聚的短暂。而“莫相催”表面上是写莲漏声勿催，实则是对长久相守的渴望。小词情意绵绵，温馨感人。

青衫湿

悼亡

近来无限伤心事，谁与话长更。从教分付，绿窗红泪①，早雁初莺②。　　当时领略，而今断送，总负多情。忽疑君到③，漆灯风飐④，痴数春星。

注释

①绿窗红泪：见唐李郢《为妻作生日寄意》：“应恨客程归未得，绿窗红泪冷涓涓。”

②早雁初莺：语出《南史·萧子显传》：“若乃登高目极，临水送归，风动春朝，月明秋夜，早雁初莺，开花落叶，有来斯应，每不能已也。”

③忽疑君到：见唐卢仝《有所思》：“相思上夜梅花发，忽到窗前疑是君。”

④漆灯：燃漆为灯。漆指黑漆，黑色，应指冥界所用之灯。风飐：风吹使物颤动。

译文

近来我心中有无限伤心之事，漫漫长夜，能向谁倾诉？唯有任凭我的心，托付给眼前的景象和过去的记忆。窗前碧影婆娑，我的眼泪无声落下。早春的雁儿归来，黄莺在枝头寂寞啼啭。当时与你共同领略着美好的春景，而今唯有我孤独地打发春天的时光，总是辜负了一片深情。忽然间好像你又回来了，晚风吹拂，在漆灯的灯影摇曳中，你正痴痴地数着春日夜空的星星。

简评

此词上片写词人内心的沉痛和无处可说的悲哀。末二句看似写景，实则寄寓了无穷的孤寂。下片首三句回忆与现实交织，再一次说明自己的孤独。末三句是词人的想象，想象中她的到来似乎暂慰词人，实则加深了这种不能言说的孤凄感。思念之深，感情之浓，尽在无言间流露。漆灯的意象，给词作蒙上一种压抑、阴冷的感觉，暗合悼亡的氛围。

落花时[①]

夕阳谁唤下楼梯。一握香荑[②]。回头忍笑阶前立，总无语[③]，也相宜。　　相思直恁无凭据[④]，休说相思。劝伊好向红窗醉，须莫及，落花时。

注释

① 此调《词谱》《词律》不载，疑为自度曲。汪刻本作《好花时》。

② 荑：茅草的嫩芽。此处当指女子纤细白嫩的手指。见《诗·卫风·硕人》："手如柔荑，肤如凝脂。"

③ 总：通"纵"，纵然，即使。

④ 直恁：犹言竟然如此。句意参见宋晏几道《鹧鸪天》："相思本是无凭语，莫向花笺费泪行。"

译文

夕阳中是谁唤她袅娜地走下楼梯。玉手纤纤。她忍住笑回过头去，羞涩地立在台阶前。即使沉默不语，也恰到好处：你说思念我，竟然如此不守信用，就不要再说思念的话了。他劝慰她休要恼怒，一起在华丽的窗前欣赏令人陶醉的景色，不要等到落花时节错过眼前的美景。

简评

此词写一对恋人约会的场景，将恋爱中男女约会时的甜蜜、娇羞、打情骂俏等刻画得细腻、生动、丰富、逼真。词风颇近"花间"。

锦堂春

秋海棠[①]

帘外淡烟一缕，墙阴几簇低花。夜来微雨西风里，无力任欹斜。　　仿佛个人睡起[②]，晕红不著铅华。天寒翠袖添凄楚[③]，愁近欲栖鸦[④]。

注释

①秋海棠：秋海棠花美色艳，与海棠花相似，盛花期在秋季。《御定佩文斋广群芳谱》卷三十六引《采兰杂志》："昔有妇人，怀人不见，恒洒泪于北墙之下。后洒处生草，其花甚媚，色如妇面，其叶正绿反红，秋开，名曰断肠花，即今秋海棠也。"

②"仿佛"句：典出《御定渊鉴类函·海棠二》："《太真外传》曰：明皇登沉香亭，召太真，其时，太真宿酒未醒，命高力士及侍儿扶掖而至。醉颜残妆，钗横鬓乱，不能再拜。明皇笑曰：'海棠春睡未足耶？'"

③"天寒"句：语出唐杜甫《佳人》："天寒翠袖薄，日暮倚修竹。"

④"愁近"句：见唐白居易《冬日平泉路晚归》："山路难行日易斜，烟村霜树欲栖鸦。"

译文

帘外一缕轻烟袅袅，几簇低矮的秋海棠盛开在墙的阴暗处。经过昨夜秋风和小雨的吹打，它们正无力地低垂，歪斜不正。仿佛那人刚刚睡醒，脸色晕红，素面朝天。天气转寒，碧绿如翠袖般的叶子多了一层凄凉悲哀之意，乌鸦飞来，欲停靠其上，更添愁绪。

简评

这是一首咏物词。上片写实，描写墙阴暗处的秋海棠在风雨过后的形神。下片用拟人的手法描摹秋海棠，将其颜色、精神等刻画得入木三分。此词咏物而不拘泥于物，情与物浑然合一，生动地刻画秋海棠的风格神韵，读来别有韵致。

海棠春

落红片片浑如雾[①]。不教更觅桃源路[②]。香径晚风寒，月在花飞处。　蔷薇影暗空凝伫。任碧飐[③]、轻衫萦住。惊起早栖鸦[④]，飞过秋千去[⑤]。

注释

①“落红”句：语出南北朝沈约《八咏诗·会圃临春风》：“游丝暧如网，落花雰似雾。”

②桃源路：用晋陶渊明《桃花源记》典。

③飐：风吹颤动。

④“惊起”句：见唐李益《金吾子》：“黄昏莫攀折，惊起欲栖乌。”

⑤“飞过”句：见宋欧阳修《蝶恋花》：“泪眼问花花不语，乱红飞过秋千去。”

译文

落花片片坠落，浑似雾一般迷蒙不清，好似不让人再去寻找桃源的去路。小径落花满地，晚风微寒。

月亮在落花轻飞处若隐若现。在蔷薇花昏暗的影子中，她徒然地伫立凝望。任那随风摇曳的碧绿花枝将薄衫缠住。清早栖息的乌鸦被惊起，簌簌地越过秋千飞去。

简评

上片写景，描写花落时分的美丽、迷蒙、寒凉和孤清。下片景中融入人物，“空凝伫”似传递着一种怅惘和愁思。任“轻衫萦住”刻画她凝伫出神。末二句则给词作加入了声音和动感，使得静谧的画面更丰富。全词写景为主，以人物为点缀，将落花时节的凄迷，人的若有所思和无言的愁绪静静传递，凄婉朦胧，饶有韵味。

河渎神

风紧雁行高。无边落木萧萧①。楚天魂梦与香销。青山暮暮朝朝②。　　断续凉云来一缕。飘堕几丝灵雨③。今夜冷红浦溆④。鸳鸯栖向何处。

注释

①“无边”句：见唐杜甫《登高》：“无边落木萧萧下，不尽长江滚滚来。”

②“楚天”二句：此处用巫山云雨典。参见战国楚宋玉《高唐赋》：“妾在巫山之阳，高丘之阻。旦为朝云，暮为行雨，朝朝暮暮，阳台之下。”

③ 灵雨：好雨。《诗·鄘风·定之方中》："灵雨既零，命彼倌人，星言夙驾，说于桑田。"东汉郑玄笺："灵，善也。"

④ 红：草名，即荭草，蓼科一年生高大草本植物。生于水边，每与木蓼、马蓼混称。浦溆：水边。

译文

秋风凄紧，雁行高飞。一望无际的落叶萧萧而下。楚天梦魂与巫山神女的风流已经销尽。朝朝暮暮，青山依旧。天边断断续续飘来一缕缕阴凉的云，伴随着几丝好雨。今夜的水边荭草萋萋，寒意袭人，鸳鸯又能在哪里栖息呢？

简评

此词写秋景，兼以抒情。一二句、五六句纯写景，道尽秋天的萧瑟和寒凉。三四句化用巫山云雨之典，虚实结合，又似意有所指，一切恍若一梦。七八句亦实亦虚，兼用议论。"鸳鸯"意含成双成对，此处因荭草的寒凉，借鸳鸯何处可栖的提问，将其中的凄凉点出。

又

凉月转雕阑。萧萧木叶声干[①]。银灯飘箔琐窗闲[②]。枕屏几叠秋山[③]。　　朔风吹透青缣被[④]。药炉火暖初沸[⑤]。清漏沉沉无寐。为伊判得憔悴[⑥]。

注释

①"萧萧"句：见宋柳永《倾杯乐》："空阶下、木叶飘零，飒飒声干。"木叶：树叶。

②箔：珠箔，即珠帘。

③枕屏：枕前屏风。见宋欧阳修《赠沈遵》："有时醉倒枕溪石，青山白云为枕屏。"

④青缣被：青色的细绢制成的被子。此借指华美的被子。汉制，尚书郎值夜，官家给青缣白绫被。

⑤"药炉"句：见明王彦泓《述妇病怀》："无奈药炉初欲沸，梦中已作殷雷声。"

⑥判得：拼得。

译文

秋月皎皎，转过华丽的栏杆。树叶萧萧而落，发出沙沙的声音。珠帘飘动，灯盏摇影，小窗寂寂。枕前的屏风上秋日的高山层层叠叠。北风劲吹，吹得华丽的衾被倍觉寒冷。药炉中炉火旺盛，刚开始沸腾。清晰的滴漏声悠远隐约，我久久不能入睡，为她变得憔悴不堪。

简评

此词开篇写景，肃飒凄凉。末二句写情，道明了词人的孤寂和思念。词作利用空间的转换来描写凄清之景，从而烘托孤寂之情。景物描写动态十足，不事斧凿，笔调疏丽。小词延续了凄婉风格，情感深沉真挚。

太常引

自题小照

西风乍起峭寒生。惊雁避移营[①]。千里暮云平[②]。休回首、长亭短亭[③]。　　无穷山色，无边往事[④]，一例冷清清。试倩玉箫声。唤千古、英雄梦醒。

注释

①“惊雁”句：见南朝梁庾肩吾《九日侍宴乐游苑应令》：“腾猨疑矫箭，惊雁避虚弓。”移营：转移的营地。

②“千里”句：语出唐王维《观猎》：“回看射雕处，千里暮云平。”

③“休回首”句：见宋欧阳修《浪淘沙》：“长亭回首短亭遥。”

④“无穷”二句：见宋向子諲《秦楼月》：“伤心切，无边烟水，无穷山色。”

译文

秋风乍起，料峭寒意渐生。惊飞的大雁避开营地飞翔。边塞千里，与暮云齐平。不要回首，因为回首处，长亭连接着短亭。无限山景，无数往事，一律冷冷清清。试着吹奏玉箫，让悠悠箫声，将千古英雄之梦唤醒。

简评

此词上片写边塞之景。结合边地特色，描写边地的苦寒、景色的壮阔等。“惊雁”“长亭短亭”等意象带着一种伤感、凄楚之意。下片景物描写与感情抒发结合。“山色”和“往事”看似毫不相关，却因为在数量和感情色彩上的同一性，而自然地衔合在一起。末三句用悲凉悠扬的箫声来唤醒千古英雄之梦，意蕴深沉，有一种跨越时空的沧桑感，更有一种超越历史的厚重感。此词副题为“自题小照”，却又不拘泥于此。将小照表象与词人内心深沉的感情结合在一起，因而词作显得较为精彩，不流于肤浅。

又

晚来风起撼花铃。人在碧山亭。愁里不堪听[①]。那更杂、泉声雨声。　无凭踪迹，无聊心绪，谁说与多情。梦也不分明[②]。又何必、催教梦醒。

注释

①“愁里”句：见唐李颀《送魏万之京》：“鸿雁不堪愁里听。”

②“梦也”句：见唐张泌《寄人》：“倚柱寻思倍惆怅，一场春梦不分明。”

译文

傍晚风刮起来，摇动了护花铃。我身在青山凉亭，正沉浸于忧愁之中，不忍倾听那护花铃的清脆之声。更何况又夹杂着泉声和雨声。人生漂泊，踪迹难寻，心情百无聊赖，能将多情说与谁听？梦也变得模糊不清。又何必将梦催醒？

简评

《国朝词综》副题“自题小照”，故此词亦应是一首题照词。上片间接写愁，通过不堪听护花铃、泉声雨声等来婉曲表达。下片直接抒情，将他的无聊与相思写尽。一个不甚分明的梦似可解思念，却连这种卑微的愿望都未能全然实现。结句的反问更显示了其中的无奈和凄凉。陈廷焯《白雨斋词话》用“凄警”来评价末二句，较为精确。

四犯令

麦浪翻晴风飐柳。已过伤春候。因甚为他成僝僽[①]。毕竟是春拖逗[②]。　　红药阑边携素手[③]。暖语浓于酒。盼到园花铺似绣。却更比春前瘦。

注释

① 僝僽：憔悴，愁苦。

② 拖逗：挑逗，勾引，引诱。

③ 红药：芍药花。

译文

晴空万里，风吹麦田，麦子如波浪般起伏不定，柳条随风摇曳。已经过了因春而伤感的时候，为什么依旧为他憔悴不堪？因为春的撩拨而触发伤感。想起了曾经在红芍药围栏边与她一起牵手，含情脉脉的话语比美酒更令人产生醉意。盼到园里繁花似锦，我却比春来到之前更加消瘦。

简评

上片写春愁。下片首二句回忆与她在一起的美好时光，也交代了上片提出的伤感的原因。末二句回到现实，好不容易盼到繁花似锦，然而伊人已远，无人共赏，于是他的消瘦也在情理之中了。小词由伤春引发伤情，淡雅清新。

添字采桑子[①]

闲愁似与斜阳约，红点苍苔。蛱蝶飞回[②]。又是梧桐新绿影[③]，上阶来。　　天涯望处音尘断，花谢花开，懊恼离怀。空压钿筐金线缕[④]，合欢鞋[⑤]。

注释

① 此调《词律》不载，《词谱》有《促拍采桑子》，字同句异。一本作《采花》。

② 蛱蝶：蝴蝶。

③“又是”句：见宋欧阳修《摸鱼儿》：“卷绣帘，梧桐秋院落，一霎雨添新绿。”

④ 压：谓刺绣缝纫时按压针线。钿筐：镶嵌金、银、

玉、贝等物的筐。

⑤合欢鞋：鞋面绣有鸳鸯或鸾凤的鞋子。

译文

闲愁似乎与斜阳有约，当夕阳西下，愁绪也萦上心头。青色的苔藓上，红色点点，原来是蝴蝶飞来，停靠其上。又到梧桐树新发嫩绿枝叶的时候，树影爬上了台阶。望断天涯，他的音信依旧杳无。花儿谢了又开，离别的情怀总让人烦恼不已，唯有徒然地按压钿筐里的金丝线，绣着合欢鞋。

简评

上片写景，景中带愁。蝴蝶飞来，梧桐新绿等似乎暗示了又是一年新来到，为下片他迟迟未归做铺垫。下片抒情。他音信杳无，她徒然等待。末二句看似客观叙述，然而一“空”字流露出无限懊恼、无穷哀怨、无尽感伤。词作细腻地刻画了一个思妇形象，弥漫着一种伤感的情绪。

荷叶杯

帘卷落花如雪。烟月。谁在小红亭。玉钗敲竹乍闻声[①]。风影略分明[②]。　　化作彩云飞去。何处。不隔枕函边[③]。一声将息晓寒天[④]。肠断又今年。

注释

①“玉钗”句：语出唐高适《听张立本女吟》：“自把玉钗敲砌竹，清歌一曲月如霜。”

②风影：随风晃动的物影。此处指人的身影。南朝陈后主《自君之出矣》之一：“思君若风影，来去不曾停。”

③枕函：中间可以藏物的枕头。

④将息：珍重，保重。

译文

落花飘落在帘上，纷纷似雪。月色朦胧，是谁在小红亭中？突然听到玉钗敲击竹子的清脆声音，闻声望去，风中的身影渐渐清晰。她化作彩云将飞向何处？与她朝夕相处的情谊总是难以隔断。刚道一声“珍重”，梦就醒了，又到拂晓时分，寒意浓浓。今年又悲痛至极。

简评

此词以梦境写刻骨的相思。上片首二句渲染环境，亦拉开梦的序幕，落花、烟月，凄迷又朦胧。后三句写她的登场，梦中，她的身影在月下渐渐明朗。这种特殊的相聚似乎暂慰词人的孤寂和相思。然而下片首二句却笔调一转，她如彩云飞去了。即使相聚如梦，亦是如此短暂，不能不令人唏嘘。末二句由梦境转为现实描写，最后一句则将词人断肠之痛道出，痛快淋漓。

又

知己一人谁是。已矣。赢得误他生[①]。多情终古似无情[②]。莫问醉耶醒。　未是看来如雾。朝暮。将息好花天。为伊指点再来缘[③]。疏雨洗遗钿。

注释

①他生：来生。

②“多情”句：见唐杜牧《赠别》：“多情却似总无情，唯觉樽前笑不成。”

③再来缘：用韦皋与玉箫事。

译文

我的知己是谁？她已香消玉殒，只剩下来生之约。自古以来，多情终究化作无情。不要问我是醉是醒。朝朝暮暮的日子，看来都似雾一般虚无缥缈。多多珍重，美好的花开时节，我要为她指点迷津，希望来生能与我相知相守。小雨沥沥地下，一滴滴落在她遗留的首饰上。

简评

从末句“遗钿”二字来看，此词应是悼亡之作，悼念的对象则是他的妻子卢氏。全词表达了伊人已逝，知己难觅，徒留来生相约的憾恨和悼念。

寻芳草

萧寺纪梦

客夜怎生过。梦相伴、绮窗吟和[①]。薄嗔佯笑道，若不是恁凄凉，肯来么。　　来去苦匆匆，准拟待、晓钟敲破。乍偎人、一闪灯花堕，却对着、琉璃火[②]。

注释

① 绮窗：雕刻或绘饰得很精美的窗户。

② 琉璃火：即琉璃灯，用琉璃制作的油灯。多用于寺庙中。

译文

旅居他乡的夜晚如何度过？我梦到与她相携相伴，在华丽的窗户前诗词吟和。她笑着，假装嗔怪道："若不是看你那么孤独寂寞，我肯来么？"苦于来去匆匆，正准备等到拂晓的钟声敲遍才让她离去，突然间依偎着的她一闪而逝。灯花簌簌落下，我却依旧孤独地对着琉璃灯。

简评

此词借写梦说相思。上片写梦中她的到来，娇嗔之语增添了一丝温情和浪漫。下片写她的离去，短暂而落寞，凄楚之意再现。梦境表面上冲淡了浓浓的哀伤、凄凉之意，实则更显凄恻。

菊花新

送张见阳令江华[1]

愁绝行人天易暮。行向鹧鸪声里住。渺渺洞庭波，木叶下、楚天何处[2]。　折残杨柳应无数[3]。趁离亭笛声催度[4]。有几个征鸿，相伴也、送君南去。

注释

① 张见阳：张纯修（1647—1706），字子敏，号见阳，一号敬斋，河北丰润人。康熙十八年（1679）任湖南江华县令。

②“渺渺”二句：见屈原《九歌·湘夫人》：“袅袅兮秋风，洞庭波兮木叶下。”

③ 折残杨柳：《三辅黄图·桥》：“灞桥在长安东，跨水作桥。汉人送客至此桥，折柳赠别。”后多以折柳为赠别或送别。

④ 离亭：古代建于离城稍远的道旁供人歇息的亭子。古人往往于此送别。唐郑谷《淮上与友人别》：“数声风笛离亭晚，君向潇湘我向秦。”

译文

天色很快就暗下来，愁煞了赶路之人。匆匆前行，听到了鹧鸪声声，你不由得止住脚步。树叶下，洞庭湖水波渺渺，何处是楚地的天空？我折尽杨柳送了一程又一程，还是不忍分别。离亭里，笛声悠悠，似在催促着你远去。几只南飞的大雁，陪伴着你，往南方而去。

简评

这是一首送别之作。上片是词人想象中的友人在南下途中的情形。“鹧鸪声里”一语双关，既指友人沿途之景，又用鹧鸪特殊的鸣叫声“行不得也哥哥”来表达挽留和思念。下片写送别时的场景。折柳送别是古人的传统，而“折残”二字道尽了分离时的难舍难分。词人巧设“征鸿”来陪伴友人南下，以解其路途的寂寞，亦隐隐表现出对友人的关怀。

南歌子

翠袖凝寒薄①,帘衣入夜空②。病容扶起月明中③。惹得一丝残篆旧熏笼④。　　暗觉欢期过，遥知别恨同。疏花已是不禁风。那更夜深清露湿愁红⑤。

注释

①“翠袖”句：见唐杜甫《佳人》：“天寒翠袖薄，日暮倚修竹。”

②帘衣：典出《南史·夏侯亶传》：“(亶)晚年颇好音乐，有妓妾十数人，并无被服姿容，每有客，常隔帘奏之，时谓帘为夏侯妓衣。”后因谓帘幕为帘衣。

③“病容”句：见唐李贺《南园》：“泻酒木兰椒叶盖，

病容扶起种菱丝。”

④ 残篆：将熄灭之篆烟。

⑤ 愁红：谓经风雨摧残的花。

译文

青绿色的衣袖因严寒而显得单薄，入夜时分，帘幕内空空荡荡。月光皎皎，她撑着病躯勉强起来，惹得旧熏笼中的残香烟雾缭绕。心里明白与他欢聚的约定已过，也知道远方的他离恨难消。稀疏的花儿已禁不起风儿的吹拂，哪里还禁得起深夜露水的浸润呢？

简评

此词写离思，却从对方落笔，用想象中她的思念，来表达词人自己的思念。上片写寒夜之景和她的活动。首二句的景物描写清冷意味甚浓，与主人公的心境相应。后二句写她病中起身，清月和残烟营造了一种幽凄的氛围。下片首二句用主人公的别恨来推测词人的别恨，两人心心相印可见一斑。末二句继而用清丽的笔调写景，明写景，实含情。“疏花”和“愁红”何尝不是她的化身，已经不起相思的摧残。至此，她的思念、她的离愁一览无余。

又

暖护樱桃蕊，寒翻蛱蝶翎。东风吹绿渐冥冥[1]。不信一生憔悴伴啼莺。　　素影飘残月[2]，香丝拂绮栊[3]。百花迢递玉钗声[4]。索向绿窗寻梦寄余生[5]。

注释

①冥冥：幽深貌，指绿荫渐渐浓密。
②素影：月影。
③香丝：柳条。绮栊：指华丽的窗栊。
④迢递：连绵不断。
⑤“索向”句：唐韦庄《菩萨蛮》：“劝我早归家，绿窗人似花。”索向：须向，应向。绿窗：借指妇女的居室。

译文

春意和暖，樱桃花蕊初绽，蝶翅翩翩，些许寒意残留。春风吹彻，新绿渐生，绿荫逐渐浓密。我不相信自己将在啼莺的陪伴中憔悴一生。残月弄影，柳条拂过华丽的窗栊。百花深处传来了玉钗连绵不绝的敲击声。看来我应向她的居室去寻找梦境，以度过余生。

简评

上片前三句写景，乍暖还寒，春回大地。词人的愁情也在春意渐浓中暗生，而词人意欲摆脱愁情，末句正表达了这种愿望。下片首二句继续写景，描画了一幅凄清又柔美的春景图。第三句又愁意暗生，因为在这美好的景色中，他似乎听到了玉钗的声音，而这许是他因思念而产生的一种幻觉而已。末句他又陷入愁思，唯有在梦中去寻求她的身影，相思之意甚浓。词作将春愁与相思融合，凄婉动人。

又

古戍

古戍饥乌集[1]，荒城野雉飞[2]。何年劫火剩残灰[3]。试看英雄碧血满龙堆[4]。　玉帐空分垒[5]，金笳已罢吹。东风回首尽成非[6]。不道兴亡命也岂人为[7]。

注释

①“古戍”句：见唐沈佺期《出塞》：“饥乌啼旧垒，疲马恋空城。”古戍：边疆古老的城堡、营垒。

②“荒城”句：见唐刘禹锡《荆州道怀古》：“马嘶古树行人歇，麦秀空城野雉飞。”野雉：野鸡。

③劫火：原指坏劫之末所起的大火，此处借指兵火。

④碧血：典出《庄子·外物》：“苌弘死于蜀，藏其血，三年而化为碧。”后因以“碧血”称忠臣烈士所流之血。龙堆：白龙堆的略称，古西域沙丘名，在新疆天山南麓。此处当泛指塞外的沙漠。

⑤玉帐：主帅所居的帐幕。

⑥“东风”句：见南唐李煜《虞美人》：“小楼昨夜又东风，故国不堪回首月明中。”

⑦“不道”句：参见《国语》三国吴韦昭注卷十二：“国之存亡，天命也。”

译文

古老的营垒上饥饿的乌鸦云集，荒凉的古城中野鸡乱飞。何年的兵火到今还残留着灰烬。且看英雄的鲜血曾经洒满塞外的沙漠。将帅的军帐一个个徒然地搭建着，金笳的管乐声已经停止吹奏。春风中蓦然回首，一切皆已物是人非。不说兴亡乃天命所定，难道还是人为?

简评

这是一首怀古之作。古戍的苍凉、荒芜渲染出一种感伤的气氛。兴亡更替，英雄已矣，物是人非，给词人以历史的思考。末句兴亡天定的思想是词人沉思历史后的答案，消极意味甚浓。词作悲凉苍劲，慷慨多气。

秋千索

淥水亭春望①

药阑携手销魂侣②。争不记、看承人处③。除向东风诉此情，奈竟日、春无语。　悠扬扑尽风前絮。又百五、韶光难住④。满地梨花似去年，却多了、廉纤雨⑤。

注释

① 此调《词谱》《词律》不载，或亦自度曲。一本作

《拨香灰》。渌水亭：纳兰性德家中园亭。

② 药阑：芍药花的围栏，亦泛指一般花栏。宋赵长卿《长相思·春浓》："药栏东，药栏西，记得当时素手携。"

③ 看承：护持，照顾。宋吴淑姬《祝英台近·春恨》："断肠曲曲屏山，温温沉水，都是旧看承人处。"

④ 百五：寒食日。在冬至后一百零五天，故名。南朝梁宗懔《荆楚岁时记》："去冬至节一百五日，即有疾风甚雨，谓之寒食。禁火三日，造饧大麦粥。"

⑤ 廉纤雨：微雨。

译文

当年与心爱之人携手芍药栏旁，怎会不记得当时相会时互相照顾的情景呢？现在除了向春风倾诉此情（别无他法）。怎奈春天终日沉默不语。扑尽风中飘扬的柳絮，又到了寒食时节，春光难留。满地梨花堆积，恰似去年光景，却比去年多了微微细雨。

简评

此词题为"春望"，实写相思，情景交融，将词人心底的思念和凄凉与伤春之意结合，真切感人。实属悲惋之作。

又

游丝断续东风弱[①]。悄无语、半垂帘幕。红袖谁招曲槛边[②]，飏一缕、秋千索。　　惜花人共残春薄。春欲尽、纤腰如削。新月才堪照独愁，却又照、梨花落。

注释

①游丝：指飘荡在空中的蛛丝。

②曲槛：曲折的栏杆。

译文

春风轻吹，游丝在空中时断时续地飘荡着。帘幕半垂，寂静无声。曲折的栏杆边，谁正飘扬红色的衣袖，荡动秋千的绳索？惜花之人守着将尽的春天，倍感时序匆匆。春天将逝，人纤细的腰肢如同削过一般。新月才照着独自忧愁之人，却又照着那纷纷而落的梨花。

简评

这是一首伤春怀思之作。时空变换频繁。此词将离愁与春愁融合，触景伤情，婉转流利，凄凉之意甚浓。

又

垆边换酒双鬟亚[①]。春已到、卖花帘下。一道香尘碎绿蘋[②]，看白袷、亲调马[③]。　　烟丝宛宛愁萦挂[④]。剩几笔、晚晴图画[⑤]。半枕芙蕖压浪眠[⑥]，教费尽、莺儿话[⑦]。

注释

①垆：酒垆。双鬟：古代年轻女子的两个环形发髻。借指少女。亚：通“压”，将酒糟中的酒压出。句意见汉辛延年《羽林郎》：“胡姬年十五，春日独当炉……两鬟何窕窕，一世良所无。”

②绿蘋：植物名，飘浮水面，春季呈绿色。

③白袷：白色夹衣。

④烟丝：指细长的杨柳枝条。宛宛：细弱貌。唐陈羽《小苑春望宫池柳色》：“宛宛如丝柳，含黄一望新。”

⑤晚晴图画：见宋胡铨《戏题陈晦叔经略秀斋》：“晚晴浓绿新如画。”

⑥芙蕖：荷花的别称。此处代指绣有荷花压浪花图案的枕头。

⑦“教费尽”句：语出宋王安国《清平乐》：“留春不住，费尽莺儿语。”

译文

酒垆边换酒者来来往往，少女熟练地将酒压出酒糟，给客人斟上。春天已悄悄地来到了卖花姑娘的帘儿底下。一位妙龄女子经过，泛起一阵芳香之尘，打碎了一池绿蘋，她正看着白衣飘飘的少年在驯马。细长而柔弱的杨柳枝条似乎带着几分愁意。添上几笔，便成一幅傍晚晴朗的春景图。我独自枕着绣有荷花压浪花图案的枕头沉沉睡去，任那黄鹂鸟不住地婉转啼鸣。

简评

此词描绘了生机勃勃的春景。上片由垆边换酒、少女卖花和看少年驯马三个生动的生活画面组成，春意盎然，富有生气。下片首二句以烟柳为中心，试绘一幅晚晴图。后二句写词人在春意中独眠。尽管下片依然写春景，如诗如画，但“愁萦挂”“半枕”等词汇却带着淡淡的春愁。词作清丽疏朗，欢快活泼，充满诗情画意，但又略带着几许愁意，耐人回味。

忆江南

宿双林禅院有感[①]

心灰尽，有发未全僧[②]。风雨消磨生死别，似曾相识只孤檠[③]。情在不能醒。　　摇落后[④]，清吹那堪听[⑤]。淅沥暗飘金井叶[⑥]，乍闻风定又钟声。薄福荐倾城[⑦]。

注释

①双林禅院：又名西域双林寺，位于今北京市阜成门外二里沟。明万历四年（1576）八月建。

②“有发”句：见宋陆游《衰病有感》：“在家元是客，有发亦如僧。”

③孤檠：孤灯。

④摇落：凋残，零落。战国楚宋玉《楚辞·九辩》：“悲哉秋之为气也，萧瑟兮草木摇落而变衰。”

⑤清吹：此指秋风。

⑥ 金井：井栏上有雕饰的井。

⑦ 薄福：薄福之人。此处指词人自己。荐：祭献。倾城：原指美貌的女子，此处指纳兰妻子卢氏。《汉书·外戚传上·李夫人》："延年侍上起舞，歌曰：'北方有佳人，绝世而独立，一顾倾人城，再顾倾人国。宁不知倾城与倾国，佳人难再得！'"

译文

我心如死灰，除了蓄发之外，已与僧人无异。曾经与她风雨相随，而今已生死两别。唯剩一盏孤灯似曾相识。对她的感情未减分毫，令我难以解脱。自秋天草木零落后，我哪里还能听得秋风的呼啸。华丽的井边，落叶正淅淅沥沥地悄悄落下。刚刚听完呼呼的风声，又传来寺院的钟声。我唯有默默地祭奠她。

简评

此词应是悼念妻子卢氏之作。上片写卢氏去世后的痛苦和思念。"心灰尽"将一个感情受到重创之人的心理刻画得十分贴切，这是一种极度伤痛后的感情状态，而这一切皆缘于"情在不能醒"。下片用秋天的萧瑟之景来映衬自己孤寂与苍凉的心境，同时为末句铺垫和渲染气氛。末句看似用平淡的语调叙述祭奠妻子之事，内中却波澜壮阔。

又

挑灯坐，坐久忆年时[①]。薄雾笼花娇欲泣[②]，夜深微月下杨枝[③]。催道太眠迟。　憔悴去，此恨有谁知。天上人间俱怅望，经声佛火两凄迷[④]。未梦已先疑。

注释

①年时：去年。

②“薄雾”句：见宋程垓《满江红》：“薄雾笼花天欲暮。”

③微月：新月。

④佛火：指供佛的油灯、香烛之火。

译文

灯下，我久久地坐着，想起了去年时候：薄雾弥漫，笼罩着娇艳欲滴的花儿，夜深了，一轮新月缓缓移下杨柳枝头。她催促着，说我睡得太晚了。而今她已香消玉殒，我的哀愁有谁知道？我与她天上人间相隔，唯有彼此惆怅相望，佛堂念经之声与油灯香烛之火，此刻显得凄凉迷茫。我尚未入梦，然而已觉得一切亦幻亦真。

简评

此词是悼念亡妻卢氏之作。上片回忆当时的情景。下片写她离去后词人的心境。回忆的温馨与现实的孤清形成鲜明对照，更加重词作的怅惘、悲痛之感。

浪淘沙

红影湿幽窗[①]。瘦尽春光。雨余花外却斜阳[②]。谁见薄衫低髻子[③]，还惹思量。　莫道不凄凉。早近持觞[④]。暗思何事断人肠[⑤]。曾是向他春梦里，瞥遇回廊[⑥]。

注释

①红影：落花。

②“雨余”句：见唐温庭筠《菩萨蛮》：“雨后却斜阳，杏花零落香。”雨余：雨后。

③髻子：发髻。

④持觞：举杯。

⑤“暗思”句：语出唐李珣《浣溪沙》：“暗思何事立残阳。”

⑥瞥遇回廊：见明王彦泓《瞥见》：“别来清减转多姿，花影长廊瞥见时。”

译文

被春雨打湿的落花，正片片飘落在小窗上，春天的景色即将消逝。雨后花丛外，斜阳正残照。看到身着薄衫的她低垂着头，眼前的景色引起无尽思念。不要说还不够凄凉，早已举杯消愁。暗暗思忖着是什么事情让人断肠。曾经在春日的梦里，与他蓦然相逢于回廊。

简评

此词刻画了一个春日里徒惹相思的主人公形象。上片前三句写景，结合“残春”的特点，营造略带伤感的景物氛围。后二句引出主人公，她触景生情，正在思量。下片首二句进一步强调景物的凄凉，需要借酒消愁。末三句自问自答，这一方面说明了她的相思之深，另一方面加强了词作的伤感和孤凄意味。

又

眉谱待全删①。别画秋山②。朝云渐入有无间③。莫笑生涯浑是梦④，好梦原难。　红味啄花残⑤。独自凭阑。月斜风起袷衣单⑥。消受春风都一例，若个偏寒⑦。

注释

①眉谱：旧时画眉的图谱。

②秋山：此处喻女子的眉毛。

③“朝云”句：谓梦境将要醒，她逐渐远去，变得不分明。朝云：用巫山神女典。此处代指纳兰心仪的女子。

④“莫笑”句：见唐李商隐《无题》：“神女生涯原是梦，小姑居处本无郎。”

⑤“红味”句：见唐温庭筠《咏山鸡》：“红嘴啄花归。”味：鸟嘴。

⑥ 袷衣：夹衣。

⑦ 若个：哪个。

译文

梦中，画眉的图谱我全不用，正另外替她画着美丽的眉形。她渐渐远去了，若隐若现。不要嘲笑人生全是梦，好梦本来就难全。红色的鸟嘴正啄着花儿，使其残败。我独自倚靠着栏杆。月亮斜斜地升上夜空，风儿开始吹拂，身上的夹衣显得单薄。年年经受的都是同样的春风，到底哪个更加寒冷呢？

简评

上片前三句写梦境，梦中他为她画着眉，温情脉脉。然而好梦易醒，她渐渐远去了。后二句议论，实是自我解嘲，自我宽慰，因为好梦本难全。下片首句写景，残花的意象有一种萧瑟之意。后二句写他的孤独与寒冷，实是心境的写照。末二句看似无关紧要的对春风哪个更寒的提问，实则寄寓了深沉的愁思。

又

紫玉拨寒灰[①]。心字全非[②]。疏帘犹自隔年垂。半卷夕阳红雨入[③]，燕子来时。　　回首碧云西。多少心期。短长亭外短长堤[④]。百尺游丝千里梦[⑤]，无限凄迷。

注释

①紫玉：紫玉钗。

②心字：心字香。

③红雨：喻落花。

④“短长亭”句：见宋谭宣子《江城子·咏柳》：“短长亭外短长桥。”

⑤“百尺”句：见唐李商隐《日日》：“几时心绪浑无事，得及游丝百尺长。”

译文

她用紫玉钗随意地拨弄着灰烬，“心”字香已面目全非。稀疏的竹织窗帘自去年起就一直低垂着，未曾掀起。而今她半卷帘子，落花飞舞，携带着夕阳的余晖一起探进帘子。燕子已经从南方飞回。回头望着西边的天空，她心中有多少的思念无处诉说，只看到长亭连接着短亭，更有那长堤连接着短堤（独独不见你归来的身影）。长长的游丝在空中漫无目的地飘荡，好似一个遥远的梦境虚无缥缈，显得无限凄凉与迷茫。

简评

这是一首伤春伤情之作，借助一位女子的形象来表达愁思。上片首二句写她的百无聊赖。“心字全非”一语双关，暗示她的心碎。后三句写她的孤独和春逝。下片前三句写她的苦苦等待，然而依然是徒劳。末二句则用梦喻游丝，因二者同样虚无缥缈，同样的凄凉。全词情景交融，凄迷惆怅。而主人公的相思与惆怅，又何尝不是纳兰的相思与惆怅。词人无非是用他人之舌来言自己之情罢了。

又

夜雨做成秋。恰上心头①。教他珍重护风流。端的为谁添病也，更为谁羞②。　　密意未曾休。密愿难酬。珠帘四卷月当楼③。暗忆欢期真似梦④，梦也须留。

注释

①“夜雨”二句：见宋吴文英《唐多令·惜别》：“何处合成愁，离人心上秋。”

②“端的”二句：见唐元稹《莺莺传》：“不为旁人羞不起，为郎憔悴却羞郎。”端的：到底，究竟。

③珠帘四卷：谓楼阁四面的珠帘卷起。

④欢期：欢聚的日子。

译文

夜晚雨声带来丝丝秋意，“秋”上“心”头，变成浓浓的愁意。想起了临别之际，我让她保重自己，保持美好动人的风韵。而她究竟是为谁而添相思病，更为谁而羞涩不已？我与她亲密的情谊未减分毫，而私会的愿望却难以实现。我卷起了四面的珠帘，月亮正高照着楼阁。我暗暗回忆起曾经相聚的美好日子，却恍如梦里一般，即使是梦，这样的梦也要挽留。

简评

此词似是思念一个曾经约会的女子。上片首二句用字谜的形式表达词人的愁情。后三句写彼此的情意。下片首二句写不能再续前缘的惆怅。末三句表达词人的孤独和感伤。小词写得清新流畅，细腻生动。

又

野店近荒城。砧杵无声①。月低霜重莫闲行。过尽征鸿书未寄②，梦又难凭③。　　身世等浮萍④。病为愁成。寒宵一片枕前冰⑤。料得绮窗孤睡觉，一倍关情。

注释

①砧杵：捣衣石和棒槌。亦指捣衣。

②“过尽”句：见宋赵闻礼《鱼游春水》：“过尽征鸿知几许，不寄萧娘书一纸。”

③“梦又”句：见唐毛文锡《更漏子》：“人不见，梦难凭，红纱一点灯。”

④“身世”句：见宋陆游《秋雨不止排闷》：“身世正如萍在水。”

⑤“寒宵”句：见唐刘商《古意》：“风吹昨夜泪，一片枕前冰。”

译文

乡村旅舍靠近荒凉的古城，深夜，捣衣声渐渐消歇。月色低沉，霜色浓重，使我不能悠闲地漫步。征雁已经远去了，书信却还没有寄到。梦又飘忽难凭。人生恰似浮萍般四处飘零。我愁思不断，几成病躯。寒冷的夜里，枕上已泪痕一片。料想在华丽的窗前独自成眠，将更加惹人伤感。

简评

此词写离思。上片前三句营造了一个孤凄、荒凉的氛围，令孤身在外的词人倍觉凄凉，思念之意更浓。后二句直写自己的思念，带着几许惆怅。下片首三句交代自己的四处漂泊和内心的痛苦。而这一切皆缘于不能与她长相厮守。末二句再一次渲染自己的孤独情怀，令人凄恻。

又

闷自剔残灯。暗雨空庭。潇潇已是不堪听。那更西风偏著意[①]，做尽秋声。　　城柝已三更[②]。欲睡还醒。薄寒中夜掩银屏[③]。曾染戒香消俗念[④]，怎又多情。

注释

① 著意：着力，用心。

② 城柝：城上巡夜敲的木梆，用以报更。

③ 银屏：镶银的屏风。

④ 戒香：佛教谓戒律能涤除尘世的污浊，故以“香”喻。亦指所燃之香。

译文

我闷闷地独自剔着将熄的灯芯。空寂的庭院中正下着雨，天空暗沉沉的。潇潇的雨声已令我不忍卒听。更何况秋风偏偏劲吹，带来一片肃杀之声。城头更鼓已三更，我想要睡去却还是睡不着。半夜寒意袭人，我起身掩紧镶银的屏风。我曾经熏染戒香消尽尘世的烦恼，而今怎又无端多情起来呢？

简评

词作刻画了一个孤独的失眠者形象。他的愁意来自于秋声的肃杀，来自于寒意的肆虐，更来自于内心的多情，而这是一种欲解愁而不得的苦痛。词作细腻地刻画了他的心理，尽管具体的指向并不明晰，但我们仍能感同身受。

又

清镜上朝云。宿篆犹薰。一春双袂尽啼痕[①]。那更夜来孤枕侧，又梦归人。　　花底病中身。懒画湘文[②]。藕丝裳带奈销魂[③]。绣榻定知添几线[④]，寂掩重门。

注释

①“一春”句：见唐顾敻《虞美人》：“画罗红袂有啼痕。”

②懒画湘文：懒于在丝织品上刺绣。湘文，湘地丝织品的花纹。

③藕丝裳带：藕丝色的衣带。销魂：形容极度的愁苦、悲伤。

④“绣榻”句：此处谓时光的流逝。添线：指冬至后白昼渐长。元朱德润《十一月二十七日冬至》：“日光绣户初添线，雪意屏山欲放梅。”

译文

清晨，云彩映在明镜之中，夜来焚烧的篆香还未燃尽。整个春天，她的双袖都泪痕斑斑。更何况夜来她孤枕独眠，又梦到归来的人。花下之人拖着病体，懒懒地在丝绸上刺绣。藕丝色的衣带，愈显人的愁苦、消瘦。绣榻寂寞，昼日漫长，她默默地关上了重重的门。

简评

这又是一首伤春伤离的作品，刻画了一个苦苦思念的女子形象。“啼痕”令人倍觉心酸与怜爱，而梦境中他的归来则增加了现实的孤独。于是她百无聊赖，甚至有些颓丧。“掩重门”的动作传递了她的失望，因为他最终又未归来。一个“寂”字不仅是环境的描述，更是她心境的写照，意味深长。

卷三

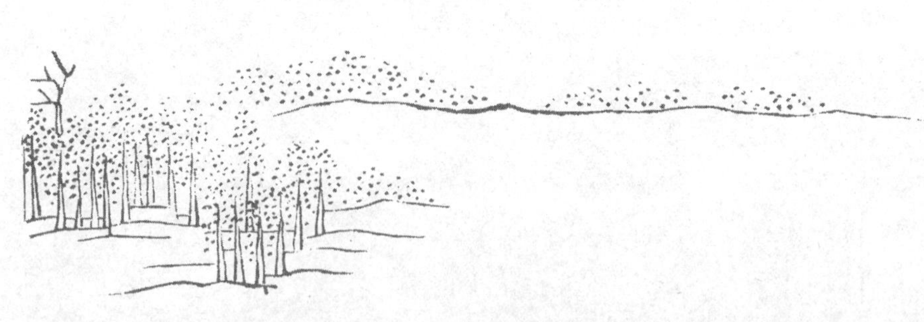

雨中花

送徐艺初归昆山[1]

天外孤帆云外树[2]。看又是、春随人去[3]。水驿灯昏[4]，关城月落[5]，不算凄凉处。　　计程应惜天涯暮。打叠起、伤心无数[6]。中坐波涛[7]，眼前冷暖，多少人难语。

注释

①徐艺初：徐树谷，字艺初，昆山人。纳兰座师徐乾学（1631—1694）之子，康熙年间进士，官至山东道监察御史。生卒年不详。

②“天外”句：见唐张祜《富阳道中送王正夫》：“孤帆天外出。”唐钱起《再得毕侍御书闻巴中卧病》：“数重云外树。”

③“看又”句：见宋吴文英《忆旧游·别黄澹翁》：“送人犹未苦，苦送春随人去天涯。”

④水驿灯昏：见宋姜夔《解连环》：“水驿灯昏，又见在、曲屏近底。”水驿，水路驿站。

⑤关城：关塞上的城堡。

⑥伤心无数：语出宋姜夔《齐天乐》：“候馆迎秋，离宫吊月，别有伤心无数。”

⑦中坐波涛：见唐李贺《申胡子觱篥歌》：“心事如波涛，中坐时时惊。”

译文

天际孤帆一叶，云树缥缈，看来又是春天随着送归之人渐渐远去了。水路的驿站灯光昏暗，月亮渐渐从关塞的城堡上落下。这还不算特别凄凉的地方。盘算前路，应感伤天涯路遥，暮色漫漫。收拾起伤心无限，坐在船中，随着波浪起伏不定，眼前多少冷暖，难以诉说。

简评

这是一首送归之作，不拘泥于一般难舍难分的送别主题，而是掺入了人生的感悟和不得言说的苦楚。上片结合送别主题，进行景物的铺叙，感伤、孤苦。下片既是送归之人的感受，亦是词人的感受。尤其是末三句含蓄蕴藉，若有所指。借眼前之事，抒发难以名状的愁情，令全词多了一种尘世沧桑之感。

鹧鸪天

独背残阳上小楼。谁家玉笛韵偏幽[①]。一行白雁遥天暮，几点黄花满地秋[②]。　惊节序，叹沉浮。秾华如梦水东流[③]。人间所事堪惆怅[④]，莫向横塘问旧游[⑤]。

注释

①“谁家”句：见唐李白《春夜洛城闻笛》：“谁家玉笛暗飞声，散入春风满洛城。”

②“几点”句：见宋史铸《黄菊二十首》：“满地黄花得意秋。”

③秾华：繁盛艳丽的花朵。宋曾极《覆舟山》：“繁华梦逐水东流。”

④“人间”句：见唐曹唐《张硕重寄杜兰香》：“人间何事堪惆怅。”所事：凡事，事事。

⑤横塘：三国时于建业（今南京市）南淮水（今秦淮河）南岸修筑。此处泛指江南。

译文

我独自登上小楼，身后斜阳残照。是谁家的笛声韵律幽幽？天空暮色沉沉，一行白雁缓缓飞过。满地秋景萧瑟，几点菊花点缀其中。我惊讶节令的更替之快，暗叹人生之沉浮不定。曾经的繁花似锦恍如一梦，像河水一般向东流逝。人世间事事皆令人伤感，切莫向江南打听友人的境况。

简评

此词写愁情，然而词人的愁情又是交织的，非独为特定的某事。残阳中幽幽的笛声乃愁之缘起，勾起了本就善感的词人情怀。寂寥天空的白雁，满地秋色中的几点黄花，给人以孤清和寂寥之感，成为词人愁情的素材。叹时光匆匆、人世沉浮、繁华如梦，是词人生命的感悟，同时亦是愁情的构成之一。所以词人感慨事事皆成愁，而和江南友人天各一方、无法相见又牵挂不已，更加重了他的愁情。所以此词与其说是苍凉萧瑟的景色勾起无限愁情，还不如说是词人心中不知所起的愁意使得景色成愁。从中也可看出词人的敏感、细腻和多情。

又

雁帖寒云次第飞[①]。向南犹自怨归迟。谁能瘦马关山道[②]，又到西风扑鬓时。　人杳杳，思依依。更无芳树有乌啼。凭将扫黛窗前月[③]，持向今朝照别离。

注释

① 帖：同“贴”，靠近。
② 能：古同“耐”，受得住。
③ 扫黛：画眉。此处借指女子。

译文

大雁贴着寒凉的云依次向南方飞去，还抱怨已经回去得晚了。谁能骑着瘦马，独自行进在关隘和山川的道路上，直到秋风扑面的时候。她离我很遥远，而我的思念却绵绵不绝。眼前更无一点花木，唯有乌鸦啼叫不绝。今宵的明月，既照着窗前画眉的她，也照着饱受离思之苦的我。

简评

此词写离思，是词人出行期间所作。词人用雁行南归来表达自己离家在外的孤独和不得及时返家的苦痛。而“瘦马”“关山道”“西风”等意象的叠加既是写实，又堆积了凄凉之感。如果说上片还是词人用景物来委婉衬托心境，下片则是直抒胸臆，直接表达对她的思念。尤其是末二句“明月”的意象，少了一点“但愿人长久，千里共婵娟”的旷达和美好，多了一层感伤。

又

别绪如丝睡不成[①]。那堪孤枕梦边城。因听紫塞三更雨[②]，却忆红楼半夜灯。　　书郑重，恨分明[③]。天将愁味酿多情。起来呵手封题处[④]，偏到鸳鸯两字冰[⑤]。

注释

①“别绪”句：见宋梅尧臣《送仲连》：“别绪如乱丝，欲理还不可。”

②紫塞：见晋崔豹《古今注·都邑》：“秦筑长城，土色皆紫，汉塞亦然，故称紫塞焉。”此处指北方边塞。

③“书郑重”二句：见唐李商隐《无题》：“锦长书郑重，眉细恨分明。”

④封题：物品封装妥善后，在封口处题签。

⑤鸳鸯：见宋欧阳修《南歌子》：“等闲妨了绣功夫，笑问鸳鸯两字怎生书。”

译文

离别的情思如丝般杂乱使我难以入眠，哪能再禁受在边城独眠而入梦呢？听到边塞三更的潇潇雨声，却让我想起了她在家里半夜还点着的微微灯光。书信上写着珍重之类的话语，离恨却是真真切切。因为多情，滋生出浓浓的愁绪。我起身呵着双手取暖，准备在书信的封口处题签，偏偏写到鸳鸯两字的时候手又冻僵了。

简评

此词写离思。上片写词人孤枕无眠，因眼前的边塞之景而想念家里。下片以书信落笔，表达自己的思念。末二句的细节描写，别具意味。词作情真意切，凄凉伤感。

又

冷露无声夜欲阑。栖鸦不定朔风寒①。生憎画鼓楼头急②，不放征人梦里还。　　秋澹澹，月弯弯。无人起向月中看③。明朝匹马相思处，知隔千山与万山④。

注释

①“栖鸦”句：见宋周邦彦《蝶恋花》：“月皎惊乌栖不定。更漏将阑，辘轳牵金井。”

②“生憎”句：见宋辛弃疾《鹧鸪天》：“只愁画角楼头起，急管哀弦次第催。”

③“无人”句：见唐卢纶《裴给事宅白牡丹》：“别有玉盘承露冷，无人起向月中看。”

④“知隔”句：见唐岑参《原头送范侍御》：“别君只有相思梦，遮莫千山与万山。”

译文

清凉的露水无声地坠落，天即将亮了。北风凄紧，乌鸦栖息不定。最恨楼头的更鼓声急响，惊扰美梦，使远行之人梦里回家的愿望都不能实现。秋色淡淡，月儿弯弯。除了我望月思乡，四周无人欣赏清丽的月光。明日匹马归乡，却不知道要隔着多少山头。

简评

此词写于纳兰行役在外期间，故依旧写相思离别。上片首二句用客观的笔调写景，渲染环境，透出凄冷之意。后二句写词人的主观感受，因为心中有满满的思念，很希望借梦成行，然而楼头的更鼓却是十分不识趣地急敲，扰人好梦，惹人厌烦。流露出词人的懊恼和无奈。下片首三句写词人在秋夜的活动，望月并思念家乡和亲人，四周无人，尤显寂寞与孤单。结句想象梦中归乡，一解相思，但万山阻隔，即便梦中也归途漫长。

又

送梁汾南还[①]，时方为题小影

握手西风泪不干。年来多在别离间。遥知独听灯前雨，转忆同看雪后山[②]。　　凭寄语，劝加餐[③]。桂花时节约重还。分明小像沉香缕[④]，一片伤心欲画难[⑤]。

注释

①梁汾：作者友人顾梁汾。

②“转忆”句：见明王彦泓《岁除日即事》：“浮尘扰扰一身闲，独看城南雪后山。”

③“凭寄语”二句：见《古诗十九首》其一：“弃捐勿复道，努力加餐饭。”明王彦泓《满江红》：“欲寄语，加餐饭。”

④“分明”句：见唐李贺《答赠》：“沉香熏小像，杨柳伴啼鸦。”

⑤“一片”句：见唐高蟾《金陵晚望》：“世间无限丹青手，一片伤心画不成。”

译文

秋风中你我双手紧紧相握，眼泪止不住落下来。近年来你我二人常常别离。想到你此去将独自在灯前倾听潇潇的雨声，我转而又回忆起与你一起在雪后共看山景的情形。希望你多进饮食，保重身体，并约定明年桂花盛开的季节重聚。你给我题词的小像在沉香的缕缕轻烟里历历可见，一片伤心之色欲画难工。

简评

此词写与友人的别离，写得跌宕跳跃。上片首句写离别的场景，第二句抒发感慨，三、四句想象和回忆结合。下片前三句是寄语，末二句又写眼前之景和个人的感受。将与友人离别的难舍难分、对友情的美好回忆、对友人的关心以及自己因友人离去的伤心等表达得淋漓尽致。

又

咏史[①]

马上吟成促渡江[②]。分明间气属闺房[③]。生憎久闭铜铺暗[④]，花冷回心玉一床[⑤]。　　添哽咽，足凄凉。谁教生得满身香[⑥]。只今西海年年月[⑦]，犹为萧家照断肠。

注释

① 此词咏辽道宗耶律洪基皇后萧观音事。萧观音才貌双全，爱好音乐，工诗，能自制歌词。后因谏猎秋山被皇帝疏远，作《回心院》词十首，望皇帝回心转意。太康初年，遭耶律乙辛等人诬陷与伶官赵惟一有染，被赐自尽，含冤而死。

②“马上”句：参见清厉鹗《辽史拾遗》卷十九：“八月上猎秋山，后率妃嫔从行在所。至伏虎林，命后赋诗。后应声曰：‘威风万里压南邦，东去能翻鸭绿江。灵怪大千俱破胆，那教猛虎不投降。’上大喜，出示群臣曰：‘皇后可谓女中才子！’”促渡江：谓催促皇帝渡江灭宋。

③间气：旧谓英雄豪杰上应星象，禀天地特殊之气，间世而出，称为"间气"。

④"生憎"句：辽萧观音《回心院》词第一首："扫金殿，闭久金铺暗。"铜铺：铜质铺首。铺首是装在门上用以衔门环的，多制成虎、螭等的头形。

⑤回心：即《回心院》词。玉一床：一床瑶席。《回心院》其七："展瑶席，花笑三韩碧。笑妾新铺玉一床，从来妇欢不终夕。展瑶席，待君息。"

⑥"谁教"句：耶律乙辛为构陷萧后，命人作《十香词》，伪托萧后所作，作为与赵惟一私通的证据。其中第二首云："咳唾千花酿，肌肤百和装。无非瞰沉水，生得满身香。"

⑦西海：郡名。西汉末于今青海附近置西海郡，后因以为青海的别名。此处当指边地。

译文

你在马上吟成诗作一首，催促辽帝渡江灭宋。分明女子中亦有英雄豪杰之人。偏恨因谏被疏，宫门久闭，连门上的铜质铺首也开始生锈。冷清如你，作《回心院》词，说一床瑶席待君来。此情令人哽咽，也足够凄凉。谁让你"生得满身香"呢？如今边地的月亮，仍为萧家孤清地照着，令人断肠。

简评

此词咏萧观音事，寄托了词人对萧观音的肯定、赞扬和深深的同情，亦蕴含着红颜薄命的感慨。词作将萧观音的事迹、《回心院》词等有机融入，不着痕迹，自然晓畅。词作注重史实的铺排，并融入自身的感受，读来沉痛伤感。

又

十月初四夜风雨，其明日是亡妇生辰

尘满疏帘素带飘[①]。真成暗度可怜宵[②]。几回偷湿青衫泪[③]，忽傍犀奁见翠翘[④]。　唯有恨，转无聊。五更依旧落花朝。衰杨叶尽丝难尽，冷雨西风幂画桥。

注释

① 素带：白色的带子，服丧用。

②“真成”句：见宋苏轼《临江仙》：“空度可怜宵。”真成：真是。

③“几回”句：语出唐白居易《琵琶行》：“江州司马青衫湿。”

④ 犀奁：以犀牛角装饰的梳妆镜匣。翠翘：古代妇人首饰的一种。状似翠鸟尾上的长羽，故名。

译文

稀疏的竹织窗帘落满了灰尘，素带飘飘。我不知不觉度过了这个可怜的夜晚。我几次偷偷地用青衫擦拭眼泪。忽然靠近犀奁见到了你曾经用过的翠翘，唯留无穷的怅恨，转而又百无聊赖。五更时分，依旧是落花飘飘。衰败的杨柳落尽了叶子，然柳丝恰如我的思念丝丝不尽。冷风凄雨正吹打着雕饰华丽的桥梁。

简评

此词的怀思对象是纳兰亡妻。纳兰与卢氏伉俪情深，卢氏因难产过世后，纳兰多首词作都表达了这种切肤之痛。词写作于亡妻生辰前夕，因看到亡妻卧室的遗物，触景生情。对亡妻的思念之深，使得一切景物皆无比凄清，落花、衰杨、冷雨西风等意象正将词人心中的无限凄凉道尽。词作读来一往而情深，同时也让人为相爱之人的阴阳两隔而唏嘘不已。

河传

春浅。红怨。掩双环[①]。微雨花间昼闲。无言暗将红泪弹。阑珊。香销轻梦还[②]。　　斜倚画屏思往事。皆不是。空作相思字[③]。记当时。垂柳丝。花枝。满庭蝴蝶儿。

注释

①双环：门上左右两个门环。此处借指门。

②“香销”句：见宋李清照《念奴娇·春情》：“被冷香销新梦觉，不许愁人不起。”

③相思字：即锦字书，指前秦苏蕙寄给丈夫的织锦回文诗。此指书信。宋杜安世《菩萨蛮》：“锦机织了相思字，天涯路远无由寄。”

译文

春意渐消，落花飞舞惹人哀怨，她掩上重门。花间小雨沥沥，白天闲暇无事。她默默无语，眼泪无声地流下来。一切显得意兴阑珊。篆香的烟雾渐渐散尽，她的梦也醒了。她斜靠着画屏回忆往事，一切皆不遂意，唯徒然地写着思念他的话。记得当时，杨柳垂丝依依，花枝百花争妍，满庭蝴蝶飞舞。

简评

此词写春思。主人公将愁意与思念寄情于阑珊的春色。她的百无聊赖、凌乱思绪和无尽相思，借由短句表达，然而不尽之意尽在言外，在看似意象重叠的字里行间是主人公的愁情流露。小词婉转流利，清新动人。

木兰花

拟古决绝词柬友①

人生若只如初见。何事秋风悲画扇②。等闲变却故人心，却道故人心易变③。　　骊山语罢清宵半④。泪雨零铃终不怨⑤。何如薄幸锦衣郎⑥，比翼连枝当日愿。

注释

① 古辞《白头吟》："闻君有两意，故来相决绝。"唐

元稹有《古决绝词》三章，故词题有“拟古”二字。

②“何事”句：汉班婕妤被汉成帝冷落，后作《怨歌行》：“裁为合欢扇，团团似明月。出入君怀袖，动摇微风发。常恐秋节至，凉风夺炎热。弃捐箧笥中，恩情中道绝。”后常用“秋风团扇”意象比喻妇人因年老色衰而见弃。此处当用此典。

③“等闲”二句：见南朝齐谢朓《同王主簿怨情》：“故人心尚尔，故心人不见。”

④“骊山”句：唐白居易《长恨歌》载，唐玄宗和杨贵妃曾在骊山华清宫长生殿定情盟誓：“在天愿作比翼鸟，在地愿为连理枝。”

⑤“泪雨”句：相传唐玄宗入蜀时因在雨中闻铃声而思念杨贵妃，故作《雨霖铃》曲。

⑥锦衣郎：此处指唐玄宗。

译文

人生如果只是像初见面时那么美好，又何故会出现画扇害怕秋风到来的情况呢？而今你轻易地变心，却推诿说情人间本来就容易变心。当年唐明皇与杨贵妃曾于清静的夜晚在骊山山盟海誓，即使二人最终诀别，明皇只听得令人断肠的《雨霖铃》声亦无怨无悔。而你又怎比得上薄幸的唐明皇呢？起码他当日还与杨贵妃许过“在天愿作比翼鸟，在地愿为连理枝”的誓言呢。

简评

这是一首闺怨词。词人假托失恋女子的口吻，写下了这颇有怨艾的词章。小词巧妙地融入了班婕妤、唐明皇和杨贵妃的典故，将男女间的悲欢离合言尽，细腻地刻画了失恋女子的哀怨和不满心理。词作朗朗上口，富有哲思。“人生若只如初见，何事秋风悲画扇”也成为千古名句，流传不衰。

虞美人

春情只到梨花薄。片片催零落。斜阳何事近黄昏[①]。不道人间犹有未招魂[②]。　银笺别记当时句。密绾同心苣[③]。为伊判作梦中人。索向画图清夜唤真真[④]。

注释

①“斜阳”句：见唐李商隐《乐游原》：“夕阳无限好，只是近黄昏。”

②“不道”句：典出《楚辞·招魂》。宋范纯仁《覆舟》：“全家脱鱼腹，应有未招魂。”不道：不顾，不管。

③同心苣：指织有苣状图案的同心结。唐牛峤《菩萨蛮》：“窗寒天欲曙，犹结同心苣。”

④“索向”句：元陶宗仪《辍耕录》卷十一引唐杜荀鹤《松窗杂记》：“唐进士赵颜于画工处得一软障，图一妇人甚丽，颜谓画工曰：‘世无其人也，如可令生，余愿纳为妻。’画工曰：‘余神画也，此亦有名，曰真真，呼其名百日，昼夜不歇，即必应

之，应则以百家彩灰酒灌之，必活。'颜如其言，乃应曰'诺。'急以百家彩灰酒灌之，遂活，下步言笑，饮食如常。"此处以真真借指亡妻。

译文

春日的意兴只有看到梨花的时候才变得阑珊，片片梨花似乎催促着春天远去。夕阳无限好，却为何又快到黄昏时候，不顾人间还有来不及招还的魂灵。想起了精美的信笺上她当时写的情意绵绵的话和她偷偷织着苣状图案的同心结。为了她，我真想变为梦中人，能在清静的夜晚，向图画呼唤着她的名字，期盼能出现。

简评

此词应是为亡妻卢氏而作。上片写景，凄清、零落。而未招之魂指的正是其亡妻。下片首二句回忆，曾经的浓情蜜意尚在，而伊人已逝，徒剩悲凉。末二句用真真之典，希望通过不停呼唤，让亡妻像真真般从图画中走来，回到他身边。因为明知其不可实现，词作显得更加凄凉。

又

曲阑深处重相见。匀泪偎人颤[①]。凄凉别后两应同。最是不胜清怨月明中[②]。　　半生已分孤眠过[③]。山枕檀痕涴[④]。忆来何事最销魂。第一折枝花样画罗裙⑤。

注释

①“匀泪”句：见南唐李煜《菩萨蛮》：“画堂南畔见，一晌偎人颤。”匀泪：拭泪。

②“最是”句：见唐钱起《归雁》：“二十五弦弹夜月，不胜清怨却飞来。”

③分：料想。

④山枕：枕头。古代枕头多用木、瓷等制作，中凹，两端突起，其形如山，故名。檀痕：带有香粉的泪痕。涴：浸渍。

⑤折枝：花鸟画的表现形式之一。画花卉不画全株，只取花枝最宜入画的一部分绘之。

译文

在曲折的栏杆深处，你我重新相见。你擦拭着眼泪，依偎在我的怀里，身子微微地颤抖。别后，你我的凄凉应是相同的。最不能忍受的是月亮高照之际的凄凉幽怨。料想你半辈子已在独眠中孤零零地度过，枕上泪痕斑斑，回忆起来，什么事最令人销魂？想来应是我用折枝画法在你的罗裙上画素雅的图案。

简评

这是一首怀思之作。首二句回忆曾经约会的情景，“颤”字最妙，将重见后的喜极而泣表现得淋漓尽致。三四句回到现实，情感陡转。一切美好尽消，唯剩凄凉。

而词人的凄凉正是所思之人的凄凉。五六句是词人对她现状的推测。七八句词人试图一改凄怨的基调，添上些许亮色，于是用曾经最动人的记忆来结尾，殊不知，曾经的销魂更增添了现实的凄楚。

又

高峰独石当头起。冻合双溪水。马嘶人语各西东。行到断崖无路小桥通。　朔鸿过尽音书杳。客里年华悄。又将丝泪湿斜阳[①]。多少十三陵树乱云黄。

注释

①丝泪：微细如丝之泪。南朝梁萧统《文选·鲍照〈代君子有所思〉》："蚁壤漏山河，丝泪毁金骨。"唐李善注："丝泪，泪之微者。"唐韦应物《拟古诗》其十二："年华逐丝泪，一落俱不收。"

译文

头顶高高的山峰，巨大的石头矗立。双溪的水流已经结冰。队伍分道扬镳，人马之声不绝。行进到陡峭的山崖边已无路，唯留一座小桥通向山的那一边。南飞的大雁过尽，仍未有家中的音信。离乡在外，时光暗暗流逝。夕阳西下，我又独自泪流不已。十三陵上多少树木横陈，云彩黄色一片。

简评

此词写行役在外的心情和感受。上片写行役途中之状，下片写思乡之情。末句十三陵的意象给全词增添几许沧桑的色彩。

又

黄昏又听城头角。病起心情恶。药炉初沸短檠青[①]。无那残香半缕恼多情[②]。　　多情自古原多病[③]。清镜怜清影。一声弹指泪如丝。央及东风休遣玉人知。

注释

① 短檠：矮灯架。此指灯烛。宋赵长卿《念奴娇》："短檠灯青，灰闲香软，所欠惟梅矣。"

② 无那：无奈。

③ "多情"句：见宋晁冲之《感皇恩》："自叹多情更多病。"

译文

黄昏时分，又听到城头画角声阵阵。病中起身，心情糟糕。药炉中汤药刚开始沸腾，短柄的灯烛闪着青青的火焰。无奈将要燃尽的盘香仍余烟袅袅，空恼自己太过多情。自古以来，多情之人原是多病之人。在镜子里照见自己消瘦的容颜，唯有自我怜惜。顷刻间，眼泪如丝般流下来，请求春风休要将我的多愁多病告诉她知道。

简评

此词写词人因多愁多病而自怜自伤。上片写词人因病而心情不佳，于是眼前之景不是“恶”便是“恼”，有一种隐隐的烦闷和苦愁。下片继续写自己的伤感，更加直露。末句中的“玉人”是谁，词人没有明说。可解读为二：许是其心中所思恋的女子，所以不想将自己的伤感让她知道，其中可见词人的真情与呵护。又许是其友人顾贞观。有人认为，“弹指”非指时间短暂，而是指顾贞观的《弹指词》，若如此，末二句应解读为：才读了一句《弹指词》，眼泪就如丝般流下来，请求春风休要将我的多愁多病告诉他知道。果如此，那么此词应是对友人的诉苦之作了。此说从字面上看亦解释得通，可备一说。

又

彩云易向秋空散①。燕子怜长叹②。几番离合总无因。赢得一回僝僽一回亲③。　　归鸿旧约霜前至。可寄香笺字④。不如前事不思量。且枕红蕤欹侧看斜阳⑤。

注释

①“彩云”句：见唐白居易《简简吟》：“彩云易散琉

璃脆。”暗喻相爱之人容易分离。

②“燕子”句：见唐李商隐《无题》：“归来展转到五更，梁间燕子闻长叹。”

③ 僝僽：憔悴。

④ 香笺：芳香美好的信纸。

⑤ 红蕤：即红蕤枕。唐张读《宣室志》卷六记载，玉清宫有三宝，碧瑶杯、红蕤枕和紫玉函。红蕤枕似玉，微红，有纹如粟，后亦指绣花枕头。欹侧：斜靠。

译文

秋日的天空，彩云易散。燕子也为之长叹不已。几次的分分合合总是没有任何缘由，使我落得一会儿憔悴一会儿又亲热不已。大雁已按照从前的约定在霜期之前飞回来，你可寄回来只字片语？过去的事情不要再去想，还是斜靠着红蕤枕看夕阳吧。

简评

此词以女子口吻描写一个闺中日夜思念的女子，写她内心隐隐的愁怨。上片写二人总是轻易地分离，且没有任何缘由。下片首二句写他又一次爽约，连书信都没有寄来。末二句看似自我解脱，实透露着无奈和伤感，“斜阳”的意象暗示她即将度过一个孤独之夜。全词明白如话，将闺中女子既愁又怨、既爱又恨、既欲解脱又不得的矛盾心理表现得细腻、生动。

又

银床淅沥青梧老[①]。屟粉秋蛩扫[②]。采香行处蹙连钱[③]。拾得翠翘何恨不能言[④]。回廊一寸相思地[⑤]。落月成孤倚。背灯和月就花阴。已是十年踪迹十年心[⑥]。

注释

①银床：井栏。一说辘轳架。南朝梁庾肩吾《九日侍宴乐游苑应令》："玉醴吹岩菊，银床落井桐。"青梧：梧桐。树皮色青，故称。

②屟粉：带有衬底的鞋叫"屟"，粉是衬底中的香料，除臭。此处借指人的踪迹。

③蹙：通"蹴"，踢，踏。连钱：即连钱草，叶似铜钱，故称。

④"拾得"句：见唐温庭筠《经旧游》："坏墙经雨苍苔遍，拾得当时旧翠翘。"

⑤"回廊"句：见唐李商隐《无题》："春心莫共花争发，一寸相思一寸灰。"

⑥"已是"句：见宋高观国《玉楼春·忆旧》："十年春事十年心，怕说湔裙当日事。"

译文

井栏边，梧桐的落叶淅淅沥沥，她的踪迹已在蟋蟀声中消失。走在她旧日行经处，地上连钱草青青一片。在草丛中偶然拾得她戴过的翠翘首饰，我有无限的伤感却无处诉说。回廊尽头是那留下相思的地方。月亮西沉，而今只剩下我孤独一人，背对着灯影和月光，独立于花阴之下。十年时光已过，但往事历历，我心依旧。

简评

上片的背景设定在井边，以梧桐叶落破题，烘托萧瑟冷寂的氛围。踪迹已消，唯留翠翘惹起遗恨。睹物思人，词人的相思呼之欲出。下片背景转到回廊，依旧是清冷的环境，却多了孤独和凄凉之意。

又

为梁汾赋

凭君料理花间课[①]。莫负当初我。眼看鸡犬上天梯。黄九自招秦七共泥犁[②]。　　瘦狂那似痴肥好。判任痴肥笑[③]。笑他多病与长贫。不及诸公衮衮向风尘[④]。

注释

①“凭君”句：此句指康熙十七年（1678）顾贞观（号梁汾）为纳兰的词作选辑付梓，即《饮水词》。花间课：花间本指后蜀赵崇祚编的《花间集》，此处代指纳兰词作。

②“黄九”句：黄九：宋黄庭坚排行第九，故称。秦七：宋秦观排行第七，故称。秦词婉约，黄词绮

艳，词家每以秦七黄九并称。此处借指词人和顾贞观。泥犁：佛教语。意为地狱。

③“瘦狂”二句：典出《南史·沈昭略传》。此二句以瘦狂喻己，以肥痴喻无用之人。

④“不及”句：见唐杜甫：《醉时歌》：“诸公衮衮登台省，广文先生官独冷。”

译文

我仰仗你帮我编定词集，不辜负我当初把你引为知己的情谊。眼看着别人鸡犬升天，你与我却耽于词章，不求显达。贫寒狷狂之人，自然没有仕途得意者的踌躇满志，听任那些得意的人笑去吧，笑你我长期多病与贫苦，比不上诸位公卿仕途显赫，宦途通达。

简评

此词表达了词人与顾贞观共同的志趣爱好和对名利的淡泊，也尖锐地讽刺了那些善于钻营，致力于官场仕进之人。文辞犀利，寄意深远。

又

残灯风灭炉烟冷。相伴唯孤影。判教狼藉醉清樽。为问世间醒眼是何人。　难逢易散花间酒[①]。饮罢空搔首。闲愁总付醉来眠。只恐醒时依旧到樽前。

注释

①“难逢”句：见唐李白《月下独酌》：“花间一壶酒，独酌无相亲。”

译文

残灯被风吹灭了，熏炉中的烟已消散，相伴的唯有孤独身影。我借酒消愁，任凭它杯盘狼藉。问世间何人才是清醒之人？人生总是离别容易相逢难，空酌花间一壶酒。饮罢徒然地挠头沉思。心中无端的忧愁总是在喝醉时才能消歇，只是害怕醒来时依旧要借酒消愁。

简评

此词写闲愁。词人的闲愁不仅来自于自身的孤独，来自于人生总易分离的伤感，更来自众人皆醉我独醒的苦闷。

鹊桥仙

倦收缃帙[①]，悄垂罗幕，盼煞一灯红小。便容生受博山香[②]，销折得、狂名多少。　　是伊缘薄，是侬情浅，难道多磨更好[③]。不成寒漏也相催[④]，索性尽、荒鸡唱了。

注释

①缃帙：浅黄色书套。亦泛指书籍、书卷。

②博山：博山炉，古香炉名。

③多磨：谓好事多磨。

④不成：莫非，难道。

译文

懒于收拾桌上的书卷，悄悄地将丝罗帐幕垂下。只盼着灯光快点黯淡（好与她相依相偎）。让我与她享受着博山炉中炉烟的袅袅熏染，即便换来狂士的名声（也心甘情愿）。是与她的缘分浅薄，还是我的感情不够深厚？难道好事本就多磨？莫非寒夜的漏声也催促着我，使我难以入眠？索性就等到荒鸡唱晓，黎明到来吧。

简评

上片大有为爱而狂之意，颇近花间词风。下片情感直下，连用三个反问，道出之前美好而温情的一幕幕只是回忆罢了。温情与孤独的对照，尤显得凄凉伤感。

又

梦来双倚，醒时独拥，窗外一眉新月。寻思常自悔分明，无奈却、照人清切[①]。一宵灯下，连朝镜里，瘦尽十年花骨。前期总约上元时，怕难认、飘零人物。

注释

①“无奈”句：见明严绳孙《念奴娇》：“姮娥知否，照人如此清切。”清切：清晰真切。

译文

梦中我与你互相依偎，醒来却独自拥着被子而眠，窗外一眉新月正高挂夜空。细想当时月色分明时与你共度的情景，我常暗自悔恨未能好好珍惜。而今月亮又照得人真真切切（你已不在）。夜晚在灯影下，白日在镜子里，十年来容颜消瘦不堪。以前我们总在元宵佳节相约，（而今若再相见）怕你难以认出我这个飘零之人。

简评

此词似是写给数年之前的某位恋人的。上片写自己的孤独和悔恨，一“双”一“独”将梦境与现实作鲜明对比，突显现状的孤独。下片写自己的消瘦与沧桑。除怀思之外，更融入自身苍凉的心境作映衬。

又

七夕

乞巧楼空[①]，影娥池冷，说着凄凉无算。丁宁休曝旧罗衣[②]，忆素手、为余缝绽[③]。　　莲粉飘红，菱花掩碧，瘦了当初一半。今生钿盒表予心，祝天上、人间相见。

注释

①乞巧楼：乞巧的彩楼。典出五代蜀王仁裕《开元天宝遗事》卷四《乞巧楼》。乞巧，旧时风俗，农

历七月七日（或七月六日）夜妇女在庭院向织女星乞求智巧，称为“乞巧”。

②“丁宁”句：旧时七月初七有曝衣的习俗。

③“忆素手”句：见明王彦泓《春暮减衣》：“难消素手为缝绽，那得闲心问织缣。”缝绽：缝衣。

译文

乞巧的彩楼已不见她的身影，倒映着明月的水池亦清冷不堪，说来有无限凄凉。叮咛下人不要晒她为我缝制的旧罗衣，因为那会让我想起她洁白的双手为我缝衣的情景。莲花依然泛着红色，菱花映在碧波上，人却比当初瘦了一半。此生我用钿盒来表达心意，祝愿天上人间相隔的你我能够再次相逢。

简评

七夕是传说中牛郎织女相会的日子，然词人却与亡妻天人两隔，面对节日的习俗和场景，他感物伤怀。末二句化用典故，表达了自己美好的期望，也冲淡了词作的哀伤之意，表现出浪漫的情怀。

南乡子

飞絮晚悠飏[①]。斜日波纹映画梁。刺绣女儿楼上立，柔肠。爱看晴丝百尺长[②]。　　风定却闻香。吹落残红在绣床[③]。休堕玉钗惊比翼，双双。共唼蘋花绿满塘[④]。

注释

①“飞絮”句：见宋曾觌《诉衷情》：“几番梦回枕上，飞絮恨悠扬。”

②晴丝：在空中飘荡的游丝。

③绣床：刺绣时绷紧织物用的架子。

④唼 shà：水鸟或鱼吃食。

译文

晚来柳絮飘飘。夕阳中，池水倒映着华丽的屋梁。一位刺绣的女子放下针线，站在楼上，柔情万千。她爱看那长长的游丝在空中飘荡。风停了，却闻到阵阵花香。原来是吹残的花儿飘落在绣床上。不要让玉钗坠落，以免惊动池塘里成双的鸳鸯，它们正在满塘绿色中悠闲地吞食着浮萍。

简评

此词刻画了一个怀春少女的形象。在明丽优美的景物描写中，刺绣少女登场，柳丝、游丝等意象不仅是春天的象征，更与她的柔肠相映。结尾双双的鸳鸯含蓄点出其怀春之意。小词色彩鲜明，笔调轻灵，富有韵味。

又

捣衣

鸳瓦已新霜。欲寄寒衣转自伤。见说征夫容易瘦，端相[①]。梦里回时仔细量。　支枕怯空房[②]。且拭清砧就月光[③]。已是深秋兼独夜，凄凉。月到西南更断肠[④]。

注释

①端相：细看。

②支枕：即支髻枕，枕名。

③“且拭”句：见唐杜牧《秋梦》：“寒空动高吹，月色满清砧。”清砧：捶衣石的美称。

④“月到”句：见明王彦泓《纪事》：“月到西南倍可怜，照人双笑影娟娟。”

译文

屋外的鸳鸯瓦已经结了一层薄薄的清霜。她想要做些御寒的衣服给他寄去，却又暗自伤心。都说戍边在外的人因太过辛苦容易消瘦，需要细看才能知道他现在衣服的尺寸。那么，待到梦中相会的时候，再帮他仔细量一下吧。似乎连支髻枕都害怕房间的孤独，且趁着月光擦拭捶衣石准备捣衣吧。已是深秋时节，长夜孤独，十分凄凉。月亮缓缓升到西南角的夜空，叫人肝肠欲断。

简评

词作写了一位女子欲给戍边在外的丈夫制作御寒衣物，故要捣衣。女子因不知道丈夫现在消瘦后的衣服尺寸是多少，所以需要梦回时仔细量量，令人倍觉凄凉。词作将女子隐隐的幽怨和孤独之意层层道来，幽婉凄楚。

又

御沟晓发

灯影伴鸣梭[1]。织女依然怨隔河。曙色远连山色起，青螺[2]。回首微茫忆翠蛾[3]。　凄切客中过。未抵秋闺一半多。一世疏狂应为著，横波。作个鸳鸯消得么[4]。

注释

① 鸣梭：谓织布。

② 青螺：喻青山。

③ 翠蛾：细而长曲的黛眉。

④ 消得：值得。

译文

在灯影的陪伴中，妇女们正在家里织着布。想必此时天上的织女星依然抱怨与牵牛星隔着迢迢的银河。远山在拂晓时蒙蒙天色的笼罩中，现出青色螺髻般的山形。回首那一片隐约模糊处，想起了家中的她。想我此生在他乡凄凉地度过，与闺中的她大半时间都处于别离之中。她爱上我这个一生狂放不羁之人，并与我结为爱侣，是否值得？

简评

词人在出发之际由周围的景物展开联想，于是，在这个蒙蒙的清晨，才刚分离他便开始思念家中的她。于是，词人站在她的角度，提出了一个疑问。词作流露出词人的无奈、感伤以及不能长伴左右的怅恨，更有愧疚之意。

又

烟暖雨初收。落尽繁华小院幽。摘得一双红豆子，低头。说着分携泪暗流。　　人去似春休。卮酒曾将酹石尤[①]。别自有人桃叶渡[②]，扁舟。一种烟波各自愁。

注释

① 卮酒：杯酒。石尤：即石尤风。元伊世珍《琅嬛记》引《江湖纪闻》载：传说古代有商人尤某娶石氏女，情好甚笃。尤某远行不归，石思念成疾，临死叹曰："吾恨不能阻其行，以至于此。今凡有商旅远行，吾当作大风为天下妇人阻之。"后因称逆风、顶头风为"石尤风"。

② 桃叶渡：渡口名。在今江苏省南京市秦淮河畔。相传因晋王献之在此送其爱妾桃叶而得名。

译文

天气刚刚放晴，暖暖的雾气升腾。幽静的小院中，繁花落尽。你轻轻地摘下两粒红豆，低着头不敢看我。

才说着离别的话，眼泪就悄悄地流下来。自你去后，春天也好似远去了。我曾用杯酒祭奠石尤风（希望能够阻拦你回去）。在我为你送行的桃叶渡，以前王献之也在此送别爱妾。自你乘着一叶扁舟离去，同样的烟波淼淼却有了不同的忧愁。

简评

此词写离愁。上片回忆离别的情景，将分别时的难舍难分和欲语泪先流的状态表达得恰到好处。下片则是别后的感慨。伊人已去，春色黯淡，实是词人心境的写照。两典故的暗用，合情合理，增加词作的内蕴和厚重感。末句更借烟波传达浓浓的愁意，别有意味。

又

为亡妇题照

泪咽更无声。止向从前悔薄情。凭仗丹青重省识[①]。盈盈。一片伤心画不成。　　别语忒分明。午夜鹣鹣梦早醒[②]。卿自早醒侬自梦，更更。泣尽风前夜雨铃。

注释

① 丹青：指画像。省识：指仔细端详画像。唐杜甫《咏怀古迹》："画图省识春风面，环佩空归月夜魂。"

② 鹣鹣：鸟名，比翼鸟。

译文

我哽咽着，眼泪无声地落下来。真后悔从前没有好好珍惜与她在一起的美好时光。现在唯有依靠着她的画像仔细端详她。画中的她仪态万千，而她的一片伤心之色却难以画出。与她分别之际的话语犹在耳边，而午夜时分我与她比翼双飞的梦却早早醒了。她既已早早地从我们甜蜜的梦中抽身，香消玉殒。我却依旧整夜沉浸在梦里不愿醒来。风声呼啸，夜雨淋铃，我的眼泪无休止地垂落。

简评

词人悔恨从前没有好好珍惜与她在一起的时光，唯有睹画思人，故宁愿自欺欺人地整夜沉浸在有她的梦里，十分凄凉。词作可见词人对亡妻的深刻悼念和怀思。

一斛珠

元夜月蚀

星球映彻[①]。一痕微褪梅梢雪。紫姑待话经年别[②]。窃药心灰，慵把菱花揭[③]。　　踏歌才起清钲歇[④]。扇纨仍似秋期洁[⑤]。天公毕竟风流绝。教看蛾眉[⑥]，特放些时缺。

注释

① 星球：焰火，烟花。

② 紫姑：神话中厕神名。

③ 菱花：指菱花镜。亦泛指镜。

④ 踏歌：拉手而歌，以脚踏地为节拍。钲：古代打击乐器，锣之一种。旧俗以为月蚀是为天狗所食，故家家敲锣来吓退天狗。

⑤ 扇纨：细绢制成的团扇，此处喻明月。秋期：指七夕，牛郎织女约会之期。

⑥ 蛾眉：此处指蛾眉月。月初或月末的一种月相，形似蛾眉，故称。

译文

烟花四起，映彻天空。在积着白雪的梅梢枝头，一痕月亮微蚀，似与紫姑倾诉数年的离别。一会儿又好似偷药的嫦娥因孤独地住在月宫而心如死灰，懒得把菱花镜揭开。人们脚踏节拍，拉手而歌。锣鼓的声音刚刚消歇，空中如团扇般的月亮又高挂，仍似七夕时候那般皎洁明亮。天公毕竟是十分不凡的，为了让人们欣赏到蛾眉月，它特意让月亮暂缺一会儿。

简评

此词咏元宵节月蚀，结合时序和民俗特征，充分运用了比喻、拟人等手法，将月蚀从开始到结束的全过程用文学的形式呈现。想象丰富，颇具情味。

红窗月①

梦阑酒醒，早因循、过了清明。是一般心事，两样愁情。犹记回廊影里誓生生[2]。　　金钗钿盒当时赠，历历春星。道休孤密约[3]，鉴取深盟。语罢一丝清露湿银屏[4]。

注释

①此调《词律》作《红窗影》，一名《红窗迥》。

②“犹记”句：见宋柳永《二郎神·七夕》：“钿合金钗私语处，算谁在、回廊影下。愿天上人间，占得欢娱，年年今夜。”

③孤：通“辜”，辜负。

④银屏：镶银的屏风。

译文

梦即将醒了，酒劲也渐渐消去，依照节序，早过了清明时候。一样的心事，而今却有了不同的愁情。犹记得当时在回廊深处，你我发誓要生生世世相爱，永不分离。当时你我以金钗钿盒相赠，春日的星空历历分明。不要辜负你我的秘密约定，以永结同心的盟约为鉴。夜已深，一丝清露打湿了镶银的屏风。

简评

此词写离思。追忆回廊盟誓的具体情景，生动展现了当时恋爱之人的山盟海誓，更与现在的形单影只形成鲜明对比，孤清之情，烘托了愁思。

踏莎行

春水鸭头[①]，春山鹦嘴[②]。烟丝无力风斜倚。百花时节好逢迎，可怜人掩屏山睡[③]。　　密语移灯[④]，闲情枕臂。从教酝酿孤眠味。春鸿不解讳相思，映窗书破人人字[⑤]。

注释

① 春水鸭头：宋苏轼《送别》："鸭头春水浓如染。"鸭头，指绿色，又称鸭头绿。

② 鹦嘴：喻山花之红色。

③ 屏山：屏风。

④ 密语移灯：见宋吴文英《玉烛新·春情》："移灯夜语西窗。"

⑤ 人人字：雁行人字，睹雁思人。宋辛弃疾《寻芳草》："道无书，却有书中意，排几个、人人字。"人人，即人，重言表示亲昵。

译文

春水之色碧如鸭头，春山之花红如鹦嘴。杨柳枝条娇弱无力，在风中斜斜地垂着。百花盛开的时节，正该有情人相会，可她却掩起屏风沉睡。移近灯烛，头枕手臂，回想起曾经共度良宵、窃窃私语的情景，任凭孤独无眠的感受蔓延开来。大雁不知避讳此时的相思，偏偏从窗外飞过，排成"人"字。

简评

全词前景后情，转折生趣，层层递进，感发人思。春景如画，春怨如见，清丽凄婉，乃纳兰词的当行本色。

又

寄见阳[①]

倚柳题笺[②]，当花侧帽[③]。赏心应比驱驰好[④]。错教双鬓受东风，看吹绿影成丝早[⑤]。　金殿寒鸦[⑥]，玉阶春草[⑦]。就中冷暖和谁道。小楼明月镇长闲，人生何事缁尘老[⑧]。

注释

① 见阳：张纯修，字子敏，号见阳，又号敬斋，隶满洲正白旗，为内务府包衣。曾与纳兰性德交往，结为异姓兄弟。

② 倚柳题笺：吟诗作词之类的高雅生活。

③ 侧帽：歪戴着帽子，形容风流洒脱的举止。《周书·独孤信传》："信在秦州，尝因猎日暮，驰马入城，其帽微侧。诘旦而吏民有戴帽者，咸慕信而侧帽焉。"

④ 赏心：愉悦身心。

⑤ 绿影：指乌黑发亮的鬓发。

⑥ 金殿寒鸦：见唐王建《和胡将军寓直》："宫鸦栖定禁枪攒，楼殿深严月色寒。"

⑦ 玉阶春草：见唐王维《杂咏》："愁心视春草，畏

向玉阶生。”

⑧ 缁尘：黑色灰尘，常喻世俗污垢。南朝齐谢朓《酬王晋安》：“谁能久京洛，缁尘染素衣。”

译文

吟诗作词、风流度日总比随从护驾、奔波劳碌要令人身心愉悦。错让双鬓经受春风的吹拂，黑发早早就变白了。金碧辉煌的宫殿里寒鸦栖息，华美的台阶上春草滋长。其中冷暖自知，能与谁述说？小楼中明月孤照。人生因何事而在世俗污垢中慢慢老去。

简评

对侍卫生涯的厌烦和对闲适生活的向往，一直成为纳兰心头挥之不去的愿望。因此，在寄友之作里，词人同样表达了此种情思。而“就中冷暖和谁道”的欲诉无门，可见其内心的苦痛。

临江仙

寄严荪友

别后闲情何所寄，初莺早雁相思[①]。如今憔悴异当时。飘零心事[②]，残月落花知。　　生小不知江上路，分明却到梁溪[③]。匆匆刚欲话分携[④]。香消梦冷，窗白一声鸡。

注释

①初莺早雁："初莺"表示初春，"早雁"表示初秋，合以表示春去秋来，时光荏苒。

②飘零：漂泊流落。

③梁溪：在今江苏无锡。

④分携：离别。

译文

一别之后，闲散之情无所寄托。时光荏苒，我时时思念着你。我已不复当日的俊朗，如今憔悴不堪，漂泊流落，只有残月和落花知道我的心事。自小不熟悉江南的道路，却分明已来到你的住处。匆匆相聚，离别之情还没来得及说，炉烟散尽，梦已醒了。窗外天色已明，晨鸡报晓。

简评

上片写别后的飘零和憔悴，甚是凄清。下片写梦境，与友人短暂一聚。全词不言怀念而满是怀念。

又

永平道中[①]

独客单衾谁念我，晓来凉雨飕飕。缄书欲寄又还休[②]。个侬憔悴[③]，禁得更添愁[④]。　曾记年年三月病[⑤]，而今病向深秋。卢龙风景白人头[⑥]。药炉烟里，支枕听河流[⑦]。

注释

①永平道中：永平，清代府名。纳兰性德于康熙二十一年（1682）八月赴索伦公差时途经此地。

②缄书：将信札封口。

③个侬：那人。

④禁得：这里是反问语气，意谓禁不得，承受不住。

⑤“曾记”句：见唐韩偓《春尽日》：“把酒送春惆怅在，年年三月病恹恹。”

⑥卢龙：今河北卢龙县，清代永平府所在地。清廷在这里长期驻守重兵，以拱卫京师和保卫皇陵（清东陵）。

⑦支枕：将枕头竖起、倚靠。

译文

独自在外，孤衾独眠，无人挂念，早晨醒来凉雨飕飕。封好书信刚要寄却又作罢。想到家中的她本已相思憔悴，哪里还受得住这封家书平添的愁意？　记得过去每年都有伤春愁绪，今年却愁到深秋。这时节的卢龙风景萧疏，让人伤感而暗生白发。在药炉袅袅的烟雾里，靠着枕头静听河水流淌的声音。

简评

康熙二十一年（1682）三月，康熙御驾东巡，纳兰性德以一等侍卫扈从。此词当作于是年秋，时受命前赴卢龙。词意伤感，恋家恨别。

又

谢饷樱桃[①]

绿叶成阴春尽也[②]，守宫偏护星星[③]。留将颜色慰多情。分明千点泪，贮作玉壶冰。　　独卧文园方病渴[④]，强拈红豆酬卿。感卿珍重报流莺。惜花须自爱，休只为花疼。

注释

① 饷：赠送。

②“绿叶”句：见唐杜牧《叹花》：“自恨寻芳到已迟，往年曾见未开时。如今风摆花狼藉，绿叶成阴子满枝。”

③ 守宫：守宫砂。星星：这里指一粒粒樱桃。此句意为樱桃红如朱砂。

④“独卧”句：司马相如曾为孝文园令，患有消渴疾（即糖尿病），此后文人常自称文园，以文园病渴指文人患病。

译文

春天过去，绿叶成荫，粒粒樱桃却依旧鲜红。留着这点红色来慰问我这多情之人。樱桃如无数的红泪，化成壶中之冰。我正失意病卧，（蒙你盛情馈赠）我强拈红豆来酬答你。在这黄莺啼遍之时，感激你如此珍重我们的友谊。不过爱花如你，也要善自珍重，不要只为花落而生悲。

简评

酬答之作易入流俗，此词却情真意切，措辞含婉，隐隐骚雅。

又

丝雨如尘云著水[①]，嫣香碎入吴宫[②]。百花冷暖避东风。酷怜娇易散，燕子学偎红。　　人说病宜随月减，恹恹却与春同。可能留蝶抱花丛。不成双梦影，翻笑杏梁空。

注释

①丝雨句：见唐崔橹《华清宫》之三："红叶下山寒寂寂，湿云如梦雨如尘。"

②嫣香：指娇艳芳香的花。

译文

细雨丝丝如尘土，云中夹带着水汽，吴宫满地残花散落。百花畏寒而躲避东风。最让人怜惜的是，娇美的宫花太容易凋零，连燕子也学人惜花，傍花而飞。人们都说病情应会随着时间慢慢好转，但我却精神萎靡，与慵懒的春天一般。花丛岂能留住蝴蝶，难道让成双成对的蝴蝶来嘲笑燕去梁空么？

简评

词中暮春时节的萧瑟之景与愁病交加之际的意兴阑

珊相互映衬，徒生凄幽之情。

又

长记碧纱窗外语，秋风吹送归鸦。片帆从此寄天涯。一灯新睡觉，思梦月初斜。　便是欲归归未得，不如燕子还家。春云春水带轻霞[1]。画船人似月[2]，细雨落杨花。

注释

①“春云”句：见宋高观国《霜天晓角·春情》：“春云粉色，春水和云湿。”

②“画船”句：见唐韦庄《菩萨蛮》：“垆边人似月，皓腕凝霜雪。”

译文

还记得分别时和你在碧纱窗外耳语，秋风吹过，送走归巢的乌鸦。乘一叶扁舟，从此远隔天涯。一觉醒来，烛火零星，月儿初挂，我回想着方才的美梦。即便想回也回不来，还不如燕子能够随时归巢。春云春水映出淡淡的霞光。（梦中）画船上那人如月儿一般美丽，稀疏的小雨洒落在点点杨花之上。

简评

上片首二句忆别时的情景，后三句写别后之景。下片抒发人不如燕的憾恨。末三句则是想象之景，浪漫、幽静，似一幅绝佳的图景。全词孤清之中略带愁意，愁意之中又略显凄迷。

又

塞上得家报云秋海棠开矣，赋此

六曲阑干三夜雨，倩谁护取娇慵。可怜寂寞粉墙东。已分裙钗绿，犹裹泪绡红。　　曾记鬓边斜落下，半床凉月惺忪[①]。旧欢如在梦魂中。自然肠欲断，何必更秋风。

注释

①“曾记”二句：明王彦泓《临行，阿琐欲尽写前诗》：“可记鬓边花落下，半身凉月靠阑干。”

译文

连下了好几夜的雨，九曲栏杆里的海棠花娇柔慵懒，不知该请谁来呵护。它独自开在粉墙东侧，好生可怜。绿叶托着粉红的花蕾，薄纱一样的花瓣上宿雨犹存。还记得夜里醒来，睡眼惺忪，海棠从鬓边垂落，清凉的月光洒落半个床铺。旧日的欢愉如在梦魂之中。肝肠欲断，哪里还需要秋风的吹拂呢！

简评

此词因花及人，既可视为咏物，又可看作感事，而实质上是在写情。

又

卢龙大树[1]

雨打风吹都似此[2]，将军一去谁怜[3]。画图曾记绿阴圆。旧时遗镞地[4]，今日种瓜田。 系马南枝犹在否[5]，萧萧欲下长川。九秋黄叶五更烟[6]。止应摇落尽，不必问当年。

注释

① 卢龙：地名，清属永平府，今河北卢龙县。

②“雨打”句：见宋辛弃疾《永遇乐》：“舞榭歌台，风流总被、雨打风吹去。”

③“将军”句：据《后汉书·冯异传》，东汉冯异协助光武帝刘秀打天下，诸将并坐争功时，他却独坐在大树下，军中号为大树将军。北周庾信《哀江南赋》：“将军一去，大树飘零。”

④ 遗镞：损折的箭头。

⑤ 南枝：《古诗十九首·行行重行行》：“胡马依北风，越鸟巢南枝。”因以指故土、故国。

⑥ 九秋：深秋。

译文

卢龙大树年年都被雨打风吹，自将军去后，有谁怜惜？曾记得画图上满树皆是圆圆的绿叶。当年的战场，如今已成瓜田。故乡系马的树枝还在吗？而今纵马嘶鸣在长河边。深秋的落叶在天将明时笼上一层烟雾，如今完全摇落，不必再问当年之事。

简评

此词咏大树，又意不在此。将写景与抒情结合，抒发今昔之叹，兴亡之感，从而使得词作意蕴颇深，耐人寻味。

又

寒柳

飞絮飞花何处是，层冰积雪催残。疏疏一树五更寒。爱他明月好，憔悴也相关。　　最是繁丝摇落后，转教人忆春山[①]。湔裙梦断续应难[②]。西风多少恨，吹不散眉弯。

注释

① 春山：春山山色如黛，喻指女子姣好的眉毛。

② 湔裙：典出《北齐书·窦泰传》："期而不产，大惧。有巫曰：'渡河湔裙，产子必易。'……泰母从之，俄而生泰。"此处以喻卢氏难产而死。

译文

柳絮到处飘飞，如落花般，厚冰积雪，将寒柳摧残得稀疏凋零，晨曦中透着寒气。喜爱明月的美好，纵然你憔悴如斯，我也一样关爱。最是那茂密的柳条凋零之后，让人转而怀念已然远逝的你。自你去后，好梦易断，断梦难续。秋风中多少愁思，怎么也吹不散我紧锁的双眉。

简评

此首借咏寒柳而悼亡，言之有物；伤逝之意和怀思之情溢于诗外，令人动容。

又

带得些儿前夜雪，冻云一树垂垂[①]。东风回首不胜悲[②]。叶干丝未尽，未死只颦眉[③]。　　可忆红泥亭子外，纤腰舞困因谁。如今寂寞待人归。明年依旧绿，知否系斑骓。

注释

①冻云：严冬的阴云。此处是说垂柳带雪，望去犹如片片浮云。

②“东风”句：唐韦庄《春陌》：“肠断东风各回首，一枝春雪冻梅花。”

③颦眉：见唐骆宾王《王昭君》：“古镜菱花暗，愁眉柳叶颦。”

译文

带着些前夜遗雪，一树垂柳犹如片片浮云。春风中回首往事，不禁悲上心头。柳叶已干，丝絮未尽，柳叶垂落。可记得红亭外细如纤腰的柳丝因谁舞到无力。如今寂寞伫立，等待当年那个人归来。来年柳条依旧变绿，不知还能否再系归人的骏马？

简评

此词亦以柳树起笔，却意在言外，将词人的相思表达殆尽。全词落寞中更有悲凄之意。

又

孤雁

霜冷离鸿惊失伴，有人同病相怜。拟凭尺素寄愁边[①]。愁多书屡易[②]，双泪落灯前[③]。　莫对月明思往事，也知消减年年。无端嘹唳一声传。西风吹只影，刚是早秋天。

注释

①尺素：书信。

②屡易：多次重写。

③“双泪”句：见唐张祜《宫词》：“一声何满子，双泪落君前。”

译文

冷霜之天，大雁因失群而惊慌失措，有人同病相怜。打算用书信寄托孤身在外的愁苦。然而，数不清的愁苦让我多次重写书信，两行清泪落于灯前。别对着明月回思往事，也该知道年复一年，大不如前。突然传来一声响亮凄清的鸣叫。西风中一只孤独的大雁飞过，恰是早秋时候。

简评

“孤雁”喻自己，表达孤独哀凄之感。

蝶恋花

辛苦最怜天上月。一昔如环[1]，昔昔长如玦[2]。但似月轮终皎洁。不辞冰雪为卿热[3]。　　无奈钟情容易绝。燕子依然，软踏帘钩说[4]。唱罢秋坟愁未歇。春丛认取双栖蝶。

注释

①昔：同“夕”。

②玦：玉玦，半环形有缺口的玉，喻指月缺。

③“不辞”句：南朝宋刘义庆《世说新语·惑溺》：“荀奉倩（粲）与妇至笃，冬月妇病热，乃出中庭，自取冷还，以身熨之。”卿：古代夫妻互称。

④“燕子”二句：见唐李贺《贾公闾贵婿曲》：“燕语踏帘钩，日虹屏中碧。”

译文

最可怜那辛苦的天上之月，只有一夜是圆的，其他的夜晚都有亏缺。若有一人似皎洁的明月般始终陪伴着我，我会像荀粲一般呵护她，不惜牺牲自己。无奈痴情容易断绝，燕子还依然轻轻踏在帘钩上，呢喃絮语。秋坟凄凄，纵然悼念之情感动鬼神，却依然无法消解我死生相隔的愁恨，只愿与她化作花丛中成双成对的蝴蝶，永不分离。

简评

此首悼亡，表达对亡妻的思念与挚爱。上片以月为喻，希望能与妻子永远相伴。下片更以燕子依旧而人已亡去表达悲痛，双栖蝶的意象则是词人的美好奢望。全词情意真挚，十分感人。

又

眼底风光留不住，和暖和香，又上雕鞍去。欲倩烟丝遮别路，垂杨那是相思树。　惆怅玉颜成闲阻，何事东风，不作繁华主。断带依然留乞句[①]，斑骓一系无寻处。

注释

①“断带”句：典出唐李商隐《柳枝词序》云，商隐从弟李让山遇洛中女子柳枝，诵商隐《燕台诗》，“柳枝惊问：‘谁人有此，谁人为是？’让山谓曰：‘此吾里中少年叔耳。’柳枝手断长带，结让山为赠叔乞诗。”

译文

眼前风光变幻不定，留也留不住。不如趁着暖香怡人，再一次登上雕花的马鞍。想请柳丝遮住离别的道路，然而垂杨哪里是相思树啊。惆怅再也见不到那人美好的容颜，为何东风不主繁华。割断的衣带上还留着曾写的诗句，而那人曾经驻马处已无处可寻。

简评

字里行间，尽现离思之意。幽怨婉转，情思绵渺。

又

又到绿杨曾折处[①]。不语垂鞭[②]，踏遍清秋路[③]。衰草连天无意绪。雁声远向萧关去。　　不恨天涯行役苦。只恨西风，吹梦成今古。明日客程还几许。霑衣况是新寒雨。

注释

①“又到”句：见宋吴文英《桃源忆故人》：“潮带旧愁生暮，曾折垂杨处。”

②“不语”句：见唐温庭筠《赠知音》：“景阳宫里钟初动，不语垂鞭上柳堤。”

③“踏遍”句：见唐李贺《马诗》：“何当金络脑，快走踏清秋。”

译文

又到曾折绿杨之地，默然垂鞭，踏遍清秋的小路。遍地是枯黄的荒草，一直与远天相连，却引不起我的心绪，大雁的叫声远远传向萧关。不恨天涯远行之苦，只恨秋风吹散梦境，隔出今古。明日的行程还不知有多少，更何况新近寒冷之雨沾湿了衣裳。

简评

行役之苦，离别之伤，惆怅凄凉。

又

萧瑟兰成看老去[①]。为怕多情，不作怜花句。阁泪倚花愁不语[②]。暗香飘尽知何处。　重到旧时明月路。袖口香寒[③]，心比秋莲苦[④]。休说生生花里住[⑤]。惜花人去花无主。

注释

①兰成：北周诗人庾信的小字，这里用以自指。

②阁泪：含着眼泪。

③“袖口”句：见宋晏几道《西江月》：“醉帽檐头风细，征衫袖口香寒。”

④“心比”句：见宋晏几道《生查子》：“遗恨几时休，心抵秋莲苦。”

⑤生生：世世代代。

译文

我如同庾信一般寂寞凄凉，看着自己老去。怕因多情生出许多愁绪，不作怜花之语。含泪倚着花儿，哀愁不语，幽幽的花香不知飘至何处。又来到当年明月柔照的小路。留在袖口的香气已散，我的心比秋莲更苦。别再说生生世世同在花间长住，你若离去，花便无主。

简评

萧瑟渐老，全因对故人的怀念。旧地重游，更激发内心苦痛。全篇声泪俱下，苦不堪言。

又

夏夜

露下庭柯蝉响歇[①]。纱碧如烟[②]，烟里玲珑月。并著香肩无可说。樱桃暗吐丁香结[③]。　笑卷轻衫鱼子缬[④]。试扑流萤[⑤]，惊起双栖蝶[⑥]。瘦断玉腰沾粉叶[⑦]。人生那不相思绝。

注释

①庭柯：庭院中的树木。

②“纱碧”句：见唐李白《乌夜啼》：“机中织锦秦川女，碧纱如烟隔窗语。”

③樱桃：喻女子之唇。唐孟棨《本事诗》：“白尚书（居易）姬人樊素善歌，妓人小蛮善舞，尝为诗曰：‘樱桃樊素口，杨柳小蛮腰。’”丁香结：喻积郁难

解的愁思。

④ 鱼子缬：一种有鱼子花纹的丝织品。

⑤“试扑”句：见唐杜牧《秋夕》：“银烛秋光冷画屏，轻罗小扇扑流萤。”

⑥“惊起”句：见宋陈师道《清平乐》：“冰簟流光团扇坠，惊起双栖燕子。”

⑦ 玉腰：指蝴蝶。

译文

庭院中的树叶上沾着点点夜露，蝉鸣已经消歇，碧绿的纱窗轻薄如烟，透过它可见小巧皎洁的月亮。挨着你散发香气的肩膀，相看无言，你娇小的樱唇似诉说着愁思。（记得当年）你笑着卷起有鱼子花纹的轻薄衣衫，拿着小扇试着扑打飞动的萤火虫，惊起栖息的对对蝴蝶。蝴蝶消瘦的身体还粘着粉叶，人的一生又怎能不穷尽相思呢！

简评

全词笔调轻快，结句情感陡转，前扬后抑，前述之欢乐愈甚，则后来之愁思愈烈。

又

出塞

今古河山无定数[①]。画角声中，牧马频来去。满目荒凉谁可语。西风吹老丹枫树。　　幽怨从前何处诉。铁马金戈，青塚黄昏路[2]。一往情深深几许[3]。深山夕照深秋雨。

注释

①无定数：无定准。

②青塚：亦作“青冢”，指王昭君墓，在今内蒙古自治区呼和浩特市南。传说当地多白草而此冢独青，故名。

③“一往”句：南朝宋刘义庆《世说新语·任诞》：“桓子野每闻清歌，辄唤奈何，谢公闻之曰：‘子野可谓一往有深情’。”

译文

古往今来，山河演变都无定准。军号声中，战马频繁走动。满眼荒凉无人可说，秋风中，丹枫树都枯黄了。过往的隐痛无处可诉。当年的战场，黄昏下只见路边青冢。一往情深有多深？就像夕阳下的深山和深秋的雨。

简评

边塞之景满目荒凉，兴亡之叹惹人怀思。词作将世事沧桑和历史的风云变幻尽含其中。全词情感低沉，豪放疏荡。

又

尽日惊风吹木叶。极目嵯峨，一丈天山雪[1]。去去丁零愁不绝[2]。那堪客里还伤别。　若道客愁容易辍。除是朱颜，不共春销歇。一纸寄书和泪折[3]。红闺此夜团栾月。

注释

①天山：在新疆境内。纳兰性德一生从未到过新疆，此以天山代指塞外高山。

②去去：一步一步地远行，越走越远。丁零：古民族名，又称“丁令”“丁灵”，汉时游牧于我国北部和西北部。此处借指塞外极边之地。

③“一纸”句：见唐孟郊《闻夜啼赠刘正元》：“愁人独有夜灯见，一纸乡书泪滴穿。”

译文

狂风终日吹掠树叶，放眼望去，山势高峻，积雪盈丈，皑皑一片。塞外极边之地，越走越远，愁思不绝，哪里还能忍受身在异乡还感伤离别？若说我的客愁能够停止，除非是红润的容貌常在，不随春事消歇。写好书信，含泪折起。闺中的你,不也正孤独地对着这轮圆月（怀念我吗）？

简评

客里伤别是词人作品中常见的主题。年华流逝，怀思室家，构成词作浓浓的愁意，婉曲深挚，断人心肠。

又

准拟春来消寂寞[1]。愁雨愁风[2]，翻把春担搁[3]。

不为伤春情绪恶。为怜镜里颜非昨[4]。 毕竟春光谁领略。九陌缁尘[5]，抵死遮云壑[6]。若得寻春终遂约。不成长负东君诺[7]。

注释

①准拟：准备，打算。

②愁雨愁风：见宋张矩《浪淘沙》："春梦草茸茸，愁雨愁风。"

③翻：同"反"。担搁：亦作"担阁"，即耽误。

④"为怜"句：见宋秦观《千秋岁》："日边清梦断，镜里朱颜改。"

⑤九陌：汉代长安城中的九条大道，后泛指都城大道和繁华闹市。缁尘：黑色尘土，喻世俗污垢。

⑥抵死：总是、老是。云壑：云雾遮覆的山谷，此处借指僻静的隐居之所。

⑦东君：司春之神。

译文

打算在春天消解寂寞，不料风雨交加，愁绪倍增，反将大好春光耽误了。不是因为伤春才情绪低落，而是因为镜里容颜已非昨日。终究无人能够领略春光，都城闹市的世俗污垢总是遮住幽静的山谷云雾。怎样才能不负春光，遂我心愿？难道总是让我有负对司春之神的承诺吗？

简评

词上片写伤春，下片意有所指，"云壑"正是词人心生向往之地，只是而今为世俗尘埃所蔽。

唐多令

雨夜

丝雨织红茵[①]。苔阶压绣纹。是年年、肠断黄昏。到眼芳菲都惹恨，那更说、塞垣春[②]。　　萧飒不堪闻。残妆拥夜分[③]。为梨花、深掩重门[④]。梦向金微山下去[⑤]，才识路，又移军。

注释

①红茵：红色地毯，这里指一地红花。

②塞垣：边境。

③夜分：夜半。

④“为梨花”句：唐戴叔伦《春怨》：“金鸭香消欲断魂，梨花春雨掩重门。”

⑤金微山：新疆阿尔泰山，泛指边塞。唐张仲素《秋闺思》：“梦里分明见关塞，不知何路向金微。”

译文

纤纤细雨洒落一地红花，石阶上布满了青苔。年年肠断黄昏时分。视野所及的芳菲都徒惹幽恨，更别说边境的春色。萧索衰飒不忍听，妆容未卸已夜半。怕听到梨花被打落的声音而关上重重屋门。梦中向边塞而去，才刚识路，所在的军队又转移地方了。

简评

词人用闺中人的口吻写刻骨相思。伤春伤别之情犹浓。尤其是末三句更显凄楚：即使是在梦中，也难以追上日思夜想的人。

又

金液镇心惊[①]。烟丝似不胜[②]。沁鲛绡、湘竹无声[③]。不为香桃怜瘦骨[④]，怕容易、减红情[⑤]。　将息报飞琼[⑥]。蛮笺署小名[⑦]。鉴凄凉、片月三星[⑧]。待寄芙蓉心上露，且道是，解朝酲[⑨]。

注释

①金液：古代方士所炼丹液，服之可成仙，这里指治病的药。

②烟丝：柳丝。形容病人体质如柳丝弱不禁风。

③鲛绡：丝织手帕。

④“不为”句：唐李商隐《海上谣》：“海底觅仙人，香桃如瘦骨。”

⑤红情：指女子娇艳的容颜。

⑥将息：调养，休息。飞琼：女仙名。

⑦蛮笺：蜀地所产的彩色笺纸，这里指书信。

⑧片月三星：即“心”字，其形中卧钩如残月，三点如三星。宋秦观《南歌子》：“天外一钩残月，带三星。”

⑨朝酲：前一夜醉酒，次日清晨仍感昏沉。这里指病人头晕。据王仁裕《开元天宝遗事》记载，杨

贵妃在宿酒初消后曾吸花露以润肺。

译文

此药可以让我惊惶的心镇定，但我如柳丝般弱不禁风的病体似乎无法消受。丝帕上沾满泪痕，我无声哭泣。不是因为贪恋仙境，而是害怕自己娇艳的容貌很容易便衰减了。调养身子，给你寄去书信，告诉你我正在休养，信纸上署上小名。心字卧钩如残月，表明我凄凉之意。准备给你寄去花蕊上的露珠，权且说是为你醒酒吧。

简评

此词用女子口吻出之，多处用典，含蓄委婉，隐忍温吞。

又

塞外重九

古木向人秋[①]。惊蓬掠鬓稠。是重阳、何处堪愁。记得当年惆怅事，正风雨，下南楼。　　断梦几能留。香魂一哭休[②]。怪凉蟾、空满衾裯[③]。霜落乌啼浑不睡，偏想出，旧风流。

注释

①“古木”句：唐刘长卿《将赴岭外，留题萧寺远公院》：“内史旧山空日暮，南朝古木向人秋。”

②“香魂”句：语出唐温庭筠《过华清宫二十二韵》：“艳笑双飞断，香魂一哭休。”

③凉蟾：月光。

译文

多年的古树向人展示秋色，蓬乱的头发掠过浓密的鬓角。重阳佳节，无处忍受忧愁。记得当年惆怅的往事，风雨交加之时，正下南楼。好梦易断，尚有多少残留？亡魂一哭，万事皆休。都怪月光空照在当年的床被上，满床凉意。一地落霜，乌鸦啼鸣，全无睡意，却又偏偏想到当年的风流韵事。

简评

重九触动词人的情思，使他面对荒凉塞外记起了惆怅的往事和早已逝去的她，孤枕难眠，愁思萦怀。

踏莎美人[①]

清明

拾翠归迟[②]，踏青期近。香笺小叠邻姬讯[③]。樱桃花谢已清明。何事绿鬟斜亸宝钗横[④]。　浅黛双弯，柔肠几寸。不堪更惹青春恨。晓窗窥梦有流莺，也说个侬憔悴可怜生[⑤]。

注释

①此调为顾梁汾自度曲。

② 拾翠：拾取翠鸟的羽毛做首饰。后指女子游春。
③ 香笺：女子的书信。邻姬：邻家女子。讯：信。
④ 亸 duǒ：下垂。
⑤ 个侬：这个人。生：用在形容词词尾，无义。

译文

游春晚归，郊游的日子临近，收到邻家女子的书信：樱桃花落，已是清明时节，干嘛不精心梳妆一番出门呢！一双淡眉弯弯，一副柔肠几寸，更不敢招惹青春流逝之恨。莺儿掠过清晨的窗外，仿佛窥探了我的梦境，婉转的叫声仿佛在说：这个人如此憔悴，可怜可怜！

简评

用女性口吻描述了一个生活片段。清明是游春的大好季节，但女主人公别有一种凄凉滋味。

苏幕遮

枕函香，花径漏。依约相逢，絮语黄昏后。时节薄寒人病酒。刬地梨花[1],彻夜东风瘦。　　掩银屏，垂翠袖。何处吹箫，脉脉情微逗[2]。肠断月明红豆蔻[3]。月似当时，人似当时否。

注释

① 刬地：无端，平白地。

②逗：引发，触动。

③豆蔻：多年生常绿草本植物，即相思豆。

译文

枕头尚留余香，花径外传来滴漏的计时声。隐约记得彼此相逢在黄昏后，说着悄悄话。这时节天气微寒，我醉酒如病。整夜的春风吹拂让梨花无端地瘦减不少。掩上镶银的屏风，放下青绿色衣袖。不知哪里传来箫声，微微触动着我脉脉的情思。月光照着相思红豆，我的心情极度悲痛：月儿和当年一样，你还和当年一样么？

简评

依旧以女性口吻，倾诉情怀。分别已久，相思成疾，借酒消愁，憔悴不堪。箫声激起强烈的思念，月光下的红豆更让她不能平静。痴情女子的形象呼之欲出，委婉动人。

又

咏浴

鬟云松，红玉莹[①]。早月多情，送过梨花影。半晌斜钗慵未整。晕入轻潮，刚爱微风醒。　露华清，人语静。怕被郎窥，移却青鸾镜。罗袜凌波波不定[②]。小扇单衣，可奈星前冷。

注释

①红玉莹：形容妇女肌肤红润。宋柳永《红窗听》："如削肌肤红玉莹。"

②凌波：比喻女子步履轻盈，越过水面。三国魏曹植《洛神赋》："凌波微步，罗袜生尘。"

译文

发髻松软，肌肤红润。初月仿佛也多情，送来梨花的倩影。好一会儿才出浴，玉钗斜插，慵懒不整。肤色微微泛起红晕，恰有微风吹来，让人清醒。月光清冷，人声消歇。不想让爱郎窥见，移却梳妆镜。入浴时，双足拨动，泛起阵阵涟漪。出浴后，穿着单薄的衣衫，手握小扇，禁不住夜里的凉意。

简评

此词有花间风味，但俗而不庸，绵而不腻，结句一扫前语铺陈的气氛，清凉通透。

淡黄柳

咏柳

三眠未歇[①]。乍到秋时节。一树斜阳蝉更咽。曾绾灞陵离别[②]。絮已为萍风卷叶。空凄切。　　长条莫轻折[③]。苏小恨[④]，倩他说[⑤]。尽飘零、游冶章台客[⑥]。红板桥空，湔裙人去[⑦]，依旧晓风残月。

注释

①三眠：三眠柳。传说状如人形，一日三眠三起。

②绾：缠绕。灞陵：汉文帝陵，在长安城东的灞水上，有桥名灞桥，行人多送客至此，折柳赠别。

③长条：柳枝。

④苏小：南齐钱塘名妓苏小小。

⑤倩：请。

⑥游冶：狎妓。章台：汉长安街名，遍布妓馆，后代指歌楼妓馆。

⑦湔裙人：指女子。据唐李商隐《柳枝·序》，女子柳枝与李商隐之弟李让山相约，三日后她将“湔裙水上”前来相会。

译文

杨柳柔弱的枝条在风中摇曳不止，突然又到秋天时节。满树斜阳残照，蝉声低咽，人们曾在灞桥边折枝送别。秋风吹卷叶儿，柳絮化为浮萍，空留凄凉与悲切。不要轻易折断柳枝。苏小小会告诉你她的离愁别恨。当年风流的青楼客，如今已飘零。红板桥上空无一人，相约的女子也已离去，柳岸边，晨风依旧轻拂，残月依旧当空。

简评

咏物之作，紧扣折柳送别的主题，多处用典，抒写离情别绪，情调伤感。

青玉案

辛西人日[①]

东风七日蚕芽软[②]。一缕休教翦。梦隔湘烟征雁远[③]。那堪又是，鬓丝吹绿，小胜宜春颤[④]。　　绣屏浑不遮愁断。忽忽年华空冷暖。玉骨几随花骨换[⑤]。三春醉里，三秋别后，寂寞钗头燕[⑥]。

注释

① 辛酉：康熙二十年。人日：农历正月初七。

② 蚕芽：桑叶的嫩芽。

③“梦隔”句：湖南衡阳有回雁峰，相传北雁南飞至此即止，次年春自此北回。

④ 小胜宜春：即宜春胜，妇女的一种头饰。

⑤ 玉骨：指人。

⑥ 钗头燕：燕形钗。

译文

正月初七，春风吹拂，桑叶冒出软软的嫩芽，那一缕青色，请不要剪除。征雁南飞衡阳，人也远去天涯，我梦中追随，却被湘水的云雾阻隔，何况又是鬓发拂风，宜春胜在发间微微颤动的时候。绣花的屏风完全不能遮断愁绪，年华匆匆流逝，空对冷暖的变化。花季转换，人也慢慢老去。年复一年，醉酒伤别，空使燕形钗凄清寂寞。

简评

隋薛道衡《人日思归》："入春才七日，离家已二年。人归落雁后，思发在花前。"岁月如梭，年华易老，别离之思，令人蹉跎惆怅。

又

宿乌龙江[1]

东风卷地飘榆荚。才过了，连天雪。料得香闺香正彻。那知此夜，乌龙江上，独对初三月。　多情不是偏多别。别离只为多情设。蝶梦百花花梦蝶[2]。几时相见，西窗翦烛，细把而今说。

注释

①乌龙江：黑龙江。

②"蝶梦"句：典出《庄子·齐物论》："不知周之梦为蝴蝶欤？蝴蝶之梦为周欤？"此指与妻子彼此思念，犹如恍惚迷离的梦境。

译文

春风席卷，榆荚飞舞，漫天的大雪刚刚过去。料想你闺房里熏炉中的香气正浓。你哪里知道，我此刻正在这黑龙江上，独自对着一弯新月。多情本不是为分别而生，然而分别似乎专为多情之人而设。如庄周蝴蝶，不知是我在你梦中还是你在我梦中？我们何时才能团聚，在轩窗之下一起剪烛花，把今天的想念细细诉说。

简评

康熙二十一年（1682）春，纳兰性德扈从东巡，此词作于途中，表达孤身在外的离愁和对闺中之人的深切怀念。

月上海棠

中元塞外[①]

原头野火烧残碣[②]。叹英魂、才魄暗消歇[③]。终古江山，问东风、几番凉热。惊心事，又到中元时节。　　凄凉况是愁中别。枉沉吟、千里共明月[④]。露冷鸳鸯，最难忘、满池荷叶。青鸾杳[⑤]，碧天云海音绝。

注释

①中元：农历七月十五。

②残碣：残碑。见宋刘克庄《长相思》："野火原头烧断碑。"

③"叹英魂"句：见唐韩偓《金陵》："自古风流皆暗销，才魄妖魂谁与招。"

④"枉沉吟"句：见南朝宋谢庄《月赋》："美人迈兮音尘阙，隔千里兮共明月。"

⑤青鸾：青鸟，此指信使。

译文

草原上野火烧尽残碑，感叹英雄才子的魂魄暗自零落。问春风，自古江山，能有几番凉热？心中感伤，又到了中元时节。本就凄凉，何况又是愁中别离，枉费了“千里共明月”的吟叹。此地的霜露连鸳鸯都会觉得寒冷，最难忘家乡的满池荷叶。信使杳无踪迹，海天阻隔，音书断绝。

简评

塞外荒无人烟，处处断壁残垣，年复一年，冷暖自知。中元时节，词人远在塞外不能归家，思乡之情纷涌而来。况味凄凉，愁绪难排。

又

瓶梅

重檐淡月浑如水。浸寒香①、一片小窗里。双鱼冻合②，似曾伴、个人无寐。横眸处，索笑而今已矣③。　　与谁更拥灯前髻。乍横斜、疏影疑飞坠。铜瓶小注，休教近、麝炉烟气④。酬伊也，几点夜深清泪。

注释

①香：清冽的香气。形容梅花的香气。

②双鱼：双鱼洗，上面刻有双鱼形象的盥洗器皿。一说砚台。

③索笑：犹逗乐，取笑。

④“休教”句：古有麝香不宜于花的说法。

译文

重重屋檐之上月光如水，小窗内浸润一片梅香。双鱼形的砚台冻结成冰，仿佛曾经陪伴失眠的主人。当年眼波流转处的逗乐，而今已经看不到了。无人能一起体味灯前拥髻的伤悲，忽见梅枝疏影横斜，还以为是从空中坠下。放几枝在铜瓶里，不让它接近麝香的烟气。夜深了，流下几行清泪，就算是报答花香吧。

简评

词咏瓶梅，朦朦胧胧，亦真亦幻，梅花的清幽贯穿始终，代表了词人孤寂的情怀。

一丛花

咏并蒂莲

阑珊玉佩罢霓裳[①]。相对绾红妆[②]。藕丝风送凌波去[③]，又低头、软语商量[④]。一种情深，十分心苦[⑤]，脉脉背斜阳。　色香空尽转生香。明月小银塘。桃根桃叶终相守[⑥]，伴殷勤、双宿鸳鸯。菰米漂残，沉云乍黑[⑦]，同梦寄潇湘[⑧]。

注释

① 阑珊：零乱。此指玉佩声将停止。霓裳：《霓裳羽衣曲》。

② 绾红妆：指两朵莲花盘结在一起而成并蒂莲。

③ 凌波：本指女子轻盈的步伐，后代指美女，此借

指并蒂莲。

④软语：柔和委婉的话。

⑤十分心苦：指莲心很苦。

⑥桃根桃叶：晋王献之爱妾姐妹二人。

⑦“菰米”二句：见唐杜甫《秋兴》：“波漂菰米沉云黑。”菰米：菰之实，一名雕胡米。

⑧潇湘：泛指水域。

译文

玉佩声止，霓裳曲罢，两朵莲花盘结并蒂。风吹藕丝，莲花荡漾，叶叶低下，仿佛在说着柔婉的悄悄话，情谊深重而专一，莲心甚苦，背对斜阳，深情脉脉。花色和香气失去之后，转而生出新的香气。月光如银，铺满池塘。并蒂莲如桃根、桃叶两姐妹般终生相守，相伴那殷勤的双宿鸳鸯。残余的菰米漂浮在水中，像乌云突然遮住天空一般，与并蒂莲亲亲密密，同做着水国之梦。

简评

借并蒂莲抒发永结同心的愿望。莲心虽然很苦，但一往情深，痴心不改，终会长相厮守。纳兰性德的纯情与痴情，可见一斑。

金人捧露盘

净业寺观莲[1]，有怀荪友[2]

藕风轻，莲露冷，断虹收。正红窗、初上帘钩。

田田翠盖[3]，趁斜阳、鱼浪香浮。此时画阁垂杨岸，睡起梳头。　旧游踪，招提路[4]，重到处，满离忧。想芙蓉、湖上悠悠[5]。红衣狼藉[6]，卧看少妾荡兰舟。午风吹断江南梦，梦里菱讴[7]。

注释

①净业寺：在北京市区西北。

②荪友：即严绳孙。

③田田：莲叶盛密貌。翠盖：指形如盖的植物茎叶。

④招提：梵语。北魏太武帝造伽蓝，创“招提”之名，后遂为寺院的别称。

⑤芙蓉湖：一名上湖、射贵湖，在江苏无锡西北。严绳孙家在无锡，故此处言及。

⑥红衣：荷花瓣。

⑦菱讴：采菱歌谣。

译文

长满荷花的水塘里风轻露冷，一段残虹消失。夕阳映红华丽的窗户，照到帘钩之上。荷叶田田，斜阳里，鱼儿游来游去，涌起层层绿波，飘来阵阵荷香。垂杨岸边的闺房里，女子刚刚起床梳妆。我们曾一起走过寺院庙宇，如今重到此处，满是离别的忧愁。遥想你此时正在芙蓉湖上悠闲泛舟，荷花瓣零落水上，卧看年轻的小妾摇动兰桨。午时的暖风吹断水乡梦境，梦里回荡着采菱的歌谣。

简评

旧地重游，怀思友人。上片白描，侧重写净业寺观莲。下片以虚写为主，抒发怀思之意。

洞仙歌

咏黄葵[①]

铅华不御[②]，看道家妆就[③]。问取旁人入时否[④]。为孤情澹韵，判不宜春，矜标格、开向晚秋时候。　无端轻薄雨[⑤]，滴损檀心[⑥]，小叠宫罗镇长皱[⑦]。何必诉凄清，为爱秋光，被几日、西风吹瘦。便零落、蜂黄也休嫌，且对倚斜阳，胜偎红袖。

注释

① 黄葵：黄蜀葵。

②“铅华”句：三国魏曹植《洛神赋》：“芳泽无加，铅华弗御。”御：使用。

③ 道家妆：黄色道袍。宋晏殊《菩萨蛮》：“秋花最是黄葵好，天然嫩态迎秋早。染得道家衣，淡妆梳洗时。”

④ 入时：合乎时尚，投合世俗喜好。

⑤“无端”句：宋晏几道《生查子》：“无端轻薄云，暗作廉纤雨。”

⑥ 檀心：黄葵叶心下有紫檀色。

⑦ 小叠宫罗：花瓣如同折叠的罗缎。镇：整个一段时间。

译文

她不施粉黛、身着黄色道袍。仿佛在问旁人，如此这般是否合乎时尚？为高洁的情操和淡雅的韵致，甘愿不合时宜，以风度为傲，在晚秋时节绽放。没来由一场细雨，滴破浅红色花蕊，花边如同折叠的绸缎，好长一段时间都起着褶皱。不必诉说凄清，因为喜爱秋光，接连被几日秋风劲吹，倍显消瘦。即便黄色的花粉零落殆尽，也请不要嫌弃，权且在斜阳中互相倚靠，也胜过依偎女子的红色衣袖。

简评

此词咏物却不拘泥于对所咏之物的表面刻画，而着力于对黄葵孤高品格的描述。意在言外，不落俗套，清新可人。

剪湘云①

送友

险韵慵拈②，新声醉倚。尽历遍情场③，懊恼曾记。不道当时肠断事，还较而今得意。向西风、约略数年华，旧心情灰矣。　　正是冷雨秋槐，鬓丝憔悴。又领略愁中，送客滋味。密约重逢知甚日，看取青衫和泪。梦天涯、绕遍尽由人，只樽前迢递。

注释

①此调为顾梁汾自度曲。

②“险韵”句：见宋晏几道《六幺令》：“昨夜诗有回纹，韵险还慵押。”

③“尽历”句：见明王彦泓《即事》：“历遍情场滟滪滩，近来心性耐波澜。”

译文

不愿采用险韵，酒醉中倚声填写新词。还记得往日种种情场失意的懊恼。不料今日之失意比往日之肠断还要沉痛。在秋风里粗略数数时光，往日的志气都消沉了。正是秋雨冰冷地吹打着槐树的时节，我双鬓灰白，憔悴不堪，却又要领略愁中送别的滋味。悄悄约定的重逢还不知哪天才能实现，且看我泪湿青衫。只能梦中随你绕遍天涯，连酒也无法消尽连绵之愁。

简评

此词为送友之作，表达离思之意。全词将情场失意和离愁对比，将凄冷之景与憔悴之貌相映，用现实的境况与梦中情形交织，愁境迭出，层层递进，感情深挚。

东风齐著力

电急流光[①]，天生薄命，有泪如潮。勉为欢谑[②]，到底总无聊。欲谱频年离恨[③]，言已尽、恨未曾消。凭谁把、一天愁绪，按出琼箫[④]。　往事水迢迢。窗前月、几番空照魂销。旧欢新梦，雁齿小红桥[⑤]。最是烧灯时候[⑥]，宜春髻[⑦]、酒暖蒲萄。凄凉煞、五枝青玉⑧，风雨飘飘。

注释

①电急流光：时间流逝如闪电。

②欢谑：欢乐戏谑，开心玩笑。

③谱：制曲填词。频年：多年。

④按：演奏。琼箫：玉箫。

⑤雁齿：像雁行一样排列整齐，比喻桥的台阶。

⑥烧灯：指元宵节。

⑦宜春髻：旧时春日妇女所梳的髻，将“宜春”字样贴在彩绳上。

⑧五枝青玉：五枝灯。

译文

时光流逝如闪电，我天生命薄，一想到此便泪涌如潮。勉强让自己欢悦，终究觉得没意思。想谱曲抒写多年的离愁别恨，词已写完，恨却不曾消减。不知谁能用玉箫吹奏出我漫天的愁绪。往事如同水流一般绵长。窗前的明月，多次空照我极度的哀愁。旧日欢愉，新生梦境，都在那雁行一样台阶整齐的小红桥。最是元宵佳节，宜春髻处处可见，葡萄酒暖香怡人。而今极度凄凉，只有五枝灯在风雨中飘飘摇摇。

简评

年华之叹，离愁别恨，构成词作。全词感慨为主，缀以凄清之景，娓娓道来，令人倍觉凄凉。

满江红

茅屋新成却赋

问我何心，却构此、三楹茅屋。可学得、海鸥无事[①]，闲飞闲宿。百感都随流水去，一身还被浮名束。误东风、迟日杏花天[②]，红牙曲[③]。尘土梦，蕉中鹿[④]。翻覆手，看棋局[⑤]。且耽闲殢酒[⑥]，消他薄福。雪后谁遮檐角翠，雨余好种墙阴绿。有些些、欲说向寒宵，西窗烛。

注释

①海鸥无事：古人常用与海鸥为伴表示闲逸或隐居。

②迟日：春日。

③红牙曲：拍击红牙板歌唱。红牙，红牙板或红牙拍，檀木做的拍板，色红。

④“尘土”二句：形容世事似梦非梦，真假难辨。《列子·周穆王》载，郑国人击毙一鹿，怕人看见，用蕉叶遮盖，不久便忘了所藏之地，以为自己不过是做了一场梦。途说其事，旁人闻之，用其言而得鹿，回家告诉妻子说，郑人梦得鹿而不知所藏之处，我得到了，看来他的梦是真的。

⑤“翻覆”二句：世事反复无常，如同棋局一样输赢不定。

⑥耽闲殢酒：乐得消闲，沉迷于酒。

译文

你若问我为何要建造这三间茅屋，只因闲居于此，能像自由自在的海鸥那样，自得其乐。种种感慨随流水而去，此身还被虚名束缚。春风晚来，杏花迟开，拍击红牙板把歌唱。世事似梦非梦，真假难辨，反复无常，输赢不定。权且沉迷于酒，乐得消闲，享受那么点可怜的福分。雪后谁遮住了檐角的一抹翠绿？雨后正好可以种一墙绿荫。还有些话想对你说，等你归来后再彻夜细谈吧。

简评

纳兰在词中多次表达对侍卫生活的厌倦和对闲适生活的向往。康熙二十三年（1684），纳兰性德修建茅屋三间招顾贞观回京。此词恰以茅屋新成为契机，再次表达此种意愿，并表达了纳兰对世事人生淡然处之的态度。

又

代北燕南[①]，应不隔、月明千里。谁相念、胭脂山下[②]，悲哉秋气。小立乍惊清露湿，孤眠最惜浓香腻。况夜乌、啼绝四更头，边声起。　　消不尽，悲歌意。匀不尽[③]，相思泪。想故园今夜，玉阑谁倚。青海不来如意梦[④]，红笺暂写违心字。道别来、浑是不关心，东堂桂[⑤]。

注释

① 代北燕南：泛指山西、河北一带。代，山西。燕，河北。

② 胭脂山：即燕支山，在今甘肃境内。

③ 匀：抹。

④ 青海：泛指边地。

⑤ 东堂桂：古人对科举考试及第的美称。

译文

你我两地遥隔，但共享千里明月。谁能念我，燕支山下，秋色萧索令人悲伤。小站一会儿，忽然发现被露水打湿了衣衫，孤枕难眠，最想念你身上的浓腻香气。何况乌鸦四更时分啼叫，边声四起。无法消除歌声中的悲凉之意。擦不完思念你的眼泪。不知今夜故乡的庭院中，你是否也倚着栏杆（思念我）。身处边塞，连梦中都不能如意，红色笺纸上暂且写些违心的话语，说离别之后，全然不关心名利。

简评

此词为塞上怀人之作，凄清伤感。

又

为问封姨[①]，何事却、排空卷地。又不是、江南春好，妒花天气[②]。叶尽归鸦栖未得，带垂惊燕飘还起[③]。甚天公、不肯惜愁人，添憔悴。　　搅一霎，灯前睡；听半晌，心如醉。倩碧纱遮断，画屏深翠。只影凄清残烛下，离魂缥缈秋空里。总随他、泊粉与飘香，真无谓。

注释

① 封姨：亦作“封夷”，古时神话传说中的风神，事见《博异志·崔玄微》。后诗文中常作为风的代称。

② 妒花天气：因妒忌花朵绽放而突然变坏的天气。

③ 惊燕：附于画轴的纸条，状若垂带。

译文

问秋风，因何这般排空卷地呼啸而来？又不是江南美好的春天里因妒忌花开而突然变坏的天气，但狂风将树叶吹落，归来的乌鸦无处栖息，画轴两端的飘带在风中飘忽不定。为何天公不肯怜惜愁苦之人，反倒增添我的憔悴？在灯前刚刚睡去，便被风声搅醒，耳听半晌风声，心中恍惚，如同酒醉。希望画着深翠图案的屏风，能够隔断透过碧纱窗的风。残烛前，身影凄清，游子的思绪在秋空中飘扬。吹残的花瓣与飘散的花香，都随风去吧，没有什么好牵挂的。

简评

塞外风光萧瑟，游子思乡落寞，全词凄清中又有一丝无奈之情。

满庭芳

堠雪翻鸦[①]，河冰跃马，惊风吹度龙堆[②]。阴磷夜泣[③]，此景总堪悲。待向中宵起舞[④]，无人处、那有村鸡。只应是，金笳暗拍[⑤]，一样泪沾衣。　须知今古事，棋枰胜负，翻覆如斯。叹纷纷蛮触[⑥]，回首成非。剩得几行青史，斜阳下、断碣残碑。年华共，混同江水[⑦]，流去几时回。

注释

①堠：古代瞭望敌情的土堡。

②龙堆：白龙堆的略称。古西域沙丘名。此泛指边地。

③阴磷：阴火、磷火，俗称鬼火。

④中宵起舞：典出《晋书·祖逖传》。

⑤暗拍：黑夜中河水的拍击声。

⑥蛮触：典出《庄子·则阳》。后以“蛮触”喻指为小事而争斗者。

⑦混同江：江名，即今之松花江。

译文

乌鸦在大雪覆盖的土堡上翻飞，骏马在结冰的河面上腾跃，寒风吹过白龙堆。阴火夜明，仿佛鬼在哭泣，此番景象总让人悲伤。我欲闻鸡夜舞，却发现此处荒芜一片，哪有村鸡？金笳的悲鸣和黑夜中河水的拍击声，同样让人泪湿衣襟。该知道古往今来世事难料，如同那输赢不定的棋局。感叹当年多为小事争斗，如今回首，都烟消云散，只剩斜阳下断碣残碑上的几行文字。年华与松花江江水一起流逝，无法挽回。

简评

塞外荒凉，在广阔的空间里，词人开始思考历史与人生。世事难料，追名逐利都无意义。最该悲伤的是时光流逝，青春不再。全词悲思不尽，孤寂惆怅。

又

题元人芦洲聚雁图[①]

似有猿啼，更无渔唱，依稀落尽丹枫。湿云影里，点点宿宾鸿[②]。占断沙洲寂寞[③]，寒潮上、一抹烟笼。全不似、半江瑟瑟，相映半江红[④]。　　楚天秋欲尽，荻花吹处，竟日冥濛。近黄陵祠庙[⑤]，莫采芙蓉[⑥]。我欲行吟去也，应难问、骚客遗踪[⑦]。湘灵杳[⑧]、一樽遥酹，还欲认青峰。

注释

① 芦洲聚雁图：明初画家朱芾绘。

② 宾鸿：鸿雁。《礼记·月令》："鸿雁来宾。"

③ 占断：占尽。

④"全不似"二句：唐白居易《暮江吟》："一道残阳铺水中，半江瑟瑟半江红。"

⑤ 黄陵祠庙：黄陵庙，传说为舜的妃子娥皇、女英的庙，在湖南湘阴县北。

⑥ 芙蓉：荷花。

⑦ 骚客：指屈原。

⑧ 湘灵：古代传说中的湘水之神。此当指湘夫人。

译文

猿猴的啼叫似有若无，更没有渔父的歌声，丹红的枫叶稀稀疏疏快要落光。湿湿的云影中，星星点点都是夜归的大雁。占尽沙洲的孤寂，寒冷的潮水之上笼罩着一层烟雾。完全不是白居易所描绘的“半江瑟瑟半江红”的景象。楚天的秋季快要结束，荻花散落之处，整日幽暗不明。临近黄陵庙，别去采摘荷花（以免惊扰湘妃的幽魂）。我想远去江畔行吟，大概难以寻觅屈原遗留下来的踪迹。湘妃已远去了，泼洒一杯美酒遥遥祭奠，还要努力辨认“江上数峰青”的意境。

简评

这是首题画词，作者将对画图景物的描写与个人情怀有机结合，意境深远。

卷四

水调歌头

题西山秋爽图[1]

空山梵呗静[2]，水月影俱沉。悠然一境人外，都不许尘侵。岁晚忆曾游处，犹记半竿斜照，一抹映疏林。绝顶茅庵里，老衲正孤吟。　云中锡[3]，溪头钓，涧边琴。此生著几两屐[4]，谁识卧游心[5]。准拟乘风归去[6]，错向槐安回首[7]，何日得投簪[8]。布袜青鞋约[9]，但向画图寻。

注释

①西山：在北京西郊。

②梵呗：佛教谓做法事时的歌咏颂赞之声。

③锡：锡杖，亦称禅杖，此处和“钓”“琴”一样表示动作，意为拄杖。

④“此生”句：典出南朝宋刘义庆《世说新语·雅量》。

⑤卧游：观赏山水画以代游览。典出《宋书·宗炳传》。

⑥乘风归去：见宋苏轼《水调歌头》：“我欲乘风归去，又恐琼楼玉宇，高处不胜寒。”

⑦槐安：即槐安国、南柯梦。事见李公佐《南柯太守传》。后以此比喻人生如梦、富贵无常。

⑧投簪：喻弃官。见西晋陆机《应嘉赋》：“苟形骸之可忘，岂投簪其必谷。”

⑨布袜青鞋：语出唐杜甫《奉先刘少府新画山水障

歌》："青鞋布袜从此始。"借指隐居。

译文

空旷的山岭中，连寺庙的颂赞声都消歇了，月亮和它的影子一并沉映在水中。尘世外一方幽境，悠然自得，不许有尘世的侵扰。岁末时节，回忆起曾经游玩过的地方，仍然记得夕阳西下时疏林上的一抹霞光。高山顶上的茅草僧舍中，年老的僧人正在独自吟诵佛经。拄杖行走于云山之中，安然垂钓于溪头之上，拨弄琴弦于涧水之岸。（如此隐居山中，云游一生）能穿破几双木屐？我赏画神游的心境又有谁能够理解？我欲脱离宦海，回首往事不过是梦一场，何日才能实现弃官隐居的愿望？怕是这隐居的约定，只得在这幅画中兑现了。

简评

题画词。全词有一种云淡风轻的静谧感，物我交融，情景相谐，用词清丽。

又

题岳阳楼图[①]

落日与湖水，终古岳阳城。登临半是迁客[②]，历历数题名。欲问遗踪何处，但见微波木叶[③]，几簇打鱼罾[④]。多少别离恨，哀雁下前汀[⑤]。　忽宜雨，旋宜月，更宜晴[⑥]。人间无数金碧[⑦]，未许著空明。淡墨生绡谱就[⑧]，待倩横拖一笔，带出九疑青[9]。仿佛潇湘夜，鼓瑟旧精灵。

注释

① 岳阳楼：位于湖南洞庭湖畔，岳阳市西门城墙上。为江南三大名楼之一。

② 迁客：见宋范仲淹《岳阳楼记》："迁客骚人，多会于此。"

③ 微波木叶：见屈原《九歌·湘夫人》："袅袅兮秋风，洞庭波兮木叶下。"

④ 罾：古代用木棍或竹竿做支架的方形渔网。

⑤ 汀：水边平地，小洲。

⑥"忽宜雨"三句：见宋陈与义《菩萨蛮·荷花》："南轩面对芙蓉浦，宜风宜月还宜雨。"

⑦ 金碧：金黄和碧绿的颜色，此处指金碧山水画。

⑧ 生绡：未漂煮过的丝织品，古代多用以作画，亦以指画卷。谱就：画成。

⑨ 九疑：亦作"九嶷"，即九嶷山，在湖南宁远。

译文

落日之下，洞庭湖边，便是这历史久远的岳阳古城。登临此楼的多是遭贬被逐之人，题壁的姓名历历可数。想问他们遗留下的踪迹在哪，却只看到微动的水波、飘零的树叶和几张方形的渔网。别离的苦闷不知有多少，哀鸣的鸿雁飞下前面的沙洲。一会儿该下雨，一会儿该挂月，一会儿又该晴。人间有无数金碧山水画，但与此画相比，还是不能这般空明澄澈。只用淡墨生绢摹画，巧妙地横向拖出一笔，那九嶷山的风貌神韵便呈现出来。仿佛身处潇湘夜色，那湘妃正弹奏着古瑟呢！

简评

题画词。简单流丽的词汇中，将岳阳楼的美不胜收尽现。又融以词人主观的心理感受，将这千古名楼与幽幽的感慨结合，有历史延伸之感。

凤凰台上忆吹箫

除夕得梁汾闽中信，因赋

荔粉初装[①]，桃符欲换[②]，怀人拟赋然脂[③]。喜螺江双鲤[④]，忽展新词。稠叠频年离恨，匆匆里、一纸难题。分明见、临缄重发[⑤]，欲寄迟迟。　心知。梅花佳句[⑥]，待粉郎香令[⑦]，再结相思[⑧]。记画屏今夕，曾共题诗。独客料应无睡[⑨]，慈恩梦、那值微之[⑩]。重来日，梧桐夜雨，却话秋池。

注释

① 荔粉：宋元时期洛阳人家在元旦用粉做的荔枝，用以迎接新年。

② 桃符：古代挂在大门上的两块画着神荼、郁垒二神的桃木板，以为能压邪。五代时在桃木板上书写联语，其后书写于纸上，称为春联。

③ 然脂：泛指点燃火炬、灯烛等。然，同“燃”。

④ 螺江：也称螺女江，在福建省福州市西北。

⑤ 临缄重发：书信封好要寄出之前又拆开重写。见唐张籍《秋思》："复恐匆匆说不尽，行人临发又开封。"

⑥ "梅花"句：顾贞观有《浣溪沙·梅》："一片冷香惟有梦，十分清瘦更无诗，待他移影说相思。"

⑦ 粉郎：傅粉郎君。典出《三国志·魏志·何晏传》。后用作心爱郎君的爱称。香令：晋习凿齿《襄阳记》："刘季和曰：'荀令君至人家，坐处三日香。'"后以"香令"指三国魏荀彧，或借指高雅才士。这里都代指顾贞观。

⑧ 再结相思：作者原注："辛稼轩客三山，有'梅花相思'之句。"而顾贞观词中亦有此句，故云"再结"。

⑨ 独客：指顾贞观。

⑩ 慈恩梦：用元稹游慈恩寺、诗歌唱和的旧事。

译文

迎接新年的粉荔刚刚做好，大门上正要换上新写的春联，我也正要举烛书写对你的怀念。很高兴忽然收到你从福建寄来的书信。多年密密叠叠的离愁别恨，匆忙间无法用一封信说完。分明看到，书信封好要寄出之前又拆开重写，迟迟不得寄出。感知彼此的思念，想到你曾经写过的咏梅好句，待你归来，再续何晏、荀彧般的雅兴，再诉我们的友情。记得当年除夕夜，我们曾在绣花屏风上一起题诗。你独在异乡，想必睡不着吧，如何才能像元稹、白居易般心灵契合，不期而遇。遥想他日重逢，当是在梧桐夜雨之时，那时定然会一起追忆今日的情景。

简评

从标题可知，此词大约作于康熙二十年（1681）除夕。全词跌宕错落，用典浑成，对友人之思念和友谊之真挚跃然纸上。

又

守岁[①]

锦瑟何年[②]，香屏此夕，东风吹送相思。记巡檐笑罢[③]，共捻梅枝。还向烛花影里，催教看、燕蜡鸡丝[④]。如今但、一编消夜[⑤]，冷暖谁知。　当时。欢娱见惯，道岁岁琼筵，玉漏如斯。怅难寻旧约，枉费新词。次第朱幡翦彩[⑥]，冠儿侧、斗转蛾儿[⑦]。重验取，卢郎青鬓[⑧]，未觉春迟。

注释

①守岁：阴历除夕终夜不睡，以迎候新年的到来，谓之守岁。

②锦瑟：见唐李商隐《锦瑟》："锦瑟无端五十弦，一弦一柱思华年。"

③巡檐：来往于檐前。

④燕蜡鸡丝：宋陈元靓《岁时广记》卷五载："金门岁节，洛阳人家正旦造鸡丝、蜡燕、粉荔枝，更

相馈送。”

⑤一编消夜：用一卷书打发夜间时光。

⑥次第：依次。朱幡：立春日做的红色小旗。

⑦斗转：旋转，乱转。蛾儿：古代妇女于元宵节前后插戴在头上的应时饰物。

⑧卢郎：典出宋钱易《南部新书》，喻老大无成。此以卢郎自比，谓自己仍旧年少。

译文

何年再有那美好的时光啊？今夕，在华美的屏风里，春风吹来，更添相思。还记得那时你我欢笑着往来于檐下，共捻梅枝，还在灯影下催我去看做好的过节食品。如今我只是手持着一编书来消磨除夕之夜，个中冷暖有谁知道？当时，见惯了欢娱的情景，还说以后如这漏壶滴水般，年年会有美宴。惆怅的是旧日的约定难寻踪迹，白费我填写的新词。人们依次挂起朱幡彩旗，高高兴兴地戴上应时的饰物。重新反观自己，我如今也还不算老嘛，青春仍在。

简评

此词咏节序而抒发怀人之感。上片用欢愉的往岁与今夕之孤凄相映，更显凄清。下片写节日的氛围，使得往日所见惯的欢愉弥足珍贵。正所谓“以乐景写哀，一倍增其哀乐”，全词流露出一丝怀念，一丝感慨，一丝怅惘。

金菊对芙蓉

上元

金鸭消香[①]，银虬泻水[②]，谁家玉笛飞声[③]。正上林雪霁[④]，鸳甃晶莹[⑤]。鱼龙舞罢香车杳[⑥]，剩尊前、袖拥吴绫[⑦]。狂游似梦，而今空记，密约烧灯。　追念往事难凭。叹火树星桥[⑧]，回首飘零。但九逵烟月[⑨]，依旧胧明。楚天一带惊烽火，问今宵、可照江城[⑩]。小窗残酒，阑珊灯灺，别自关情。

注释

①金鸭：铜制的鸭形香炉。

②银虬：漏壶底部的银质流水龙头。

③"谁家"句：见唐李白《春夜洛城闻笛》："谁家玉笛暗飞声，散入春风满洛城。"

④上林：上林苑。秦旧苑，汉初荒废，至汉武帝时重新扩建。

⑤鸳甃：用对称的砖瓦砌成的井壁。

⑥鱼龙舞：古代杂戏表演，后兼指鱼、龙形的各种动物形状的花灯。

⑦吴绫：古代吴地所产的一种有纹彩的丝织品，以轻薄著名。

⑧火树星桥：形容元宵佳节的灿烂灯火。

⑨九逵：四通八达的大道。后多指京城的大路。

⑩"楚天"二句：当为怀念湖南友人张纯修。据《湖

南省职官志》，张纯修康熙十八年（1679）出任湖南江华县令。“江城”可能就指江华县城。

译文

铜制的鸭形香炉中的檀香已经燃尽，计时用的银虬在不停地倾泻着流水，不知是谁家的笛声飞泻而出。帝王的宫苑中雪止初晴，用鸳瓦砌成的井壁晶莹冰冷。鱼灯、龙灯舞罢，她所乘的香车渐渐消失在远方，只剩下酒樽前袖子掩住的吴绫。纵情游逛，如梦幻一般，徒然记得与她在元宵秘密相约的誓言，追忆往事又苦于无所凭据。空叹那夜空中的灿烂灯火，回首往事只剩飘零。京城通衢大道上，烟云依旧缭绕，月色朦胧，发出微微的光亮。江南一带战事乍起，问今宵的月色可照着江华县城？小窗下，酒已喝尽，灯火阑珊，别样地牵动情怀。

简评

此词将思往事与咏节序相结合，以见元宵本应团圆的寓意，比对而今，往事如烟，添一壶残酒，孤清零落和怀思之意顿现。

琵琶仙

中秋

碧海年年[①]，试问取、冰轮为谁圆缺[②]。吹到一片秋香，清辉了如雪。愁中看、好天良夜，争知道、尽成悲咽。只影而今，那堪重对，旧时明月。　　花径里、戏捉迷藏，曾惹下、萧萧井梧叶。记否轻纨小扇，又几番凉热。止落得、填膺百感，总茫茫、不关离别。一任紫玉无情[③]，夜寒吹裂[④]。

注释

①碧海：指青天。

②冰轮：明月。

③紫玉：紫竹的别名，古人多截紫竹为箫笛。

④“夜寒”句：见宋辛弃疾《贺新郎》：“长夜笛，莫吹裂。”

译文

年年天蓝若海，试问明月为谁而圆？风儿送来一片桂花香味，月光清洁如雪。忧愁中去看美好的中秋夜色，怎知道会全部化为悲伤的哽咽。而今形单影只，哪里受得了再次面对旧时的明月？想起曾在花间小路上嬉戏捉迷藏，碰落井边稀疏的梧桐树叶。还记得么，那轻小的纨扇带来徐徐凉风？而今只剩下充塞于胸膛的百般感触，觉得渺茫迷惘，但又和离别无关。任那无情的箫笛，在寒冷的夜里吹出裂破空际的声响。

简评

团圆之月，对月怀人，沉思往事，徒添惆怅。词作情景交融，并寓情于景，使得这个团圆之夜倍感孤清。

箫声吹裂寒空的意象，更使凄清变为凄厉了。愁思满纸，荒寒冷落。

御带花

重九夜

晚秋却胜春天好，情在冷香深处[①]。朱楼六扇小屏山[②]，寂寞几分尘土。虬尾烟消[③]，人梦觉、碎虫零杵。便强说欢娱，总是无憀心绪[④]。　　转忆当年，消受尽、皓腕红萸[⑤]，嫣然一顾。如今何事，向禅榻茶烟[⑥]，怕歌愁舞[⑦]。玉粟寒生[⑧]，且领略、月明清露。叹此际凄凉，何必更、满城风雨。

注释

① 冷香：代指菊花。

② 六扇小屏山：六折屏风。

③ 虬尾：龙形盘香。

④ 无憀：空闲而烦闷的心情。

⑤ 皓腕红萸：雪白手腕佩戴红色的茱萸。此为重阳节的辟邪习俗。

⑥ 禅榻茶烟：见唐杜牧《醉后题僧院》："今日鬓丝禅榻畔，茶烟轻飏落花风。"

⑦ 怕歌愁舞：见宋陆游《朝中措》："怕歌愁舞懒逢迎。"

⑧ 玉粟寒生：皮肤受冷而起鸡皮疙瘩。

译文

晚秋却比春天更好，全因菊花深处有真情。红色小楼中的六折小屏风，沾染着些许尘土，倍显寂寞。龙形盘香已快燃尽，梦中醒来，耳边都是断续的虫声和杵声。就算是强颜欢笑，也总是无聊闲闷。回想当年重阳时节，身边尽是佩戴茱萸的纤纤玉腕，回眸一笑百媚生。如今不知何故不喜热闹，怕听歌舞，整日静坐，伴着禅榻和茶烟。皮肤因受冷而生鸡皮疙瘩，权且领略这一轮明月，感受着清露的浸润。此刻的凄凉已让我感慨万千，哪里还需要满城风雨来增添况味呢！

简评

“无憀心绪”正是本词最好的概括。当年人已去，而今重阳又到，却落寞无聊。全词流淌着一种无可奈何的闲愁和自伤凄凉的惆怅。

念奴娇

人生能几[①]，总不如休惹、情条恨叶[②]。刚是尊前同一笑[③]，又到别离时节。灯灺挑残[④]，炉烟爇尽[⑤]，无语空凝咽[⑥]。一天凉露，芳魂此夜偷接[⑦]。　怕见人去楼空，柳枝无恙，犹扫窗间月。无分暗香深处住[⑧]，悔把兰襟亲结[⑨]。尚暖檀痕[⑩]，犹寒翠影，触绪添悲切。愁多成病，此愁知向谁说。

注释

①人生能几：见三国魏曹操《短歌行》："对酒当歌，人生几何。"

②情条恨叶：见宋洪瑹《水龙吟·追和晁次膺》："念平生多少，情条恨叶，镇长使、芳心困。"

③"刚是"句：见明王彦泓《续游》："又到尊前同一笑，履綦经月断过从。"

④挑残：灯烛将熄。

⑤爇：燃烧。

⑥"无语"句：见宋柳永《雨霖铃》："执手相看泪眼，竟无语凝咽。"

⑦接：会面。见宋史达祖《醉落魄》："雨长新寒，今夜梦魂接。"

⑧无分：无缘。

⑨兰襟：比喻知心朋友，彼此心连心。

⑩檀痕：带有香粉的泪痕。

译文

人的一生能有多长，还不如不去惹离情别恨。刚一同饮酒欢笑，转眼又到离别时候。挑拨残余的烛火，盘香也已燃尽，哽咽得说不出话来。满天露凉，魂魄此夜偷偷相会。害怕看到人去楼空，柳枝却还是一样，依旧扫过窗间的月光。无缘在幽幽的花香深处居住，反后悔当年的相交与相知。带有香粉的泪痕尚有余温，翠绿的柳影还透着丝丝寒意，我被触动的思绪中又添了一层悲切。忧愁过多以致病倒，这份哀愁又能向谁诉说呢？

简评

人生苦短，本该好好享受生活，然而词人仿佛一辈子都在忧愁。明明知道该抛却，该放下，却终究越陷越深。纳兰性德在情感上的执着和痴狂，成就了大量动人作品。

又

绿杨飞絮，叹沉沉院落、春归何许。尽日缁尘吹绮陌[①]，迷却梦游归路。世事悠悠，生涯非是，醉眼斜阳暮。伤心怕问，断魂何处金鼓[②]。　夜来月色如银[③]，和衣独拥，花影疏窗度。脉脉此情谁得识[④]，又道故人别去。细数落花[⑤]，更阑未睡，别是闲情绪。闻余长叹，西廊唯有鹦鹉。

注释

①绮陌：繁华的街道。

②金鼓：军中发布号令的用具，鸣金则收兵，击鼓则前进。

③“夜来”句：见宋苏轼《行香子·述怀》：“清夜无尘，月色如银。”

④“脉脉”句：见宋辛弃疾《摸鱼儿》：“千金纵买相如赋，脉脉此情谁诉。”

⑤“细数”句：见宋王安石《北山》：“细数落花因坐久，缓寻芳草得归迟。”

译文

绿杨飘飞丝絮，感叹深深的院落春归何处。繁华街道上整日尘土飞扬，连梦中归乡之路都迷失了。世事悠长，人生苦短，很难做到夕阳中醉眼迷离。怕伤心才不敢问，是哪里的军鼓声这样销魂。入夜后月光皎洁，披着衣服独自睡下，斑驳的花影映过窗棂。这番深情有谁能够知晓，又逢故人离我而去。细数落花，更深夜残之时还未入眠，另有一番闲愁在心。听到我长长叹息之声的，只有西边长廊中的鹦鹉。

简评

春色已逝，归梦无凭，故眼前之景，处处断肠。孤寂此夜，又故人别离，一种无处可说的凄凉涌上心头，徒留一声叹息，连叹息之声也仅有鹦鹉听得，更显悲怆。全词凄婉低沉，令人动容。

又

废园有感

片红飞减[①]，甚东风不语、只催漂泊。石上胭脂花上露[②]，谁与画眉商略。碧甃瓶沉[③]，紫钱钗掩[④]，雀踏金铃索。韶华如梦，为寻好梦担阁。　　又是金粉空梁，定巢燕子[⑤]，满地香泥落[⑥]。欲写华笺凭寄与，多少心情难托。梅豆圆时[⑦]，柳绵飘处，失记当时约。斜阳冉冉，断魂分付残角。

注释

①片红飞减：见唐杜甫《曲江》："一片花飞减却春，风飘万点正愁人。"

②胭脂：指落在石上的花瓣。

③碧甃：绿井。瓶：汲水瓶。

④紫钱：青紫色的苔藓，状如圆形钱币。

⑤定巢燕子：见宋周邦彦《瑞龙吟》："定巢燕子，归来旧处。"

⑥"满地"句：见隋薛道衡《昔昔盐》："空梁落燕泥。"

⑦梅豆：梅子。语出宋欧阳修《渔家傲》："叶间梅子青如豆。"

译文

片片飞花落下，为何春风不语，只催促着花儿四处漂泊。石上覆盖着散落的花瓣，露珠凝结其上，画眉鸟相与啼叫。绿井沉水罐，苔藓掩钗头，鸟雀停在护花铃的绳索上。年华犹如梦一场，为做个好梦而耽搁了人生。华美的屋梁上，燕子又归来筑巢了，落下芳香的泥土。想要写信凭谁可寄，多少心事难以言表。梅子圆时，柳絮飘处，早已忘却当时的约定。夕阳缓缓落下，远处隐约的号角声让人断肠销魂。

简评

此词由废园起意，上片用白描写眼前之景，萧瑟荒凉，落花、残井、苔藓等意象暗示此园废弃已久，人迹杳无，从而引出韶华如梦的感慨。下片重在抒情。燕子已归巢，然旧约成空。全词移情于景，善感的灵魂总能在一草一木中惹起无穷的愁意。因多情而多愁，词人生命之重可奈何？

又

宿汉儿村①

无情野火，趁西风烧遍、天涯芳草。榆塞重来冰雪里②，冷入鬓丝吹老。牧马长嘶，征笳互动③，并入愁怀抱。定知今夕，庾郎瘦损多少④。　　便是脑满肠肥⑤，尚难消受此，荒烟落照。何况文园憔悴后，非复酒垆风调⑥。回乐峰寒，受降城远⑦，梦向家山绕。茫茫百感，凭高唯有清啸。

注释

① 汉儿村：在今河北迁西县。

② 榆塞：榆关，即山海关。

③“牧马”二句：汉李陵《答苏武书》：“胡笳互动，牧马悲鸣。”

④ 庾郎：北周诗人庾信。此处借指多愁善感的诗人。

⑤ 脑满肠肥：《北齐书·琅邪王传》：“帝曰：‘琅邪王年少，肠肥脑满，轻为举措。’”

⑥ 酒垆风调：据《史记·司马相如列传》，卓文君跟随司马相如后，曾当垆卖酒。

⑦ 回乐峰：回乐县境内的一座山峰。回乐县唐时属

灵州，为朔方节度治所，在今宁夏灵武西南。受降城：汉、唐筑以接受敌人投降，故名。汉故城在今内蒙古乌拉特旗北；唐筑有三城，中城在朔州，西城在灵州，东城在胜州。这里泛指边塞。唐李益《夜上受降城闻笛》："回乐峰前沙似雪，受降城外月如霜。"

译文

无情的野火，趁着秋风，将天边的芳草都烧完了。冰天雪地中我再次来到山海关，寒气将鬓发都变白了。牧马长长的嘶鸣声和胡笳声交织在一起，共同引发我愁苦的思绪，我因庾信般的愁苦而清瘦。即便是富足而悠闲的人，也难忍受这夕阳斜照、荒烟袅袅的凄凉景象，何况我如病后憔悴的司马相如，早就没了当垆卖酒的风流情调。边塞寒冷而遥远，只能在梦中回到故土。百感交集，登高望远，唯有长啸以泄悲愁。

简评

茫茫塞外，荒凉之景，平入忧愁怀抱。乡关之思，更令离人断肠。全词忧思萦怀，凄凉满眼。

东风第一枝

桃花

薄劣东风[①]，凄其夜雨[②]，晓来依旧庭院。多情前度崔郎，应叹去年人面[③]。湘帘乍卷，早迷了、画梁栖燕。最娇人、清晓莺啼，飞去一枝犹颤。　　背山郭、黄昏开遍。想孤影、夕阳一片。是谁移向亭皋[④]，伴取晕眉青眼[⑤]。五更风雨，算减却、春光一线。傍荔墙、牵惹游丝，昨夜绛楼难辨[⑥]。

注释

①薄劣：犹薄情。

②凄其：寒凉貌。

③“多情”二句：用唐代诗人崔护典故。

④亭皋：水边的平地。

⑤晕眉青眼：喻柳叶。元吴昌龄《东坡梦》第二折：“柳也，只要你迎过客，送行人，开青眼，展黛眉，伴陶潜的见识。”

⑥绛楼：红楼。

译文

经过一夜薄情春风和寒凉夜雨的肆虐，天亮时分，桃花依旧在庭院里绽放。多情如上次光顾的崔郎，也应赞叹去年人面映红。用湘妃竹制作的帘子刚刚卷起，就使栖息在梁间的燕子迷醉不已。最娇人的是，清晓黄莺啼鸣声声，当它飞走后，桃枝犹颤动不已。在山村后面，桃花已在黄昏中遍地绽放。想着那孤独的一棵桃树，也早已洒满夕阳的余晖。是谁把她移向水边的平地，去陪伴那娇嫩的柳叶？五更风雨凄厉，料想应使她减少了些许春色。她依傍在爬满木莲的墙旁，牵惹着飘动的蛛丝，红彤彤的一片，昨夜应与那红色的小楼难分难辨。

简评

这是一首咏物词，却又不拘泥于物。将桃花的多情、娇柔和微妙之处表现得恰到好处。全词情景交融，用典浑一，韵致无穷。

秋水[①]

听雨

谁道破愁须仗酒[②]，酒醒后，心翻醉。正香消翠被，隔帘惊听，那又是、点点丝丝和泪。忆翦烛、幽窗小憩[③]。娇梦垂成，频唤觉、一眶秋水。　依旧乱蛩声里，短檠明灭[④]，怎教人睡。想几年踪迹，过头风浪，只消受、一段横波花底[⑤]。向拥髻、灯前提起。甚日还来，同领略、夜雨空阶滋味。

注释

① 此调《词谱》《词律》均不载，疑亦自度曲。

②“谁道”句：见宋赵长卿《南乡子》：“道破愁须仗酒，君看，酒到愁多破亦难。”

③ 翦烛：见唐李商隐《夜雨寄北》。后以“翦烛”为促膝夜谈之典。

④ 短檠：矮灯架。借指小灯。

⑤ 横波：喻女子眼神流动，如水横流。

译文

谁说必须依靠酒来排遣忧愁，酒醒后，心反而醉了。绣有翡翠纹饰的被子中她的香气正渐渐消却，隔着帘子突然又听到外面的雨丝丝点点，泪水也随之而落。想起了曾与她一同在窗前促膝夜谈。刚要进入美好的梦境，却屡屡被唤醒，唯余一眶明澈的眼波犹在眼前。户外依旧是蟋蟀声声，灯光忽明忽暗，让人如何睡得着。回想几年来的漂泊和所承受的磨难，唯有她花底下的眼波一顾聊以安慰。先前在灯前，我捧持着她的发髻，问她什么时候再来，一同品尝这夜雨滴空阶的滋味。

简评

此词题为“秋雨”，实为雨夜怀人。词人借酒消愁愁更愁，又触景生情，凄凄的秋雨与寒凉的心境相映，更显凄惶。而这种凄惶来自于对美好往昔的怀念，读来凄迷感人。

木兰花慢

立秋夜雨，送梁汾南行[①]

盼银河迢递[②]，惊入夜，转清商[③]。乍西园蝴蝶[④]，轻翻麝粉[⑤]，暗惹蜂黄[⑥]。炎凉。等闲瞥眼[⑦]，甚丝丝、点点搅柔肠。应是登临送客[⑧]，别离滋味重尝。　　疑将。水墨画疏窗[⑨]。孤影淡潇湘。倩一叶高梧，半条残烛，做尽商量。荷裳[⑩]。被风暗剪，问今宵、谁与盖鸳鸯。从此羁愁万叠，梦回分付啼螀[11]。

注释

① 梁汾：顾贞观，号梁汾。

② 迢递：遥远貌。

③ 清商：商声，古代五音之一。凄清悲凉，故称。此处借指秋雨之声。

④ 西园蝴蝶：见唐李白《长干行》："八月蝴蝶来，双飞西园草。"

⑤ 麝粉：香粉。此处指蝴蝶翅膀上的粉。

⑥ 蜂黄：古代妇女涂额的黄色妆饰，此处指蜜蜂。

⑦ 瞥眼：犹转眼，极言时间之短。

⑧ 登临：登山临水。

⑨ 罨：覆盖。

⑩ 荷裳：荷叶。

⑪ 啼螀：悲鸣的寒蝉。

译文

盼望着遥远的银河出现，不曾想入夜时分，竟下起了凄凄的秋雨。秋风乍起，园林中蝴蝶翩翩，轻轻地翻动着翅膀上的香粉，暗暗地逗弄着蜜蜂。天气冷热变幻，转眼间，那甚是寻常的秋雨已搅得人柔肠寸断，应是到了登山临水送别友人，重尝别离滋味的时候了。窗上的雨痕仿佛是一幅水墨画成的潇湘景。借一片高高的梧桐树叶，就着半截残烛，倾诉别肠。荷叶被风暗暗吹折，问今夜还有谁能为鸳鸯做盖？从此你将愁思万重，梦醒之际，唯有悲鸣的寒蝉为伴。

简评

此词为送别之作。全词直写离别，恰如蜻蜓点水，点到即止。更多的是从景物着手，用景物烘托，秋风秋雨，疏影残烛，营造离别的氛围，映衬感伤的心境。

水龙吟

题文姬图[①]

须知名士倾城[②]，一般易到伤心处。柯亭响绝[③]，四弦才断[④]，恶风吹去[⑤]。万里他乡，非生非死，此身良苦。对黄沙白草[⑥]，呜呜卷叶[⑦]，平生恨、从头谱[⑧]。　　应是瑶台伴侣[⑨]。只多了、毡裘夫妇。严寒觱篥，几行乡泪，应声如雨。尺幅重披[⑩]，玉颜千载，依然无主[⑪]。怪人间厚福，天公尽付，痴儿騃女[⑫]。

注释

① 文姬：即蔡琰，字文姬。

② 倾城：指美女。

③ 柯亭响绝：晋伏滔《〈长笛赋〉序》："初，邕（蔡邕）避难江南，宿于柯亭。柯亭之观，以竹为椽。邕仰而眄之曰：'良竹也。'取以为笛，音声独绝。"此处喻蔡邕已亡。

④四弦才：指蔡文姬精于音律。

⑤恶风吹去：指蔡文姬被俘一事。

⑥黄沙白草：形容荒凉的景象。

⑦卷叶：用草或树叶，吹以作响。

⑧“平生”二句：指蔡文姬所作的《胡笳十八拍》。

⑨瑶台伴侣：谓蔡文姬本可以过上优越的生活。

⑩尺幅：指《文姬图》。披：展开。

⑪依然无主：见蔡文姬《胡笳十八拍》：“天灾国乱兮人无主，唯我薄命兮没胡虏。”

⑫骙：愚。

译文

要知道名士和美女一般最容易动情生愁。柯亭笛响已绝，精通音律之才已矣，文姬因战乱被掳往胡地。万里迢迢的他乡，她生不能生，死不得死，此身确实辛苦。她用卷叶吹奏出呜呜的笛声，将此生所有的愁怨，从头谱曲。她本应成为汉家的贵妇，而今却做了胡人的妻室。塞北严寒，在凄厉的笳管声中，她思乡的泪水如雨水般应声而落。重新展开《文姬图》细看，千载悠悠，她美好的容颜依旧，只是孑然一身。怪老天尽把人间的厚福，都给了那些庸庸碌碌之人。

简评

这是一首题画词。将场景的描摹与蔡文姬的身世结合，流露出对她坎坷一生的深切同情和深沉悲叹，颇有慷慨不平之气。

又

再送荪友南还[①]

人生南北真如梦，但卧金山高处[②]。白波东逝，鸟啼花落，任他日暮。别酒盈觞，一声将息[③]，送君归去。便烟波万顷，半帆残月，几回首，相思否。　　可忆柴门深闭，玉绳低[④]、翦灯夜语。浮生如此，别多会少，不如莫遇。愁对西轩，荔墙叶暗，黄昏风雨。更那堪几处，金戈铁马[⑤]，把凄凉助。

注释

① 荪友：严绳孙（1623—1706），清代书画家、文学家。

② 卧：有归隐之意。《晋书·谢安传》："累违朝旨，高卧东山。"金山：山名，在江苏省镇江市西北。

③ 将息：珍重，保重。

④ 玉绳：星名。

⑤ 金戈铁马：指战事。此处指三藩刚刚平定，但收复台湾、平定噶尔丹等战事仍如火如荼。

译文

人生南北飘忽不定，恍若一梦。只愿归隐金山深处。坐听江水东流，鸟啼花落，任他日升日落。斟满一杯离别的酒，道一声珍重，送君归去。眼前便是烟雾苍茫的万顷波涛，一轮残月低挂帆头。你数次回首，是否还思念着我们？可记得我们紧闭柴门，在玉绳星低照中，彻夜长谈。人生总是如此，离别的时候多，相聚的时候少，还不如从没有相遇过。我独自对着西轩愁情满怀，爬满木莲的墙头叶儿暗淡。黄昏时分，风雨交加，更哪里承受得住战事不断，更加重了凄凉的意味。

简评

严绳孙南还，有归隐之意，纳兰填词赠别。上片写友人的归隐志趣和离别的场景。下片回忆相谈言欢的场景，继而回到现实，抒发不如不遇的感慨。末三句则更进一层，将深挚的友情与家国之事结合，升华了词作的内蕴，境界始大。

齐天乐

上元[①]

阑珊火树鱼龙舞[②]，望中宝钗楼远[③]。鞦韆余红，琉璃剩碧[④]，待属花归缓缓[⑤]。寒轻漏浅。正乍敛烟霏，陨星如箭[⑥]。旧事惊心，一双莲影藕丝断。　莫恨流年似水，恨消残蝶粉[⑦]，韶光忒贱[⑧]。细语吹香，暗尘笼鬓，都逐晓风零乱。阑干敲遍。问帘底纤纤[⑨]，甚时重见。不解相思，月华今夜满。

注释

① 上元：农历正月十五日为上元节，也叫元宵节。

②火树：喻繁盛的灯火。

③宝钗楼：本汉武帝时所建楼名，故址在今陕西咸阳。此处泛指酒楼。

④靺鞨、琉璃：宝石名。此处均喻灯火。

⑤“待属”句：意为游人缓缓归家。

⑥陨星：此处指烟火。

⑦蝶粉：蝶翅上的天生粉屑。暗指春光易逝。

⑧贱：短暂。明汤显祖《牡丹亭·惊梦》：“锦屏人忒看的这韶光贱。”

⑨纤纤：指女子的纤足。宋辛弃疾《念奴娇》：“闻道绮陌东头，行人曾见，帘底纤纤月。”

译文

灯火已阑珊，远远望去，酒楼渐行渐远。灯火渐稀，游人缓缓地回家了。轻寒袭人，漏壶的水也快滴完了。烟雾正逐渐聚集，烟花如箭划过天际。一双莲花形的灯影，勾起往事历历，令人惊心，情思难断。不要恼恨时间一去不复返，只恨春光易逝，美好的时光总是短暂。她细声细气的柔语和口中散发的香气，她的芳鬓被夜间看不清的尘雾所笼罩而迷蒙，一切美好的记忆都随拂晓之风而逝，只留零星的片段。敲遍阑干。问帘底那人，何时再能相见。相思无处可解，今夜月色满溢。

简评

此词以元宵灯事阑珊起笔，奠定一个感伤的基调。

全词用元宵之“热闹”反衬词人内心之“孤寂”，委婉动人，情真意切。

又

洗妆台怀古[①]

六宫佳丽谁曾见，层台尚临芳渚。露脚斜飞[②]，虹腰欲断[③]，荷叶未收残雨。添妆何处。试问取雕笼，雪衣分付[④]。一镜空濛，鸳鸯拂破白蘋去。　　相传内家结束，有帔装孤稳，靴缝女古[⑤]。冷艳全消，苍苔玉匣，翻出十眉遗谱[⑥]。人间朝暮。看胭粉亭西[⑦]，几堆尘土。只有花铃，绾风深夜语。

注释

① 洗妆台：金章宗为李宸妃所建之梳妆楼，但误传为辽后萧观音之梳妆台。诗词中多借此以咏辽后事。

② 露脚：露滴。唐李贺《李凭箜篌引》：“吴质不眠倚桂树，露脚斜飞湿寒兔。”

③ 虹腰：指拱形桥。

④ 雪衣：即雪衣女，白鹦鹉。

⑤“相传”三句：内家：指皇宫或宫女。结束：装束，打扮。帔装：帔服，即盛服。孤稳：玉。古代契丹语的音译。《辽史·国语解》：“孤稳，玉也。”女古：金，黄金。契丹语的音译。

⑥ 十眉：十样不同的美女眉型画图。唐张泌《妆楼

记·十眉图》："明皇幸蜀，令画工作十眉图，横云、斜月，皆其名。"

⑦胭粉亭：元陶宗仪《辍耕录》卷二十一："胭粉亭在荷叶稍西，盖后妃添妆之所也。"

译文

六宫佳丽早已香消玉殒，有谁曾见过呢？而今在这长满花卉的水边，只有高台尚存。残露迷蒙，拱桥欲断，荷叶上还滚动着残余的雨滴。何处是洗妆台？试着向华丽的鸟笼中的白鹦鹉询问，怕只有它能回答了。太液池水迷蒙一片，鸳鸯向远处游去，荡碎一池白萍。相传宫中的装束，盛装佩戴美玉，华靴镶嵌金饰。而今冷傲而美艳的佳人早已不见踪迹，唯在青苔斑斑的玉饰镜匣中，翻出《十眉图》的遗谱。人间朝朝暮暮。看胭粉亭的西边，唯剩几堆尘土。只有护花铃迎着风，仿佛在深夜窃窃私语。

简评

这是一首咏史怀古之作。借洗妆台表达红颜薄命、人世沧桑之感和繁华如梦、世事浮沉之叹。词作有一种超越时空的厚重感，发人深省。

又

塞外七夕

白狼河北秋偏早[①]，星桥又迎河鼓[②]。清漏频移，微云欲湿，正是金风玉露[③]。两眉愁聚。待归踏榆花[4]，那时才诉。只恐重逢，明明相视更无语。　　人间别离无数[5]，向瓜果筵前[6]，碧大凝伫。连理千花[7]，相思一叶[8]，毕竟随风何处。羁栖良苦[9]。算未抵空房，冷香啼曙。今夜天孙[10]，笑人愁似许。

注释

① 白狼河：古水名，今辽宁大凌河。

② 星桥：神话中的鹊桥。河鼓：星名，在牵牛之北。一说即牵牛。

③ 金风玉露：秋风和白露。

④ 榆花：见唐曹唐《织女怀牛郎》："欲将心就仙郎说，借问榆花早晚秋。"

⑤"人间"句：见宋秦观《鹊桥仙》："金风玉露一相逢，便胜却人间无数。"

⑥ 瓜果筵：《太平御览》卷三十一："七夕，妇人结彩楼穿七孔针，或以金银鍮石为针，陈瓜果于中庭以乞巧，有喜子网于瓜上以为符应。"

⑦ 连理千花：用唐明皇、杨贵妃的典故。

⑧ 相思一叶：指唐人卢渥得一宫女的题诗红叶。后常用以描写情思、闺怨，称赞良缘巧合。

⑨ 羁栖：滞留他乡。

⑩ 天孙：星名，即织女星。

译文

白狼河北部的秋天早早就来到了，鹊桥又迎来了牵牛星。时光飞逝，微云将被润湿，正是秋风乍起，白露斜飞之际。我的两眉间凝聚着无尽的愁意，等到踏着榆花回去的时候，才来细细诉说。只是害怕重逢之际，彼此明明互相对视，却沉默不语。人世间总有无数的别离，在瓜果筵前，我凝望着青天久久伫立。千朵连理枝，一叶相思红叶，终究随风飘向何处？我羁留在外虽然很辛苦，想来应还比不上她独守空房，流泪到天明之苦。今夜的织女星，怕要笑人有这么多的愁思。

简评

此词是纳兰羁旅在外的怀思之作。在这个本应牛郎织女相会的节日，他却滞留他乡，秋意撩人，羁旅之苦，加之怀思之意，使词作充满了凄苦的意味。全词凄婉伤感，清丽动人。

瑞鹤仙

丙辰生日自寿，起用《弹指词》句，并呈见阳[①]

马齿加长矣[②]，枉碌碌乾坤，问汝何事。浮名总如水。判尊前杯酒，一生长醉。残阳影里，问归鸿、归来也未。且随缘、去住无心，冷眼华亭鹤唳[③]。　　无寐。宿酲犹在[④]，小玉来言[⑤]，日高花睡。明月阑干，曾说与，应须记。是蛾眉便自、供人嫉妒[⑥]，风雨飘残花蕊。叹光阴、老我无能，长歌而已。

注释

①丙辰：康熙十五年（1676）。《弹指词》：顾贞观词集名。见阳：张纯修，字子敏，号见阳。

②马齿加长：借指人的年岁增长。《穀梁传·僖公二年》："荀息牵马操璧而前曰：'璧则犹是也，而马齿加长矣。'"

③华亭鹤唳：南朝宋刘义庆《世说新语·尤悔》："陆平原河桥败，为卢志所谗，被诛，临刑叹曰：'欲闻华亭鹤唳，可复得乎？'"华亭，在今上海松江西。陆机于吴亡入洛以前，常与弟云游于华亭墅中。后以"华亭鹤唳"为感慨生平、悔入仕途之典。

④宿酲：犹宿醉。

⑤小玉：泛称侍女。

⑥"是蛾眉"句：意为出众之人必要遭人嫉恨。屈原《离骚》："众女嫉余之娥眉兮，谣诼谓余以善淫。"

译文

我的年岁又增长了。徒然在天地间辛劳，问你有何事已成。虚名总似流水，甘愿酌一杯酒，换得一生长醉。在斜阳影里，问归雁你是否已经归来。一切且随缘吧，无意于去或留，冷眼相看功名利禄。一夜无眠，宿醉未醒，侍女来说，太阳已经高照，花儿还在睡。明月下，阑干旁，我曾说与你听，你应记得的：但凡出众之人，容易招人嫉恨，恰如风雨中的花蕊一般摧残凋零。叹时光匆匆，令我这无能之人渐渐老去，唯有长歌而已。

简评

纳兰赋此词自寿，并呈友人张纯修。词中融入了词人的生命体验，表达了对世事人生的态度和对年华老去的怅惘。尊前买醉、淡泊功名虽是一种消极的劝慰，却事出有因，从蛾眉遭人嫉妒的忧虑可看出纳兰对世事的洞悉和无奈。

雨霖铃

种柳

横塘如练。日迟帘幕，烟丝斜卷。却从何处移得，章台仿佛[①]，乍舒娇眼[②]。恰带一痕残照，锁黄昏庭院。断肠处、又惹相思，碧雾濛濛度双燕。　回阑恰就轻阴转。背风花、不解春深浅[③]。托根幸自天上[④]，曾试把、霓裳舞遍[⑤]。百尺垂垂，早是酒醒莺语如翦[⑥]。只休隔、梦里红楼，望个人儿见。

注释

① 章台：汉时长安城有章台街，为妓院聚集之所。《汉书·张敞传》："时罢朝会，过走马章台街"。又《古今诗话》："汉张敞为京兆尹，走马章台街。街有柳，终唐世为章台柳。"后世诗词中常以章台代指柳。

② 娇眼：形容初生的柳叶。

③ 风花：指起风前的大雾。

④"托根"句：诗人咏柳，往往与二十八宿中的柳宿

联系。唐白居易《诏取永丰柳植禁苑感赋》:“定知玄象今春后，柳宿光中添两星。”托根，寄身。

⑤霓裳：即霓裳羽衣舞。

⑥“早是”句：宋卢祖皋《清平乐·春恨》:“柳边深院，燕语明如翦。”

译文

水塘澄澈得似白色的绸缎一般。阳光和缓地照耀着帘幕，杨柳细长的枝条斜斜舒卷，却是从哪里移栽过来的？好像来自章台街，它们舒展着嫩叶，睡眼初醒，带来了一抹夕阳的余晖，静静地照着黄昏时分的庭院。（此情此景）令人断肠，又惹起心中的无尽相思。青色的云雾蒙蒙，成双的燕子飞掠而过。天色微阴，回栏九曲。杨柳背着风前的大雾，不知春天的变化。幸好它曾寄身天上，（柳枝飘飞）试着把霓裳羽衣舞舞遍。长长的柳条低垂，早已是酒醉醒来、黄莺清脆啼鸣的时候了。只是不要只让我隔着梦里，才能在红楼中看到她。

简评

这是一首咏物词。词人明写种柳，实写相思。末二句再度点明相思之情，惆怅感伤。

疏影

芭蕉

湘帘卷处。甚离披翠影[①]，绕檐遮住。小立吹裙，常伴春慵，掩映绣妆金缕[②]。芳心一束浑难展，清泪里、隔年愁聚[③]。更夜深、细听空阶，雨滴梦回无据[④]。　　正是秋来寂寞，偏声声点点[⑤]，助人离绪。褫被初寒[⑥]，宿酒全醒，搅碎乱蛩双杵[⑦]。西风落尽梧桐叶，还剩得、绿阴如许。想玉人、和露折来，曾写断肠诗句[⑧]。

注释

①离披：摇荡、晃动貌。

②金缕：此指金丝线。

③清泪：喻芭蕉上的露珠。

④“更夜深”二句：见宋柳永《尾犯》：“夜雨滴空阶，孤馆梦回，情绪萧索。”

⑤声声点点：见唐温庭筠《更漏子》：“一叶叶，一声声，空阶滴到明。”又，宋朱淑真《闷怀》：“芭蕉叶上梧桐里，点点声声有断肠。”

⑥褫：此处有兜、裹之义。

⑦双杵：古人捣衣，往往对立执杵，故名。

⑧“曾写”句：古人常在芭蕉叶上题诗。唐韦应物《闲居寄诸弟》：“芭蕉叶上独题诗。”

译文

卷起湘帘，那摇荡的芭蕉，绿影婆娑，遮住了屋檐。短暂伫立，风吹裙儿，常萦绕着一丝春日里的懒散意绪，芭蕉掩映着用金丝线刺绣的华丽服饰。一束花心含苞待放，芭蕉叶上的露珠，似积聚着隔年的愁意。夜深时分，仔细倾听人迹杳无的台阶上雨打芭蕉，梦中醒来却无所依凭。正是秋天来临，令人倍感寂寞的时候，偏偏加上声声点点的雨声，使人更添离别的绵绵情思。天气已开始变得寒冷，裹着被儿，在杂乱的蟋蟀声和此起彼伏的砧杵声中，宿醉已醒。秋风肆虐，梧桐叶尽数凋零，竟还剩得如此多的芭蕉绿荫。设想玉人，曾和着露水摘一片叶来，在上面题写令人断肠的诗句。

简评

芭蕉的翠影与伊人的慵懒相映成趣，物我两融，“芳心”“清泪”“愁”皆一语双关。滴滴雨声加重了浓浓的愁意。末句更用芭蕉题叶寄托相思，疏丽婉约，情思悠长。

潇湘雨

送西溟归慈溪[①]

长安一夜雨[②]，便添了、几分秋色。奈此际萧条，无端又听，渭城风笛[③]。咫尺层城留不住[④]，久相忘、到此偏相忆。依依白露丹枫，渐行渐远，天涯南北。　　凄寂。黔娄当日事[⑤]，总名士、如何消得[⑥]。只皂帽蹇驴[⑦]，西风残照[⑧]，倦游踪迹[⑨]。廿载江南犹落拓，叹一人、知己终难觅。君须爱酒能诗，鉴湖无恙[⑩]，一蓑一笠[⑪]。

注释

① 此调《词谱》《词律》不载，疑亦自度曲。西溟：姜宸英（1628—1699），字西溟，号湛园，慈溪（今属浙江）人。

② 长安：此处指京城。

③ 渭城：《渭城曲》，此处泛指送别之曲。

④ 层城：借指京师。

⑤ 黔娄：春秋时隐士，不肯出仕，家贫，死时衾不蔽体。晋陶渊明《咏贫士》其四："安贫守贱者，自古有黔娄。"后作为贫士的代称。

⑥ 总：纵使。

⑦ 皂帽：黑色帽子。蹇驴：跛蹄驽弱的驴子。

⑧ 西风残照：见唐李白《忆秦娥》。

⑨ 倦游：厌倦游宦生涯。

⑩ 鉴湖：即镜湖，在今浙江绍兴境内。

⑪ 一蓑一笠：见宋王质《浣溪沙》："一蓑一笠任孤舟。"

译文

京城下了一整夜的雨，便增添了几分秋色。无奈此时景物萧条，无端又听到远处传来的离别之曲。近在咫尺的京师竟留不住你，曾经共同优游的美好，此时此刻令人想念。秋天的露水里，丹枫依稀，你渐行渐远，从此天涯远别，南北各一方，凄凉孤寂，俨如黔娄当日的惨况，纵使是名士，又如何能够承受得了？你只身戴着黑帽，骑着跛驴而去。秋风里，夕阳的余晖照耀着你倦于游宦的足迹。你二十年来在江南才名久负，至今犹失意潦倒。可叹依旧孤身一人，知己终究难寻。你应当诗酒自娱，鉴湖安好，可戴着蓑笠（泛舟优游）。

简评

词作将送别的离愁与萧瑟的秋景结合，有着对友人离去的想念，对其落魄境遇的深切同情和对他的劝慰。友情之真，体恤之切，令人动容。

风流子

秋郊射猎

平原草枯矣，重阳后，黄叶树骚骚[①]。记玉勒青丝[②]，落花时节，曾逢拾翠[③]，忽忆吹箫。今来是、烧痕残碧尽[④]，霜影乱红凋[⑤]。秋水映空，寒烟如织[⑥]，皂雕飞处，天惨云高。　人生须行乐[⑦]，君知否。容易两鬓萧萧。自与东风作别，刬地无聊[⑧]。算功名何似，等闲博得，短衣射虎[⑨]，沽酒西郊。便向夕阳影里，倚马挥毫[⑩]。

注释

① 骚骚：风吹树木声。

② 玉勒：玉饰的马衔。青丝：指马缰绳。

③ 拾翠：拾取翠鸟羽毛以为首饰。后多指妇女游春。

④ 烧痕：野火的痕迹。

⑤ 霜影：月影，月光。

⑥ 寒烟如织：见唐李白《菩萨蛮·别意》："平林漠

漠烟如织，寒山一带伤心碧。”

⑦“人生”句：见汉杨恽《报孙会宗书》：“人生行乐耳，须富贵何时？”

⑧划地：依旧。

⑨短衣射虎：典出《史记·李将军列传》。

⑩倚马挥毫：典见南朝宋刘义庆《世说新语·文学》：“桓宣武北征，袁虎时从，被责免官。会须露布文，唤袁倚马前令作，手不辍笔，俄得七纸，殊可观。”

译文

广阔平坦的原野上，草已经枯萎了。重阳节后，风吹枯叶，发出沙沙之声。记得在落花时节，骑着马，曾巧遇游春的女子，又想起郊野吹箫的洒脱。而今重游，早已是一片野火的痕迹，连残余的绿色也已消失，月影中，落花凋零。秋天的湖面倒映着天空，寒冷的烟雾密密笼罩，皂雕所飞之处，天色暗淡，白云高飘。你知道吗？人生须及时行乐，因为（人生苦短）容易两鬓稀疏。自春风别后，依旧无聊。算来功名何如换得寻常的出游打猎、西郊买酒饮醉来得惬意。便在夕阳悠悠的斜影中，倚着马儿，挥毫泼墨。

简评

上片渲染秋色萧条，映衬词人低落心境。下片抒怀，融合生命感悟和对功名的超脱。这种看似洒脱的自我宽慰，又暗含一种无可奈何的怅惘。

沁园春

试望阴山，黯然销魂，无言徘徊。见青峰几簇，去天才尺[①]；黄沙一片，匝地无埃[②]。碎叶城荒，拂云堆远[③]，雕外寒烟惨不开。踟蹰久，忽砯崖转石，万壑惊雷[④]。 穷边自足愁怀。又何必、平生多恨哉。只凄凉绝塞，蛾眉遗冢[⑤]；销沉腐草，骏骨空台[⑥]。北转河流，南横斗柄[⑦]，略点微霜鬓早衰。君不信，向西风回首，百事堪哀。

注释

①去天才尺：见宋贺铸《渔家傲·荆溪咏》："南岳去天才尺五。"

②匝地：遍地。

③"碎叶"二句：碎叶城：西域古城名。因位于碎叶水（今楚河）畔而得名。故址在今吉尔吉斯斯坦北部。拂云堆：即拂云堆神祠。在今内蒙古包头市西南敖陶窑子古城。此处以碎叶城、拂云堆泛指边地。

④"忽砯崖"二句：见唐李白《蜀道难》："飞湍瀑流争喧豗，砯崖转石万壑雷。"

⑤蛾眉遗冢：指昭君墓。

⑥骏骨空台：《战国策·燕策》载：燕昭王有心招揽天下之士却不得，向郭隗请教。郭隗以买千里马做喻，说有人用五百两黄金买回千里马尸骨，后一年内数获千里马。因此，燕昭王重用郭隗，并

筑高台，置千金于台上，延请天下贤士，人皆归附。后人称该台为黄金台。

⑦ 斗柄：即北斗七星。

译文

试着远望阴山山脉，令人心情沮丧，徘徊不语。只见那几簇青色的山峰，离天咫尺；一片黄沙茫茫，遍地不见尘埃。碎叶城尽显荒凉，拂云堆也已远去，大雕飞处，寒冷的烟雾笼罩，惨淡不散。久久徘徊不前，忽激流冲击岩石，万壑发出惊雷一般的巨大响声。荒僻的边远地区足以令人愁思满怀，平生又何必多生许多愁意。昭君凄凉出塞，而今唯留青冢犹存；埋没于荒草丛中的，是燕昭王为招徕贤士所筑的黄金台。河水依然向北，北斗星辰依然向南横斜。鬓发先衰，已添几丝白发。君若不信，试在秋风中回首往事，事事令人悲哀。

简评

此词苍凉沉郁，颇有苏辛之风。上片描绘阴山凄凉苍茫的边塞之景，下片融史于景，其岁月之叹悲凉慷慨。

又

丁巳重阳前三日[①]，梦亡妇淡妆素服，执手哽咽，语多不复能记。但临别有云："衔恨愿为天上月，年年犹得向郎圆。"妇素未工诗，不知何以得此也，觉后感赋长调瞬息浮生，薄命如斯，低徊怎忘。自那番摧折，无衫不泪；几年恩爱，有梦何妨。最苦啼鹃，频催别鹄[②]，赢得更阑哭一场[③]。遗容在，只灵飙一转[④]，未许端详。　重寻碧落茫茫。料短发、朝来定有霜。信人间天上，尘缘未断；春花秋月，触绪堪伤。欲结绸缪[⑤]，翻惊漂泊，两处鸳鸯各自凉。真无奈，把声声檐雨，谱入愁乡。

注释

① 丁巳：康熙十六年（1677）。纳兰性德妻子卢氏殁于是年五月三十日。

② 别鹄：即《别鹤操》，乐府琴曲名。晋崔豹《古今注》卷中："《别鹤操》，商陵牧子所作也。娶妻五年而无子，父兄将为之改娶。妻闻之，中夜起，倚户而悲啸。牧子闻之，怆然而悲，乃歌曰：'将乖比翼隔天端，山川悠远路漫漫，揽衣不寝食忘餐！'后人因为乐章焉。"后用以指夫妻分离，抒发别情。《南史·褚彦回传》："尝聚袁粲舍，初秋凉夕，风月甚美，彦回援琴奏《别鹄之曲》，宫商既调，风神谐畅。"

③ 更阑：更深夜残。

④ 灵飙：神风。

⑤ 绸缪：情意殷切。

译文

人生短暂，红颜薄命至此，往事萦回无法忘怀。自她香消玉殒后，我没有一件衣服不染上泪水；几年恩爱，自然会梦中相见。最苦那声声啼鹃，似频频催弹感伤的《别鹄之曲》，使我更深夜残之际大哭一场。她的遗容犹在，却似神风一转即逝，不容我细细端详。重新到碧天寻找，却音信杳无。想来短发在晨起之际必添几丝白发。虽天上人间遥隔，却情缘未断；每见春天花儿开放、秋天叶儿凋零，总要触发思念，感伤不已。想要与她长久相爱，不料她却亡逝，天人两隔，各自悲凉。很无奈，且让淅淅沥沥的雨声谱写愁苦。

简评

这是一首悼亡之作。全词沉痛凄恻，缠绵婉曲，情真意切，令人断肠。

又

梦冷蘅芜[①]，却望姗姗，是耶非耶[②]。怅兰膏渍粉[③]，尚留犀合[④]；金泥蹙绣[⑤]，空掩蝉纱[⑥]。影弱难持，缘深暂隔，只当离愁滞海涯。归来也，趁星前月底，魂在梨花。　鸾胶纵续琵琶[⑦]。问可及、当年萼绿华[⑧]。但无端摧折，恶经风浪[⑨]；不如零落，判委尘沙。最忆相看，娇讹道字[⑩]，手翦银灯自泼茶。今已矣，便帐中重见，那似伊家[⑪]。

注释

①蘅芜：香草名。晋王嘉《拾遗记·前汉上》：“帝息于延凉室，卧梦李夫人授帝蘅芜之香。帝惊起，

而香气犹着衣枕，历月不歇。”

②“却望”二句：《汉书·外戚传》：“上思念李夫人不已，方士齐人少翁言能致其神，乃夜张灯烛……为作诗曰：‘是邪非邪？立而望之，偏何姗姗其来迟！’”

③兰膏：润发香油。渍粉：膏状的脂粉。

④犀合：犀牛角为装饰的妆盒。

⑤金泥：用以饰物的金屑。蹙绣：即蹙金绣，刺绣的一种。

⑥蝉纱：像蝉翼一样薄的纱。

⑦鸾胶：多用以比喻续娶后妻。

⑧萼绿华：传说中女仙名。此处代指亡妻。

⑨恶：甚。

⑩娇讹道字：女子因为撒娇，吐词咬字不够准确。讹，错误。道，说。唐李白《对酒》：“青黛画眉红锦靴，道字不正娇唱歌。”

⑪伊家：指亡妻。

译文

梦中，蘅芜香渐消，却望见那缓缓而来之人，似真似幻。润发的香油和膏状的脂粉还留存在犀牛角装饰的妆盒中；用以饰物的金屑和蹙金绣徒然地掩盖着一层薄如蝉翼的纱布，令人惆怅。你纤弱的身影往往难以自持；缘分深重，虽生死相隔却如暂时别离，似乎你滞留海边，离愁满怀。归来吧，趁着星前月底，芳魂萦绕在洁白的梨花旁。纵使已续娶后妻，能够及得上当年的你吗？你无端地遭受摧折，经历了很大的磨难，还不如芳魂飘零，托付于尘沙。最令人追忆的是彼此对视，你故意读错字的娇柔之声和剪灯、赌书泼茶的娇柔之态。一切都结束了，即便帐中重见，哪如当年的你啊。

简评

通志堂本和张纯修本有副题《代悼亡》，可知本词当为代言之作。纳兰有痛失爱妻的相似经历，故代作依然写得情深义重。词作首尾融以汉武帝思念李夫人典，结合悼亡的主题，转承启合，构思巧妙。

金缕曲

赠梁汾

德也狂生耳。偶然间、淄尘京国，乌衣门第。有酒惟浇赵州土[①]，谁会成生此意[②]。不信道、竟逢知己。青眼高歌俱未老[③]，向尊前、拭尽英雄泪。君不见，月如水。　　共君此夜须沉醉。且由他、蛾眉谣诼，古今同忌。身世悠悠何足问，冷笑置之而已。寻思起、从头翻悔。一日心期千劫在[④]，后身缘、恐结他生里[⑤]。然诺重，君须记。

注释

①“有酒”句：唐李贺《浩歌》：“买丝绣作平原君，有酒惟浇赵州土。”战国时赵国平原君礼贤下士，有门客数千。

②成生：即纳兰性德，其原名成德，字容若。

③青眼：借指知心朋友。

④心期：心中相许。千劫：佛教语。指旷远的时间与无数的生灭成坏。现多指无数灾难。

⑤“后身缘”句：唐孟棨《本事诗·情感第一》：“开元中，颁赐边军纩衣，制于宫中。有兵士于短袍中得诗曰：‘沙场征戍客，寒苦若为眠。战袍经手作，知落阿谁边。畜意多添线，含情更着绵。今生已过也，重结后身缘。’兵士以诗白于帅，帅进之。玄宗命以诗遍示六宫，曰：‘有作者勿隐，吾不罪汝。’有一宫人自言万死。玄宗深悯之，遂以嫁得诗人，仍谓之曰：‘我与汝结今生缘。’边人皆感泣。”

译文

我是一个狂放之人。偶然间出生在京城的富贵人家，蒙受着世俗的污浊。我敬佩那礼贤下士的平原君，谁能明白我的此番心意。真不敢相信我竟能碰到知己。你我相逢，慷慨高歌，彼此正当盛年，尚未为老。举杯痛饮，涕泪纵横。你没看见那月色正似水一般皎洁明亮。今夜我与你须痛饮至醉。且由着有识之士被造谣诋毁、古来今往共同忌妒。悠悠身世何足挂齿，冷笑置之罢了。想起来，不过令人悔恨从前一切。你我一旦约为知己，即使经历无数磨难，友情依旧。下辈子的缘分，怕是要在来生再结。然而这郑重的承诺，你须牢记。

简评

此是纳兰的名作，据徐釚《词苑丛谈》载："长白成容若题《贺新郎》（《金缕曲》）一阕于其上云云，词旨嵚崎磊落，不啻坡老稼轩。都下竞相传写，于是教坊歌曲间无不知有'侧帽词'者。"词中可见纳兰对荣华富贵的无奈和鄙弃、知己相见恨晚的悲喜交加和对友情天长地久的坚定信念。这一份超越身份、地位、名利的情谊，足以令古往今来的读者为之动容。

又

再赠梁汾，用秋水轩旧韵[①]

酒涴青衫卷[②]。尽从前、风流京兆[③]，闲情未遣。江左知名今廿载[④]，枯树泪痕休泫[⑤]。摇落尽、玉蛾金茧[⑥]。多少殷勤红叶句，御沟深、不似天河浅[⑦]。空省识，画图展[⑧]。　高才自古难通显。枉教他、堵墙落笔[⑨]，凌云书扁[⑩]。入洛游梁重到处[⑪]，骇看村庄吠犬。独憔悴、斯人不免[⑫]。衮衮门前题凤客[⑬]，竟居然、润色朝家典[⑭]。凭触忌，舌难翦[⑮]。

注释

①秋水轩：明末清初北京人孙承泽之旧宅，后周在浚借寓轩中。据龚鼎孳《贺新郎》（《金缕曲》）小序载：一日名士咸集轩中，以"翦"字韵唱和，后周在浚录为《秋水轩倡和词》。此后大江南北多

有和作，一时成词坛盛事。故纳兰谓之“旧韵”。

②涴：污，弄脏。

③风流京兆：张敞画眉典故，后用以形容夫妻恩爱。宋张孝祥《丑奴儿》：“画眉京兆风流甚。”

④江左：江东。

⑤“枯树”句：见北周庾信《枯树赋》：“桓大司马闻而叹曰：昔年种柳，依依汉南，今看摇落，凄怆江潭。树犹如此，人何以堪。”

⑥玉蛾金茧：喻杨花柳絮。

⑦“多少”二句：用唐人卢渥得一宫女的题诗红叶之典。

⑧“空省识”二句：见唐杜甫《咏怀古诗》：“画图省识春风面，环佩空归月夜魂。”

⑨堵墙：墙壁。常用以比喻人众密集。唐杜甫《莫相疑行》：“集贤学士如堵墙，观我落笔中书堂。”

⑩凌云书扁：典出《晋书·王献之传》。喻人才用非其道。

⑪入洛：典出《晋书·陆机传》：“至太康末，与弟云俱入洛，造太常张华。”游梁：《史记·司马相如列传》：“（司马相如）以赀为郎，事孝景帝，为武骑常侍，非其好也。会景帝不好辞赋，是时梁孝王来朝，从游说之士齐人邹阳、淮阴枚乘、吴庄忌夫子之徒，相如见而说之，因病免，客游梁。”

⑫“独憔悴”句：见唐杜甫《梦李白》：“冠盖满京华，斯人独憔悴。”

⑬题凤客：借指庸人俗士。南朝宋刘义庆《世说新语·简傲》：“嵇康与吕安善，每一相思，千里命

驾。安后来，值康不在，喜出户延之。不入，题门上作‘凤’字而去。喜不觉，犹以为欣。故作‘凤’字，凡鸟也。”

⑭ 朝家典：朝廷典籍。

⑮“凭触忌”二句：唐戴孚《广异记》载：“道士王法朗舌长，呼言不正，乃日诵《道德经》，后梦老君剪其舌，醒后，语言乃正。”此处指顾贞观即使言语触犯忌讳，仍不愿迎合。

译文

青衫微卷，带着酒水的痕迹。从前京兆风流之气，尚未排遣。自江东声名鹊起，而今已二十载。纵使凄苦如庾信，也请不要轻易流泪。杨花和柳絮已摇落殆尽。多少恳切如红叶题诗之建议，也因圣意深不可测，难于登天，未达上听。朝廷就如凭图索美般不能明察秋毫，才智过人者自古以来就难以成为达官显贵，枉教人才云集，用非其道。当年才俊交游处，惊看村庄犬吠。不免独自憔悴。而门前那些庸人俗士，居然在润饰着朝廷的典籍。唯你还有朝廷犯忌之论，依然不改正直的本色。

简评

此词既有对友人怀才不遇的同情和宽慰，又有对朝廷用人失察、庸人当道的嘲讽和愤慨。词作以议论见长，慷慨直陈，颇有抑郁不平之气。

又

生怕芳尊满[①]。到更深、迷离醉影，残灯相伴。依旧回廊新月在，不定竹声撩乱。问愁与、春宵长短。燕子楼空弦索冷，任梨花、落尽无人管[②]。谁领略，真真唤。　此情拟倩东风浣。奈吹来、余香病酒，旋添一半。惜别江淹消瘦了，怎耐轻寒轻暖。忆絮语、纵横茗碗[③]。滴滴西窗红蜡泪，那时肠、早为而今断。任角枕，欹孤馆。

注释

①“生怕”句：见唐骆宾王《别李峤得胜字》：“芳尊徒自满，别恨转难胜。”

②“任梨花”句：见唐李贺《河南府试十二月乐词·三月》：“曲水飘香去不归，梨花落尽成秋苑。”

③纵横茗碗：用李清照、赵明诚赌书泼茶的典故。

译文

唯恐杯中酒满，到夜深之际，醉影迷离，却只有残灯为伴。回廊尽头一轮新月依旧高照，杂乱的竹声经久不息。问离愁与春宵谁长谁短，燕子楼早已人去楼空。弦索冷清，任凭梨花纷纷落尽，亦无人去管。我声声唤着真真的名字，却无人理睬。此情想要请春风来消除，然春风吹来，她留下的残香却随即增添了一半的酒意。离别后，人已消瘦，如何能够禁得起一会儿微寒一会儿微暖的变化不定呢？想起了低低私语、赌书泼茶的往事。西窗红烛的泪一滴滴落下来，那时的肝肠，而今早已痛断。任那角枕，孤独地斜靠在客舍之中。

简评

上片将景物的孤清与主人公的孤寂结合。人去楼空后，主人公希望产生奇迹，然“谁领略”三字道明了一切只是徒然而已。下片欲解愁而不得，转忆美好的往昔。末二句渲染孤独和凄凉之意。此词怀思之意甚明，百转千回，令人怅惋。

又

简梁汾，时方为吴汉槎作归计[①]

洒尽无端泪。莫因他、琼楼寂寞[②]，误来人世。信道痴儿多厚福，谁遣偏生明慧。就更着、浮名相累。仕宦何妨如断梗[③]，只那将、声影供群吠[④]。天欲问，且休矣。　　情深我自拚憔悴。转丁宁、香怜易爇，玉怜轻碎。羡煞软红尘里客[⑤]，一味醉生梦死。歌与哭、任猜何意。绝塞生还吴季子[⑥]，算眼前、此外皆闲事。知我者，梁汾耳。

注释

①吴汉槎：吴兆骞，字汉槎，江苏吴江人。清初著

名诗人。幼颖慧，傲放自矜。顺治十三年举乡试，因科场舞弊案获罪，流放黑龙江宁古塔。后其友顾贞观通过纳兰性德、徐乾学等相救，终于在康熙二十年特赦返家。

②琼楼：形容华美的建筑物。

③断梗：折断的苇梗。

④“声影”句：见汉王符《潜夫论·贤难》：“谚曰：‘一犬吠形，百犬吠声。’”

⑤软红尘：喻指繁华的都市。

⑥吴季子：春秋时吴王寿梦第四子季札，封于延陵（今江苏常州一带），后又封州来，为避王位，弃其室而耕于常州舜过山下。此处借指吴汉槎。

译文

眼泪无端而生，默默流尽。不要因为仙阙寂寞而误来人世间。都知庸夫俗子多有大福，谁让人偏偏生得聪明，被虚名所拖累。不妨将仕途视为断梗残枝，只将那清高的身影任群小讥讽。老天若相问，且随他吧。情深如我，心甘情愿憔悴费神。转而替我嘱咐他，正如我怜惜香容易烧尽、玉容易打碎般（我同情他的遭遇）。羡煞繁华都市里的凡夫俗子，一味地过着醉生梦死的生活。高歌也好，哭泣也罢，任他人猜测是何意思。从遥远的边塞将吴汉槎解救回来，算来是眼前最重要的事情，其他事无关紧要。知晓我心意的，是梁汾你。

简评

此词上片是对梁汾的劝慰，因其时梁汾为同僚排挤，返归故里，故纳兰以词寄之，希望他能淡泊功名，不为虚名所累。而此种仕宦的态度，也可以说是纳兰自身的写照。下片实是对吴汉槎寄语，表达自己的同情和营救他的决心。全词既有对世道的不满，又有对友人的关爱，同时亦是词人人生态度的展露。

又

慰西溟[1]

何事添悽咽。但由他、天公簸弄[2]，莫教磨涅[3]。失意每多如意少，终古几人称屈。须知道、福因才折。独卧藜床看北斗[4]，背高城、玉笛吹成血[5]。听谯鼓，二更彻。　　丈夫未肯因人热[6]，且乘闲、五湖料理[7]，扁舟一叶。泪似秋霖挥不尽，洒向野田黄蝶。须不羡、承明班列[8]。马迹车尘忙未了，任西风、吹冷长安月。又萧寺[9]，花如雪[10]。

注释

①西溟：即姜宸英。时姜宸英因被举荐参加博学鸿儒科落选，故纳兰以词慰之。

②簸弄：玩弄，耍弄。

③磨涅：这里指染黑，喻受挫折。磨，琢磨。涅，黑色。《论语・阳货》："不曰坚乎，磨而不磷；不

曰白乎，涅而不缁。”

④ 藜床：藜茎编的床榻，泛指简陋的床榻。

⑤ “玉笛”句：见南唐冯延巳《采桑子》：“休说当时，玉笛才吹，满袖猩猩血又垂。”

⑥ 因人热：仰仗别人的权势。《东观汉记·梁鸿》：“（鸿）常独坐止，不与人同食。比舍先炊已，呼鸿及热釜炊。鸿曰：‘童子鸿，不因人热者也。’灭灶更燃火。”

⑦ 五湖：此处指太湖。

⑧ 承明：即承明庐。汉承明殿旁屋，侍臣值宿所居，故称。此处指在朝为官。班列：朝班的行列。此处指朝官。

⑨ 萧寺：佛寺。

⑩ 花如雪：南朝梁范云《洛阳花雪》：“昔去雪如花，今来花似雪。”

译文

有什么事情令人倍添悲伤呜咽呢？但任由老天玩弄，也不要让自己受到挫折。人生每每失意的时候多而如意的时候少，自古以来有多少人都觉得自己受到委屈。要知道，有才华之人往往不能安享清福。独自睡在简陋的床榻上看北斗星，背对着高高的城墙，玉笛声声，悲怨泣血。听那谯楼更鼓，二更已敲彻。大丈夫既不肯仰仗他人权势，且趁着空闲，安排一叶扁舟，泛舟五湖。眼泪既如秋天的雨水挥洒不完，且洒向广阔的田野和飞舞的蝴蝶。不要羡慕在朝为官的官员，车马经过的痕迹和飞扬的尘土无休无止，任秋风阵阵吹彻，京城之月寒意阵阵。佛寺又到了百花飞扬、纷纷似雪的时候了。

简评

此词为劝慰友人之作，表现豁达之意，从中亦可见纳兰的人生观和为官态度。这位贵胄公子对官场有清醒认识，更有着逃离仕宦生活、归隐山林的意趣。

又

西溟言别，赋此赠之

谁复留君住。叹人生、几番离合，便成迟暮[①]。最忆西窗同翦烛，却话家山夜雨[②]。不道只、暂时相聚[③]。衮衮长江萧萧木[④]，送遥天、白雁哀鸣去。黄叶下，秋如许。　曰归因甚添愁绪。料强似、冷烟寒月，栖迟梵宇[⑤]。一事伤心君落魄，两鬓飘萧未遇。有解忆、长安儿女[⑥]。裘敝入门空太息[⑦]，信古来、才命真相负[⑧]。身世恨，共谁语。

注释

① 迟暮：喻晚年。

②“最忆”二句：见唐李商隐《夜雨寄北》：“何当共剪西窗烛，却话巴山夜雨时。”

③ 不道：犹不料。

④“衮衮”句：见唐杜甫《登高》：“无边落木萧萧下，不尽长江滚滚来。”

⑤栖迟：滞留。梵宇：佛寺。

⑥“有解”句：见唐杜甫《月夜》：“遥怜小儿女，未解忆长安。”

⑦裘敝：用《战国策·秦策一》苏秦典故。

⑧“才命”句：见唐李商隐《有感》：“中路因循我所长，古来才命两相妨。”

译文

谁能留得住你呢？慨叹人生几次离别和团聚过后，便已近晚年。最难忘西窗下，你我共剔灯芯，追述故乡夜雨中的往事，不料却只是短暂的相聚。长江奔流不息，落叶萧萧而下，送别之际，长空中白雁哀鸣，飞向远方。枯黄的树叶下，秋意已浓。说要归去，因何而更添愁思，想来应比在凄冷的烟雾和寒冷的月色中滞留佛寺要更好些。你为科场之事而伤心失意，两鬓鬓发稀疏却仕途不遇。你的家中还有思念着你的儿女。你穿着破旧的衣服进门，徒然地叹息。终于相信自古以来，才华和命运真是互相违背的。身世之恨，可以与谁说呢？

简评

这是一首送别之作。词作将萧瑟的秋景融入沉痛的送别，将悲哀的情思刻写在深挚的友情上，将深沉的同情寄寓于对友人的切身感受中，凄凉伤感，沉郁顿挫。

又

寄梁汾

木落吴江矣[①]。正萧条、西风南雁，碧云千里[②]。落魄江湖还载酒[③]，一种悲凉滋味。重回首、莫弹酸泪。不是天公教弃置，是才华、误却方城尉[④]。飘泊处，谁相慰。　　别来我亦伤孤寄。更那堪、冰霜摧折，壮怀都废。天远难穷劳望眼，欲上高楼还已[⑤]。君莫恨、埋愁无地[⑥]。秋雨秋花关塞冷，且殷勤、好作加餐计[⑦]。人岂得，长无谓[⑧]。

注释

①吴江：吴淞江的别称。位于今江苏省。

②碧云千里：见唐许浑《和浙西从事刘三复送僧南归》："碧云千里暮愁合，白雪一声春思长。"

③"落魄"句：见唐杜牧《遣怀》："落魄江湖载酒行，楚腰纤细掌中轻。"

④"是才华"句：唐孙光宪《北梦琐言》卷二记温庭筠旧事："会宣宗私行为温岐所忤，乃授方城尉。所以岐诗云：'因知此恨人多积，悔读《南华》第二篇。'"

⑤"天远"二句：宋辛弃疾《满江红》："天远难穷休久望，楼高欲下还重倚。"

⑥埋愁无地：谓无法排除忧愁。《后汉书·仲长统传》："百虑何为？至要在我。寄愁天上，埋忧地下。"

⑦加餐：慰劝之辞，谓多进饮食，保重身体。《后汉书·桓荣传》："愿君慎疾加餐，重爱玉体。"《古诗十九首》："弃捐勿复道，努力加餐饭。"

⑧"人岂得"二句：见唐李商隐《无题》："人生岂得长无谓，怀古思乡共白头。"

译文

吴淞江边树叶已经凋零了。正是草木零落、秋风呼号、大雁南归之际，碧空中白云千里。落魄江湖，载酒而行，别有一种悲凉的滋味。重新回首往事，不要流下悲伤的眼泪。不是老天要抛弃你，而是才华误了你。在那漂泊无依的地方，有谁来安慰你呢？自从别后，我也为独身寄居他乡而伤心不已，又哪里承受得了冰霜的摧残？豪情壮志都已消失殆尽。乡关遥远，难以穷尽，徒然地望眼欲穿，想要登上高楼远眺才罢。你不要抱怨无处排解忧愁。关塞秋雨阵阵，花儿凋零，凄冷无比，我且恳切地叮咛你，要多进饮食，好好地保重身体。人怎可长久地无所作为呢？

简评

这是一首宽慰友人之作，却饱含了词人的牢骚不平，同时又体现出对友人的关切之情。词以铺叙手法渲染萧瑟的秋景，又融议论于其中，抒发平生感慨。词意跌宕起伏，感情充沛，笔力遒劲，道尽飘零之人的情思。

又

亡妇忌日有感

此恨何时已。滴空阶、寒更雨歇，葬花天气。三载悠悠魂梦杳，是梦久应醒矣。料也觉、人间无味。不及夜台尘土隔[1]，冷清清、一片埋愁地。钗钿约，竟抛弃。　　重泉若有双鱼寄[2]。好知他、年来苦乐，与谁相倚。我自终宵成转侧，忍听湘弦重理[3]。待结个、他生知己。还怕两人都薄命[4]，再缘悭、剩月零风里。清泪尽，纸灰起。

注释

①夜台：坟墓。亦借指阴间。

②重泉：黄泉。双鱼：把书信夹在里面的鱼形木板，一底一盖。借指书信。

③“忍听”句：表达不想续弦之意。

④“待结个”二句：见宋晏几道《玉楼春》：“欲将恩爱结来生，只恐来生缘又短。”

译文

这种遗恨何时才能停歇？雨一滴滴落在杳无人迹的台阶上，直到寒冷的夜里才渐渐止住，又到了春末花落的时节。三载悠悠而过，她的梦魂依旧没有任何踪影，即使是梦，也早就该醒了。想来也应该是觉得人世间没有什么滋味，比不上阴间尘土遥隔，冷冷清清，是一片排除忧愁之地，于是竟把彼此的山盟海誓抛在脑后。如果黄泉可以寄送书信的话，也好知道她多年来的愁苦与欢乐，以及与谁在一起。我整夜辗转反侧，不忍再续娶。害怕到时结交的又是个来生的知己，又怕两人都是薄命之人，又一次情缘断绝，唯剩凄冷的风和月。眼泪已流尽，纸钱的烟灰随风扬起。

简评

这是一首沉痛的悼亡之作。首句一“恨”字领衔之后所有的情思，沉痛淋漓。

又

未得长无谓[1]。竟须将、银河亲挽，普天一洗。麟阁才教留粉本[2]，大笑拂衣归矣。如斯者、古今能几。有限好春无限恨，没来由、短尽英雄气[3]。暂觅个，柔乡避[4]。　　东君轻薄知何意[5]。尽年年、愁红惨绿[6]，添人憔悴。两鬓飘萧容易白，错把韶华虚费。便决计、疏狂休悔。但有玉人常照眼[7]，向名花美酒拚沉醉。天下事，公等在。

注释

① 无谓：没有意义。见唐李商隐《无题》：“人生岂得长无谓，怀古思乡共白头。”

② 麟阁：麒麟阁。汉宣帝时曾画霍光等十一功臣像于阁上，以扬其功绩。封建时代多以画像于“麒

麟阁”表示卓越功勋和最高荣誉。粉本：图画。

③“短尽”句：见宋蔡伸《点绛唇》：“一点情钟，销尽英雄气。”

④柔乡：即温柔乡。

⑤东君：司春之神。

⑥愁红惨绿：形容残花败叶。见宋辛弃疾《鹧鸪天》：“愁红惨绿今宵看，恰似吴宫教阵图。”

⑦玉人：美女。照眼：犹耀眼，指光彩夺目。

译文

人生不能长期无所作为。确是需要力挽银河，洗尽整个天空（让世道清明）。因功勋卓著，麒麟阁上才要留下他的画像以示奖赏，他却大笑辞却，拂衣而去了。如此这般，自古以来又能有几人？美好的春光短暂，愁与恨却绵长，没来由的，消磨尽了英雄的气概。暂且寻找个温柔乡躲避这尘世烦扰。不知道浅薄的司春之神是什么意思，年年尽弄些残花败叶，更使人添得几分憔悴。两鬓稀疏，容易发白，错把美好的年华白白消耗。便拿定主意要过豪放不羁的生活，亦无怨无悔。但有佳人在眼前，在灯红酒绿中一醉方休。国家大事，自有达官显贵去处理。

简评

据纳兰致严绳孙的书信，其言曰：“弟比来从事鞍马间，益觉疲顿。……从前壮志，都已隳尽。昔人言：身后名不如生前一杯酒。此言大是。弟是以甚慕魏公子之饮醇酒近妇人也。”词中，纳兰对淡泊名利之人的欣赏，对韶华虚度的憾恨，以及躲避温柔乡的希冀，真实地流露出对官场的厌倦，隐隐中透着抑郁不平之气。

摸鱼儿

午日雨眺[①]

涨痕添、半篙柔绿[②]，蒲稍荇叶无数。空濛台榭烟丝暗，白鸟衔鱼欲舞。桥外路。正一派、画船箫鼓中流住[③]。呕哑柔橹[④]。又早拂新荷，沿堤忽转，冲破翠钱雨[⑤]。　蒹葭渚[⑥]，不减潇湘深处。霏霏漠漠如雾。滴成一片鲛人泪[⑦]，也似汨罗投赋[⑧]。愁难谱。只彩线、香菰脉脉成千古[⑨]。伤心莫语。记那日旗亭[⑩]，水嬉散尽，中酒阻风去[⑪]。

注释

①午日：端午，即农历五月初五日。

②“涨痕添”句：见元张翥《摸鱼儿》：“涨西湖、半篙新绿。”

③“画船”句：见汉武帝《秋风辞》：“泛楼船兮济汾河，横中流兮扬素波，箫鼓鸣兮发棹歌。”

④呕哑：摇橹声。

⑤翠钱：新荷的雅称。

⑥蒹葭：芦苇。

⑦鲛人泪：此处喻雨。鲛人，神话传说中的人鱼。

⑧“也似”句：指屈原投汨罗江而死，后人写诗作赋投入江中，以示凭吊。

⑨“只彩线”句：梁吴均《续齐谐记》：“屈原以五月五日投汨罗水，而楚人哀之。至此日以竹筒贮米投水以祭之。汉建武中，长沙区曲白日忽见一士人，自云三闾大夫，谓曲曰：‘闻君当见祭，甚善。但常年所遗，恒为蛟龙所窃。今若有惠，当以楝叶塞其上，以彩丝缠之。此二物蛟龙所惮也。’曲依其言。今世人五月五日作粽，并带楝叶及五色丝，皆汨罗水之遗风。”

⑩旗亭：酒楼。

⑪中酒：饮酒半酣时。

译文

雨后水涨，嫩绿的水面已涨至半篙，蒲柳和荇叶无数。亭台楼榭迷蒙一片，柳枝暗沉，白鸟衔着鱼儿飞掠欲舞。画桥外，路幽长。画船齐发，箫鼓阵阵，在水中央流连。随着轻柔的划桨之声，船早已拂过新荷，沿着河堤忽转，冲破新荷出生时所下之雨。长满芦苇的洲渚，丝毫不亚于潇湘深处。雨纷纷而下，迷迷蒙蒙，如雾一般，恰似鲛人的眼泪，亦如正作赋投江以凭吊屈原。愁意难以谱写，只是用彩线缠裹香菰以纪念屈原的习俗，千古流传。一片伤心，沉默不语。记得那日在酒楼中，待到水上游戏做罢，人群散尽，我饮酒至半酣，迎风而行。

简评

此词作于端午佳节雨中远眺之际。上片用白描写端午之景。下片引入屈原投江之事，凭吊之余，引发愁绪。雨与愁浑然合一，想象丰富，幽婉深致。

又

送别德清蔡夫子[①]

问人生、头白京国[②]，算来何事消得[③]。不如罨画清溪上[④]，蓑笠扁舟一只。人不识。且笑煮、鲈鱼趁着莼丝碧[⑤]。无端酸鼻。向歧路销魂，征轮驿骑，断雁西风急[⑥]。　英雄辈，事业东西南北。临风因甚成泣。酬知有愿频挥手，零雨凄其此日[⑦]。休太息。须信道、诸公衮衮皆虚掷[⑧]。年来踪迹。有多少雄心，几番恶梦，泪点霜华织。

注释

①蔡夫子：蔡启僔（1619—1683），字硕公，号昆旸，明末清初德清县人。康熙十一年，为顺天（今北京）乡试主考官，后为人弹劾，去职归乡。

②京国：京城。

③消得：值得。

④罨画：色彩鲜明的绘画。此处指优美风景。

⑤“且笑”句：典出南朝宋刘义庆《世说新语·识鉴》。

⑥断雁：失群之雁。宋欧阳修《渔家傲》：“风急雁行吹字断。”

⑦零雨：慢而细的小雨。凄其：寒凉貌。

⑧"须信道"句：见唐杜甫《醉时歌》："诸公衮衮登台省，广文先生官独冷。"

译文

试问人生在世，有什么事情值得在京城里熬白了头发？不如在风景如画的清溪上，穿着蓑衣，泛一叶孤舟。没有人会认识你。且趁着莼菜还嫩，开心地脍煮鲈鱼。无由地悲痛欲泣，在这分别的岔口哀伤不已，车马滚滚，西风凄紧，离群的孤雁高飞。英雄之流，处处皆可成就事业，为何事而临风哭泣？此日离别，细雨寒凉，唯有频频挥手以酬知己。不要叹息，要知道那些达官显宦虽然此时得意，然一切功名皆是虚度岁月。回顾年来所走的路，有多少雄心壮志，几番噩梦相随，眼泪与白发交织。

简评

这是一首送别之作。蔡夫子被劾南归，纳兰深切同情并予以宽慰。全词良多感慨，表达功名虚无、归隐山林的意趣。

青衫湿

悼亡[①]

青衫湿遍，凭伊慰我，忍便相忘。半月前头扶病，翦刀声、犹共银釭。忆生来小胆怯空房。

到而今独伴梨花影，冷冥冥、尽意凄凉。愿指魂兮识路，教寻梦也回廊。　咫尺玉沟斜路，一般消受，蔓草斜阳。判把长眠滴醒，和清泪、搅入椒浆[②]。怕幽泉还为我神伤。道书生薄命宜将息，再休耽、怨粉愁香[③]。料得重圆密誓，难禁寸裂柔肠。

注释

①此调《词谱》《词律》不载，疑亦自度曲。

②椒浆：以椒浸制的酒浆。古代多用以祭祀。

③怨粉愁香：见宋王沂孙《金盏子》："厌厌地、终日为伊，香愁粉怨。"

译文

眼泪将青衫打湿，你对我的关爱，怎能忘怀。半个月前你还强打精神做事，剪灯花的声音似乎还在灯边回响。想到你生来就胆小，害怕独处一室，而今你却孤零零地独自伴着梨花影，极尽凄凉。我愿意为你的灵魂指路，让你在梦中回到这回廊。我与你所葬之地近在咫尺，正与你一样忍受着夕阳斜照、野草蔓生的凄凉之景。我甘愿用我的眼泪和着祭祀的酒浆把长眠地下的你唤醒，可又怕你在九泉之下还为我伤心。你定会说我这个书生命太薄，让我好好保重，不要再耽于儿女情长了。想来你我重新团聚的誓言应该是难以实现了，（想到这）我禁不住肝肠寸断。

简评

此词沉痛哀伤。剪刀声犹在，却已天上人间。九泉清冷，现实凄清，两处离别，却是同样的伤感。

忆桃源慢

斜倚熏笼①，隔帘寒彻，彻夜寒如水。离魂何处，一片月明千里。两地凄凉多少恨，分付药炉烟细。近来情绪，非关病酒②，如何拥鼻长如醉③。转寻思、不如睡也，看道夜深怎睡。　几年消息浮沉，把朱颜、顿成憔悴。纸窗淅沥，寒到个人衾被。篆字香消灯灺冷，不算凄凉滋味。加餐千万，寄声珍重，而今始会当时意。早催人、一更更漏，残雪月华满地。

注释

① 斜倚熏笼：见唐白居易《后宫词》："红颜未老恩先断，斜倚熏笼坐到明。"

② 非关病酒：见宋李清照《凤凰台上忆吹箫》："新来瘦，非干病酒，不是悲秋。"

③ 拥鼻：典出《晋书·谢安传》："安本能为洛下书生咏，有鼻疾，故其音浊，名流爱其咏而弗能及，或手掩鼻以效之。"后以"拥鼻吟"指用雅音曼声吟咏。

译文

斜斜地倚靠着熏笼，虽隔着帘子，却依然寒冷。整夜寒凉如水。旅人何处？月光皎洁，一泻千里。分离两地，凄凉不已，多少愁，只能交付给药炉上袅袅细烟。近来情绪不佳，不是因为饮酒沉醉，如何能曼声吟咏长久地沉醉。转而想着还不如睡了，然料想夜深孤寂，如何能睡得着。几年来音信断绝，美好的容颜忽然间变得憔悴不堪。纸窗中风灌进来，使得我的衾被寒凉无比。篆字形的盘香已燃尽，灯烛也已熄灭，这还不算是特别凄凉的。想当时那人嘱咐说千万要多进饮食，保重身体，而今才明白当时那人说这话的意思。一更的漏声早就催人入睡了，残雪满地，月光孤照。

简评

此词写离思。内心的孤寂与凄凉夜景以及离别的思念，彼此交融，互相映衬。全词皆以冷色调出之，哀思不尽，字字凄凉。

湘灵鼓瑟[①]

新睡觉。听漏尽乌啼欲晓。屏侧坠钗扶不起，泪浥余香悄悄。任百种思量都来，拥枕薄衾颠倒。土木形骸[②]，自甘憔悴，只平白占伊怀抱。看萧萧一翦梧桐，此日秋光应到。　　若不是忧能伤人[③]，怎青镜朱颜便老。慧业重来偏命薄[④]，悔不梦中过了。忆少日清狂，花间马上，软风斜照[⑤]。端的而今，误因疏起[⑥]，却懊恼误人年少。料应他此际闲眠，一样百愁难扫。

注释

① 此调《词谱》《词律》不载，疑亦自度曲。一本作《翦梧桐》。

② 土木形骸：形体像土木一样自然，是不加修饰的本来面目。《晋书·嵇康传》："康早孤，有奇才，远迈不群。身长七尺八寸，美词气，有风仪，而土木形骸，不自藻饰，人以为龙章凤姿，天质自然。"

③ 忧能伤人：语出汉孔融《与曹操论盛孝章书》："若使忧能伤人，此子不得复永年矣。"

④ 慧业：佛教语，指智慧的业缘。

⑤ 软风：和风。

⑥ 误因疏起：见宋蒋捷《满江红》："万误曾因疏处起，一闲且向贫中觅。"

译文

刚睡又醒，听滴漏声尽，乌鸦啼叫，天将要亮了。屏风边，她钗饰低垂，尚未起床，眼泪和着残余的香味悄悄地流下来。任百种思念涌上心头，她抱着枕头，薄薄的衾被凌乱不堪。我形体瘦弱，又自甘憔悴，只无缘无故地得到她的思念。看那梧桐落叶萧萧，此日应已是秋色一片。如果不是忧伤能够伤人，青铜镜里，容颜怎会日渐衰老呢？我才高命薄，悔恨不能在梦中度过余生。回想年少时放逸不羁，与她一起骑马看花，和风徐吹，夕阳斜照。如今的失误，全因疏懒而起，懊恼耽误了人家的美好青春。想来此刻她躺在床上，应该与我一样百感交集吧。

简评

此词想象她的忧伤无眠，感叹并感激自己为她所青睐，更回忆起彼此年少时的美好往事，结尾又悔恨误人青春。情感百转千回，忧思萦怀，相思成灾。

大酺

寄梁汾[①]

怎一炉烟，一窗月，断送朱颜如许。韶华犹在眼，怪无端吹上，几分尘土。手捻残枝，沉吟往事，浑似前生无据[②]。鳞鸿凭谁寄[③]，想天涯只影，凄风苦雨[④]。便砑损吴绫[⑤]，啼沾蜀纸[⑥]，有谁同赋。　当时不是错，好花月、合受天公妒。只索倩、春归燕子，说与从头，争教他、会人言语[⑦]。万一离魂遇，偏梦被、冷香萦住。刚听得、城头鼓。相思何益[⑧]，待把来生祝取。慧业相同一处。

注释

①梁汾：即顾贞观。

②“手捻”三句：见唐白居易《临水坐》：“手把杨枝临水坐，闲思往事似前身。”

③鳞鸿：鱼雁。指书信。晋傅咸《纸赋》：“鳞鸿附便，援笔飞书。”

④ 凄风苦雨：形容天气恶劣，或比喻境况的凄凉悲惨。

⑤ 砑：用卵形或弧形的石块碾压或摩擦皮革、布帛等，使紧实而光亮。

⑥ 蜀纸：犹蜀笺。

⑦“争教”句：见宋徽宗《燕山亭》：“这双燕，何曾会人言语。”

⑧ 相思何益：见唐李商隐《无题》其二：“直道相思了无益，未妨惆怅是清狂。”

译文

每日对着炉中的香烟，伴着一窗明月，便已送走了青春年华。美好的春光犹在眼前，却已无端风吹，尘土飞扬。手里捻着凋零的花枝，怀思往事，好像你我前生没准已是朋友。书信可以托谁寄送？想你远在天涯，孤单一人，境况凄凉。即便把绫纸写遍，泪洒信笺，又能与谁人共赋呢？当时之事，并不是你的错，只因花好月圆你我共度，连老天也心生嫉妒。打算请春天归来的燕子从头说起，但如何才能让它学说人的语言呢？也许梦魂能在梦中相聚，但梦又往往被冷香萦绕。刚刚听到城头的更鼓之声（梦便醒了）。相思无益，待我们祈求上天，来生让我们两个慧业文人能在一起吧。

简评

词中既有对青春易逝、时光短暂的慨叹，对远隔天涯的友人的深沉思念，又有对友人遭受不平的同情和宽慰，侠骨柔肠，情深义重。

卷五

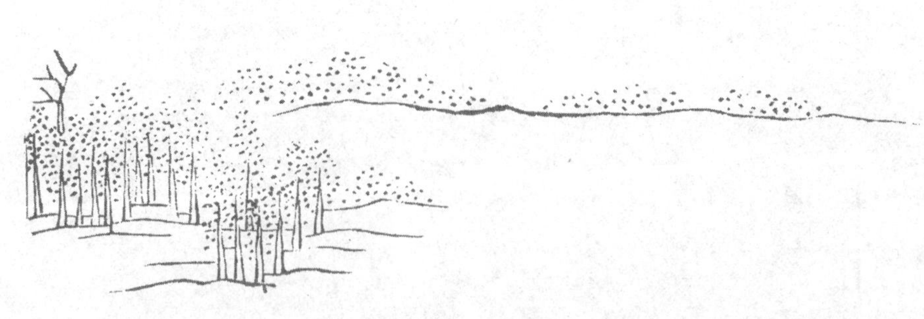

忆王孙

暗怜双绁郁金香[1]。欲梦天涯思转长。几夜东风昨夜霜。减容光[2]。莫为繁花又断肠。

注释

① 绁：系，拴。

② 减容光：见唐元稹《会真记》："自从别后减容光。"

译文

暗自怜惜两枝系在一起的郁金香。想要梦见远在天涯的心上人，思念变得愈加绵长。经过几夜春风的吹拂，昨夜忽然霜降，风采顿减。不要因为繁花过后的凋零而悲痛不已。

简评

此词怜花与思人结合，已然分不清为物而伤，抑或为情而伤。情思绵渺。

又

刺桐花下是儿家。已拆秋千未采茶。睡起重寻好梦赊[1]。忆交加。倚着闲窗数落花。

注释

①眛：渺茫。

译文

刺桐花底下是我的家。秋千已经拆掉，茶还未采。睡觉醒来重新回味美好的梦，梦境却变得模糊不清。回忆起了互相依偎的亲密时刻，（此刻）唯有倚靠着窗儿数数凋零的花朵。

简评

小词寥寥数笔，勾勒出闲淡的村景，刻写怀思之意，清新动人。

调笑令

明月。明月。曾照个人离别①。玉壶红泪相偎。还似当年夜来。来夜。来夜。肯把清辉重借。

注释

①“明月”三句：见南唐冯延巳《三台令》：“明月，明月，照得离人愁绝。”

译文

明月啊明月，曾照耀着那离别之人。当年相亲相偎，泪珠满面，如今壶中红泪还似当年夜来所留下的。夜幕来临吧，夜幕来临吧，是否愿意把月光重新借给我。

简评

这是一首月夜怀人之作，飘逸灵动，颇有情致。

忆江南

江南好，建业旧长安[①]。紫盖忽临双鹢渡[②]，翠华争拥六龙看[③]。雄丽却高寒[④]。

注释

①建业：三国时东吴国都，即今南京市。长安：汉唐故都，此处喻都城。

②紫盖：紫色车盖。帝王仪仗之一。鹢：鹢首，代指画着鹢首的船。

③翠华：天子仪仗中以翠羽为饰的旗帜或车盖。六龙：即六马。古代天子的车驾为六马，因以为天子之代称。

④“雄丽”句：见宋张孝祥《六州歌头·金山观月》：“江山自雄丽，风露与高寒。”

译文

江南好，建业是旧都城。帝王的车盖忽然降临，画着鹢首的船头，以翠羽为饰的旗帜，争相簇拥着天子观景。景物壮丽却高寒。

简评

此词当作于康熙二十三年（1684）纳兰护驾南巡之际。极写巡幸建业时的盛况。“高寒”二字令人深思。

又

江南好，城阙尚嵯峨[①]。故物陵前惟石马[②]，遗踪陌上有铜驼[③]。玉树夜深歌[④]。

注释

① 嵯峨：高峻貌。唐李商隐《咸阳》：“咸阳宫阙郁嵯峨。”

② 陵：南京明孝陵。唐杜甫《玉华宫》：“当时侍金舆，故物独石马。”

③ 铜驼：铜铸的骆驼。《晋书·索靖传》：“靖有先识远量，知天下将乱，指洛阳宫门铜驼叹曰：‘会见汝在荆棘中耳。’”

④ 玉树：即《玉树后庭花》曲。

译文

江南好，宫阙仍然高耸峻拔。旧物唯剩明太祖孝陵前的石雕之马，遗迹唯有市中街道旁的铜铸骆驼。夜深时分，犹有人在唱《玉树后庭花》曲。

简评

此词吊古之意甚浓，读来悲凉。

又

江南好，怀古意谁传。燕子矶头红蓼月[①]，乌衣巷口绿杨烟[②]。风景忆当年。

注释

① 燕子矶：在南京市东北部观音山。突出的岩石屹立长江边，三面悬绝，宛如飞燕，故名。蓼：草本植物，生长在水边或水中。

② 乌衣巷：在今南京市秦淮河南。三国吴时在此置乌衣营，以士兵着乌衣而得名。东晋时王、谢等望族亦居此，因著名。

译文

江南好，怀古之意谁来传递？燕子矶头，月光照耀着红蓼，乌衣巷口，绿杨缥缈如烟。见此美景，不禁回忆起当年事。

简评

触景感怀，哀而不伤。

又

江南好，虎阜晚秋天[①]。山水总归诗格秀，笙箫恰称语音圆[②]。谁在木兰船[③]。

注释

①虎阜：即虎丘，在苏州市西北。

②语音圆：即吴侬软语，谓苏州方言语音柔婉。

③木兰船：木兰舟。

译文

江南好，正值虎丘晚秋天气。俊逸的诗句恰因山水而明秀，笙箫也因吴语而柔婉。是谁在那木兰舟上？

简评

此词赞美吴地的风情，将美景与民风结合，清丽疏荡。

又

江南好，真个到梁溪[1]。一幅云林高士画[2]，数行泉石故人题。还似梦游非。

注释

①梁溪：江苏无锡之别称。

②云林：元代画家倪瓒，别号云林，江苏无锡人。善绘山水，性高洁，人称高士。

译文

江南好，真的到了无锡。此地风景犹如一幅云林的画，泉石上还留着数行老友的题咏，似在梦中游历一般。

简评

无锡如画美景令词作如梦似幻，寥寥数语，将赞叹、喜悦暗寓其中。

又

江南好，水是二泉清[①]。味永出山那得浊[②]，名高有锡更谁争[③]。何必让中泠[④]。

注释

① 二泉：指无锡惠泉。因其有天下第二泉之称，故名。

②“味永”句：见唐杜甫《佳人》：“在山泉水清，出山泉水浊。”

③ 有锡：锡山，在无锡市。相传周秦时盛产锡矿，故名。

④ 中泠：中泠泉。在镇江金山下，今已湮。

译文

江南好，水还是惠泉的水最清。泉水甘甜有回味，即使流出山外亦不浑浊，名声之高在无锡有谁能争，何必谦让于中泠泉？

简评

此为咏物词，又似有言外之意。以二泉之清澈，暗喻人品之高洁，盛赞清泉和高洁之士。

又

江南好，佳丽数维扬[1]。自是琼花偏得月[2]，那应金粉不兼香[3]。谁与话清凉。

注释

①维扬：扬州的别称。
②琼花：一种珍贵的花。叶柔而莹泽，花色微黄而有香。为扬州名花。
③金粉：花钿与铅粉，妇女妆饰用品。

译文

江南好，美丽的女子数扬州最多。琼花偏爱于皎洁的月光，哪能没有浓郁芬芳的香味？与谁共话这清凉的天气？

简评

此词清丽，有一种凄清之音。

又

江南好，铁瓮古南徐[1]。立马江山千里目[2]，射蛟风雨百灵趋[3]。北顾更踌躇[4]。

注释

①铁瓮：指铁瓮城，京口（今江苏镇江）北固山前的

一座古城。为三国时孙权所筑。南徐：古代州名。即今江苏镇江。历齐、梁、陈，至隋开皇年间废。

②“立马”句：见唐王之涣《登鹳雀楼》：“欲穷千里目，更上一层楼。”

③射蛟：指汉武帝射获江蛟事。见《汉书·武帝纪》。后诗文中作为颂扬帝王勇武的典故。百灵：各种神灵。唐柳宗元《王京兆贺雨表四》：“驱百灵以从风。”

④“北顾”句：《庄子·田子方》：“方将踌躇，方将四顾。”

译文

江南好，铁瓮城即是古代的南徐。停马伫立于临江之山遥望千里，江河翻腾如蛟龙作浪，风雨晦暝如百神相从。回望北方，更踌躇满志。

简评

此词有一股豪迈之气。

又

江南好，一片妙高云[①]。砚北峰峦米外史[②]，屏间楼阁李将军[③]。金碧矗斜曛[④]。

注释

①妙高：即妙高峰。位于今江苏镇江西北金山上，

为金山最高处。

② 砚北：几案面南，人坐砚北。指从事著作。宋张邦基《墨庄漫录》卷十："段成式书云：'杯宴之余，常居砚北。'" 米外史：宋代书画家米芾，别号海岳外史。

③ 李将军：李思训。唐代画家，字建，一作建景，成纪（今甘肃天水）人，官至左武卫大将军。

④ 斜曛：落日的余晖。

译文

江南好，妙高峰上白云飘飘，宛如米芾画中峰峦，又如画屏上李思训所绘的阁楼。妙高峰矗立于斜阳之中，金碧辉煌。

简评

极写妙高峰黄昏美景，富于想象。

又

江南好，何处异京华[①]。香散翠帘多在水，绿残红叶胜于花。无事避风沙[②]。

注释

① 京华：京城的美称。因京城是文物、人才汇集之地，故称。

② 无事：无须。

译文

江南好，有什么地方与京城不同？芳香散尽，翠绿的帘子倒映在水中，褪尽绿色的红叶却比花儿更美丽。也无需躲避漫天的风沙。

简评

与京城景物的对比，突显了江南的绮丽风光和宜人气候，饱含对江南的赞美之情。

又

新来好[①]，唱得虎头词[②]。一片冷香唯有梦，十分清瘦更无诗[③]。标格早梅知[④]。

注释

① 新来：近来。

② 虎头：晋代画家顾恺之，字虎头。此处代指其友人顾贞观。因二人姓氏里籍相同。

③“一片”二句：为顾贞观《浣溪沙·梅》的词句：“物外幽情世外姿。冻云深护最高枝。小楼风月独醒时。一片冷香惟有梦，十分清瘦更无诗。待他移影说相思。”

④ 标格：风度、风范。

译文

近来很不错，唱得顾贞观的《弹指词》。“漫步在一片梅花的清香中，如堕梦境，没有任何诗句可以描绘出她那无比清瘦之美。”这正是他自己的风范品格，体现在早梅上。

简评

此词借顾贞观的词句吟咏梅花，实为夸赞友人的风格节操。词句朴实无华，却流露出一种惺惺相惜之感。

点绛唇

寄南海梁药亭[1]

一帽征尘，留君不住从君去[2]。片帆何处。南浦沉香雨[3]。　　回首风流，紫竹村边住。孤鸿语。三生定许[4]。可是梁鸿侣[5]。

注释

①南海：县名，在广东省境内。梁药亭：梁佩兰，清代诗人。字芝五，号药亭。

②“留君”句：见宋蔡伸《踏莎行》：“百计留君，留君不住。留君不住君须去。”

③南浦：南面的水边。常指送别之地。沉香：沉香浦。宋乐史《太平寰宇记》卷一五七：“沉香浦在今县东北二十里石门之内，昔吴隐之清俭，罢郡，见箧中有沉香一斤，遂投此水，后人谓之沉香浦云，亦曰投香浦。”

④三生：佛教语，指前生、今生、来生。

⑤ 梁鸿：《后汉书·逸民传·梁鸿》载：东汉梁鸿家贫好学，不仕，与妻孟光隐居山中，以耕织为业，夫妻举案齐眉，传为嘉话。

译文

你风尘仆仆，帽上沾满了飞扬的尘土，想要挽留你却留不住，只能任你而去。一叶孤舟将往何处？它将驰往那下着雨的南方沉香浦的水滨之地。回想曾经的风雅往事，你我在长满紫竹的村边居住。而今只能托孤独的鸿雁寄语：许诺结交三生之谊，你一定是个梁鸿般重情义的风流人物。

简评

此词写与友人离别。上片写送别、惜别之情，无奈而感伤。下片首二句回忆潇洒风流的往事，后三句是对友谊的誓约和对友人现状的猜测。全词娓娓道来，情真意切。

浣溪沙

十里湖光载酒游。青帘低映白蘋洲。西风听彻采菱讴[①]。　　沙岸有时双袖拥，画船何处一竿收。归来无语晚妆楼。

注释

① 讴：歌谣。

译文

湖面风光旖旎，载酒优游。青色的帘子低低地倒映在长满白色蘋花的沙洲上。秋风里，听到采菱人所唱的歌谣。沙滩上美丽的女子水袖飘然，画船上渔父已经收起钓竿。归来后静默无语，独自登上化晚妆的层楼。

简评

纯用白描，将自然风光浑然合一，语虽简淡，风情万种。

又

脂粉塘空遍绿苔①。掠泥营垒燕相催②。妒他飞去却飞回。　一骑近从梅里过③，片帆遥自藕溪来④。博山香烬未全灰⑤。

注释

①脂粉塘：即香水溪。宋范成大《吴郡志》卷八《古迹》："香水溪，在吴故宫中。俗云：西施浴处，人呼为脂粉塘。吴王宫人濯妆于此，溪上源至今馨香。"

②营垒：筑巢。

③梅里：今江苏无锡东南梅村。相传吴泰伯曾居此，旧称泰伯城。

④ 藕溪：在江苏无锡西北。

⑤ 博山：博山炉的简称。

译文

脂粉塘早已干涸，长满了绿色的苔藓。筑巢的燕子掠泥而飞，好像在互相催促。它们飞去又飞回，令人心生嫉妒。骑着骏马从近处的梅里缓缓驰过，或一叶孤舟从遥远的藕溪而来（那将是多么令人高兴啊）。博山炉中的香燃尽但还没有完全烧成灰。

简评

此词写离思。首句一“空”字尽显苍凉之意。紧接着燕子忙碌筑巢的热闹场景映衬了主人公的形单影只，并引出相思之意。末句以炉香欲烬而未烬拉回现实，孤寂之感顿生。

又

大觉寺[1]

燕垒空梁画壁寒[2]。诸天花雨散幽关[3]。篆香清梵有无间[4]。　　蛱蝶乍从帘影度，樱桃半是鸟衔残。此时相对一忘言。

注释

① 大觉寺：在北京海淀西郊旸台山麓。

②“燕垒”句：见隋薛道衡《昔昔盐》：“空梁落燕泥。”

③ 诸天：佛教语。指护法众天神。花雨：佛教语，诸天赞叹佛说法之功德而散花如雨。幽关：深邃的关隘。

④ 清梵：谓僧尼诵经的声音。

译文

燕子在空梁上筑巢，画壁冰冷。在这幽深的关隘之地，众僧颂扬佛法功德无量。盘香与诵经声隐隐约约，若有若无。忽然，蝴蝶翩翩，从帘影里飞过，一半的樱桃已被鸟儿啄得残破不堪。此刻，面对此情此景，已无需用言语来说明。

简评

此词写大觉寺之景，由内而外，动静结合。有一种远离尘世的静谧，又有一种苍凉。

又

抛却无端恨转长。慈云稽首返生香[①]。妙莲花说试推详[②]。　　但是有情皆满愿[③]，更从何处着思量。篆烟残烛并回肠。

注释

① 慈云：佛教语，比喻慈悲心怀如云，广被世界、众生。返生香：传说中能令死人复活的一种香。

② 妙莲花：佛经名。《妙法莲华经》，即《法华经》。

推详：仔细推究。

③ 有情：佛教语，即众生。明王彦泓《和于氏诸子秋词》："但是有情皆满愿，妙莲花说不荒唐。"

译文

想要抛却无端而生的烦恼，不料愁意却更绵长。怀着慈悲心怀，向神佛稽首，乞求返生之香。试着仔细推究《法华经》的佛门妙法。但凡众生皆能实现发愿要做之事，更哪里还需挂念呢？盘香袅袅，残烛低烧，回肠百绕。

简评

此词可能作于卢氏亡故之后。首句写愁思之意，"慈云"以下数句看似寻求佛理来排遣愁绪，实有自我宽慰之意。词作融入佛理，读来别有韵味。

又

小兀喇[①]

桦屋鱼衣柳作城[②]。蛟龙鳞动浪花腥[③]。飞扬应逐海东青[④]。　犹记当年军垒迹，不知何处梵钟声[⑤]。莫将兴废话分明。

注释

① 小兀喇：又名乌拉吉林，即今吉林省吉林市。

② 桦屋鱼衣：以桦木造房屋，以鱼皮做衣服，乃黑

龙江流域旧俗。柳作城：种植柳树做城围。

③ 蛟龙：指松花江中的大鱼。

④ 海东青：一种凶猛而珍贵的鸟，属雕类。

⑤ 梵钟：佛寺中的大钟。

译文

以桦木筑屋，以鱼皮制衣，用柳树做城围。鱼儿跃动，鳞光闪闪，翻起阵阵带腥味的浪花，飞扬着追逐那翱翔的海东青。犹记得当年战争的遗迹，不知从哪里传来寺院的钟声。不要将兴亡之事说得太过明白。

简评

上片写景，民俗特色浓郁。下片抒情，融兴亡之叹。

又

姜女祠[①]

海色残阳影断霓。寒涛日夜女郎祠。翠钿尘网上蛛丝[②]。　澄海楼高空极目[③]，望夫石在且留题。六王如梦祖龙非[④]。

注释

① 姜女祠：即孟姜女庙。在山海关外望夫石之巅。

② 翠钿：指孟姜女塑像上的首饰。

③ 澄海楼：在今河北秦皇岛市山海关南十里南海口宁海城上。

④ 六王：指战国齐、楚、燕、韩、魏、赵六国之王。祖龙：指秦始皇。

译文

残阳倒映在海水中，犹如一段彩虹。寒冷的波涛日夜在姜女祠畔咆哮。沾满灰尘的蛛网蒙在孟姜女雕像的首饰上。在高高的澄海楼上放眼望去，望夫石依然矗立，“望夫石”三字清晰可见。战国时期六国之王已如梦境般远去，秦始皇也早已作古。

简评

上片写景，凄凉萧瑟。下片重在抒情，有着浓重的历史兴亡之感。词作流露了一种超越历史时空的悲凉。

菩萨蛮

回文

客中愁损催寒夕[①]。夕寒催损愁中客。门掩月黄昏。昏黄月掩门。　　翠衾孤拥醉。醉拥孤衾翠。醒莫更多情。情多更莫醒。

注释

① 愁损：忧伤。

译文

旅居他乡，忧伤不已，催着那寒冷的日落时分早早来到。傍晚时分，天气寒凉，更使忧愁之人愁上加愁。院门轻掩，黄昏之际，月亮西升。月色昏黄，轻掩院门，酒后微醺，拥着孤单的衾被，翠色欲滴。醒来后就不要再多情了。若仍是情思绵渺，索性就不要醒来。

简评

回旋往复的词句中，一“愁”字跃然纸上。小词情思宛转，于游戏笔墨中仍见真情。

又

回文

研笺银粉残煤画[①]。画煤残粉银笺研[②]。清夜一灯明。明灯一夜清。　　片花惊宿燕。燕宿惊花片。亲自梦归人。人归梦自亲。

注释

① 研笺：压印有图画的信笺。银粉：研笺的颜料。残煤：残墨。

② 银笺：泛指精美的信笺。

译文

在压印有图画的信笺上，用银粉残墨随意涂画。用画画的墨水和残余的颜料在精美的信纸上涂饰。清静的夜晚孤灯明亮彻夜照耀，清冷不已。片花坠落，惊起栖息的燕子。燕儿栖息枝上，惊落片片花儿。梦到那人已归来。梦到那人已归来，亲昵不已。

简评

全词以景衬情，一言以蔽之：相思而已。

又

飘蓬只逐惊飙转。行人过尽烟光远。立马认河流。茂陵风雨秋[①]。　　寂寥行殿锁[②]。梵呗琉璃火[③]。塞雁与宫鸦。山深日易斜。

注释

① 茂陵：此处当指明宪宗的陵墓，在北京昌平北十公里处。

② 行殿：犹行宫。此处当指陵内的寝殿。

③ 梵呗：佛教谓做法事时的歌咏赞颂之声。琉璃：即琉璃灯，用玻璃制作的油灯。

译文

飘飞的蓬草只追逐着狂风飞转。行人过尽，远处雾霭隐隐，驻马辨识河流以判定方位。茂陵已风雨飘摇，秋色萧索。陵内的寝殿寂静无声，大门深锁。做法事的诵经声隐隐传来，琉璃灯火忽明忽灭。塞外鸿雁飞过，宫中的乌鸦啼鸣不断。山色渐冥，太阳西斜。

简评

这是一首记游之作。全词以白描写景，苍凉萧瑟。富贵荣华皆如浮云，唯剩一抔黄土，供后人凭吊，词中寓含兴亡之叹。

采桑子

那能寂寞芳菲节[①]，欲话生平。夜已三更。一阕悲歌泪暗零。　须知秋叶春花促，点鬓星星[②]。遇酒须倾，莫问千秋万岁名[③]。

注释

①芳菲节：春天花草盛美的时节。

②星星：头发花白貌。晋左思《白发赋》："星星白发，生于鬓垂。"

③"莫问"句：见唐李白《行路难》其三："且乐生前一杯酒，何须身后千载名。"

译文

哪能就这样寂寞地度过花木繁盛的美好时光，想要说说平生之事，夜已过三更。悲歌一首，眼泪暗暗地落下来。就像秋天的落叶在催促着春天的繁花落尽，鬓上出现星星点点的白发。遇到有酒须倾杯畅饮，不要管他千秋万代后的声名。

简评

词意伤感，有春光易老、年华易逝之叹，又有及时行乐之劝慰。这是一种无可奈何的自我慰藉，颇有消极之意。

又

九日[1]

深秋绝塞谁相忆，木叶萧萧。乡路迢迢。六曲屏山和梦遥[2]。　　佳时倍惜风光别，不为登高[3]。只觉魂销。南雁归时更寂寥。

注释

① 九日：九月初九重阳节。
② 六曲屏山：此处代指家。
③ 登高：重阳有登高之俗。

译文

深秋时分，在这遥远的边塞，有谁能记得我？树叶发出萧萧的声响。返乡之路千里迢迢。家和梦一样遥不可及。重阳佳节，故园风光正好，离愁倍增。不愿登高望远。只觉心中悲伤不已。当鸿雁南归之际，将更加冷落凄凉。

简评

每逢佳节倍思亲。重阳之际，词人身处边塞，茕茕子立，乡思倍增。全词凄凉伤感，令人黯然神伤。

又

海天谁放冰轮满[①]，惆怅离情。莫说离情。但值凉宵总泪零。只应碧落重相见，那是今生。可奈今生。刚作愁时又忆卿。

注释

① 冰轮：明月。

译文

夜空中，是谁放了一轮皎洁的圆月，令我离思满怀、伤感懊恼。不要说别离的情思，因为只要在清冷的夜里，我总是泪流。你我只应到了天上才能重新相见了，今生哪里还能见得到。怎奈今生，刚要写愁又想起你来。

简评

此词当是作于纳兰妻子卢氏过世以后。全词凄婉低回，入人愁肠。

又

白衣裳凭朱阑立[①]，凉月趖西[②]。点鬓霜微。岁晏知君归不归。　　残更目断传书雁[③]，尺素还稀[4]。一味相思。准拟相看似旧时[5]。

注释

①"白衣"句：见明王彦泓《寒词》："况复此宵兼雪月，白衣裳凭赤栏干。"

②趖 suō 西：向西斜。趖，走。

③传书雁：用苏武雁足系书故事。

④尺素：指书信。

⑤准拟：希望，料想。

译文

身着白色的衣裳，我靠着红色栏杆伫立，清冷的月亮向西偏斜。鬓上已星星点点，生出几丝白发。年末了，不知道你是否会回来。五更时分，我望断空中的大雁，然而书信依旧没有寄来。我一直思念着你，希望见面时你还如以前一样。

简评

这是一首怀友之作，情谊真挚。小词浅显易懂，清新流利。

清平乐

麝烟深漾。人拥缑笙氅[1]。新恨暗随新月长。不辨眉尖心上[2]。　　六花斜扑疏帘[3]。地衣红锦轻沾[4]。记取暖香如梦，耐他一晌寒严。

注释

①缑笙氅：典出汉刘向《列仙传·王子乔》。此喻白色外套。

②“不辨”句：见宋范仲淹《御街行·秋日怀旧》：“都来此时，眉间心上，无计相回避。”

③六花：雪花。雪花结晶六瓣，故名。

④地衣：即地毯。

译文

麝烟袅袅，弥漫在空中。那人严严实实地裹着白色大衣。随着新月渐圆，新愁也暗暗滋生，已然分不清是在眉尖还是心头。雪花斜斜地飞向稀疏的帘子，轻轻地沾在红色锦缎制作的地毯上。记得那如梦般的春天温暖花香，再忍耐一会儿这冬日的严寒吧。

简评

此词写闲愁，情景交织。不辨眉间心上的愁意与严寒互映，倍觉凄凉。然词末尾又以劝慰之语出之，令词减却凄厉之意。小词平淡似水，却别有韵致。

眼儿媚

林下闺房世罕俦[①]。偕隐足风流。今来忍见，鹤孤华表[②]，人远罗浮[③]。　　中年定不禁哀乐[④]，其奈忆曾游[⑤]。浣花微雨，采菱斜日，欲去还留[⑥]。

注释

①罕俦：无可匹敌。

②鹤孤华表：见晋陶渊明《搜神后记》卷一丁令威的故事。此处指人已故去。

③罗浮：山名。在广东省东江北岸。晋葛洪曾在此山修道，道教称为“第七洞天”。相传隋赵师雄在此梦遇梅花仙女，后多为咏梅典实。

④“中年”句：宋刘义庆《世说新语·言语》：“谢太傅语王右军曰：‘中年伤于哀乐，与亲友别，辄作数日恶。’”

⑤其奈：怎奈，无奈。

⑥欲去还留：见宋黄公度《浣溪沙·时在西园偶成》：“欲去还留无限思，轻匀淡抹不成妆。”

译文

你颇具林下风度，世上之人无法比拟。一起隐居，足以让人风流自适。然今日重来，物是人非，人已远去。中年定然禁不起太多的悲哀，无奈却回忆起曾经同游的时光：在微雨里浣花，在斜阳中采菱，流连忘返。

简评

词中一方面有对归隐的羡慕和往昔美好时光的流连，一方面又有物是人非的感伤。全词弥漫着苍凉之感。

又

咏红姑娘[①]

骚屑西风弄晚寒[②]。翠袖倚阑干。霞绡裹处[③]，樱唇微绽，靺鞨红殷。　故宫事往凭谁问，无恙是朱颜。玉墀争采[④]，玉钗争插，至正年间。

注释

① 红姑娘：酸浆的别名，草本植物。果实橙色或火红色，甚为美丽，所以又叫“锦灯笼”。

② 骚屑：风声。

③ 霞绡：美艳轻柔的丝织物。形容花萼。

④ 玉墀：宫殿前的石阶。

译文

西风呼号，晚来寒意阵阵。她翠绿的枝叶低垂，倚靠着栏杆。轻纱所裹之处，红色的珠果微微绽开，如红宝石般颜色殷红。元故宫的往事悠悠，能向谁询问，不变的是她的美丽。宫女们争相在宫殿石阶前采摘，并争着插在自己的玉钗上，这已是元朝至正年间的事了。

简评

这是一首咏物词。元代棕搁殿前曾植野果红姑娘，元朝已亡，红姑娘依旧独展风骚。全词用拟人手法，将咏物与兴亡之叹结合，使词作意蕴颇深。

又

中元夜有感①

手写香台金字经②。惟愿结来生。莲花漏转，杨枝露滴③，想鉴微诚④。　欲知奉倩神伤极⑤，凭诉与秋檠⑥。西风不管，一池萍水，几点荷灯。

注释

①中元：农历七月十五日为中元节。旧时道观于此日作斋醮，民俗亦有祭祀亡故亲人等活动。

②香台：佛殿。金字经：指佛教经文。

③杨枝：杨柳枝条，喻指能使万物复苏的甘露。《晋书·佛图澄传》载：石勒“爱子斌暴病死，……乃告澄。澄取杨枝沾水，洒而咒之，就执斌手曰：‘可起矣！’因此遂苏。”

④鉴：审察，辨明。

⑤奉倩：三国魏荀粲，字奉倩，因妻病逝，痛悼不能已，每不哭而伤神，岁余亦死，年仅二十九岁。后成为悼亡的典实。

⑥秋檠：秋灯。

译文

我手中抄写着佛殿的经文，只希望能在来生与她再结姻缘。时间一点点流逝，杨柳枝上清露一滴滴落下来。我想以此表明微薄的虔诚之意。要知道我如奉倩般极度伤心的心情，曾在灯下抒发。秋风肆意地吹拂，吹皱那一池漂满浮萍的池水，几盏荷花状的灯在水中忽明忽灭。

简评

此词写于祭祀亡灵的中元节，悼念对象应是其妻卢氏。最妙处在结尾三句，将词人孤独哀伤的心情与眼前零落之景交织，不甚凄凉。

满宫花

盼天涯，芳讯绝。莫是故情全歇。朦胧寒月影微黄，情更薄于寒月。　麝烟销，兰烬灭[1]。多少怨眉愁睫。芙蓉莲子待分明[2]，莫向暗中磨折。

注释

① 兰烬：烛之余烬。因状似兰心，故称。

②“芙蓉”句：见《乐府·子夜歌》：“雾露隐芙蓉，见莲不分明。”芙蓉谐音“夫容”，莲子谐音“怜子”，均语带双关。

译文

盼着远方的人能来音信，然而音信全无，难不成原先的情谊全然不在？月光清寒，月色朦胧，月影微黄，而人情更比寒月还淡薄。麝烟消散，烛之余烬已熄灭，多少愁怨涌上眉睫。芙蓉与莲子尚待分明，不要在暗中自我磨折。

简评

此词写闺怨，思念之意跃然纸上，芳讯绝，故有“情更薄于寒月”之叹。寒月、麝烟等意象也给词作蒙上一层凄清的色彩。

少年游

算来好景只如斯。惟许有情知。寻常风月，等闲谈笑，称意即相宜。　　十年青鸟音尘断[①]，往事不胜思。一钩残照，半帘飞絮，总是恼人时。

注释

①青鸟：神话传说中为西王母取食传信的神鸟。唐李商隐《无题》：“蓬山此去无多路，青鸟殷勤为探看。”

译文

算来好的景况只是如此，只要有情人相知，平常的景色，普通的谈笑，只要合乎心意便是好的。十年来音信断绝，往事不堪回首。新月的余晖照耀，半帘柳絮飞扬，又到令人烦恼的时候。

简评

世间难得的无非是知己而已，词作融入词人的生命感悟，发人深省，同时又透出隐隐的愁意。敏感的纳兰总能从春花秋月中触动情思，并以真情出之。

浪淘沙

望海

蜃阙半模糊[①]。踏浪惊呼。任将蠡测笑江湖[②]。沐日光华还浴月，我欲乘桴[③]。　钓得六鳌无[④]。竿拂珊瑚[⑤]。桑田清浅问麻姑[⑥]。水气浮天天接水，那是蓬壶[⑦]。

注释

① 蜃阙：蜃气变幻成的楼阁，即海市蜃楼。

② 蠡测：以蠡测海，比喻以浅陋之见揣度事物。见《汉书·东方朔传》。

③ 乘桴：乘坐竹木小筏。《论语·公冶长》："子曰：道不行，乘桴浮于海。"

④ 六鳌：神话中负载五仙山的六只大龟。见《列子·汤问》。

⑤ 竿拂珊瑚：见唐杜甫《送孔巢父谢病归游江东兼呈李白》："诗卷长留天地间，钓竿欲拂珊瑚树。"

⑥ 麻姑：女仙名。晋葛洪《神仙传·王远传》："麻姑至，蔡经亦举家见之。……麻姑自说：'接侍以来，已见东海三为桑田。'"

⑦ 蓬壶：即蓬莱，传说中的海上仙山。

译文

海市蜃楼隐隐约约，模糊不清。踏着波浪惊呼。任凭用那瓢来测海，回头笑江湖的渺小。沐浴在日光和月光之中，想要乘坐竹木小筏飘浮。钓到了六只大龟吗？钓竿拂过珊瑚树，沧海桑田的变迁要向麻姑询问。空中水汽蒸腾，水天交接处，便是蓬莱岛。

简评

此词写海景，写实与想象结合，并融入神话传说，诡谲多姿。词作大气磅礴，气势非凡。

又

双燕又飞还。好景阑珊。东风那惜小眉弯。芳草绿波吹不尽，只隔遥山。　　花雨忆前番[①]。粉泪偷弹[②]。倚楼谁与话春闲。数到今朝三月二[③]，梦见犹难。

注释

① 花雨：落花如雨。

② 粉泪偷弹：语出宋刘过《沁园春·美人指甲》："时将粉泪偷弹。"

③ 三月二：农历三月二日为上巳节前一日，亦指上巳节，有水边饮宴、郊外游春之俗。

译文

成双的燕子又飞回来了，美好的春色凋零。春风哪会怜惜伤春的女子，不住地吹拂青青的草和绿色的波涛，那人远山相隔。想起了上次落花如雨的景象，泪珠暗暗地滴落。倚靠着小楼与谁倾诉春日的闲愁。日子默默数到了今日上巳节，然而连梦中都未曾相见。

简评

此词伤春伤别，不出闺怨题材。上片写阑珊之景，下片道离思之情。尤其结句“梦见犹难”，感情更进一层，令人辛酸。

鹧鸪天

谁道阴山行路难。风毛雨血万人欢[①]。松梢露点沾鹰绁[②]，芦叶溪深没马鞍。　依树歇，映林看。黄羊高宴簇金盘[③]。萧萧一夕霜风紧，却拥貂裘怨早寒。

注释

① 风毛雨血：指狩猎时禽兽毛血纷飞的情状。

② 鹰绁：拴鹰的绳索。

③ 黄羊：野生羊的一种。毛黄白色，腹下带黄色，故名。生活在草原和沙漠地带。金盘：金属制成的餐具。汉辛延年《羽林郎》：“就我求珍肴，金盘脍鲤鱼。”

译文

谁说在阴山山脉行路困难，狩猎阴山万众欢欣。松树梢头的点点露珠沾湿了拴鹰的绳索，溪中浓密的芦苇掩住了马鞍。倚靠着树稍事休息，从掩映的林中望去，盛大的宴会上，黄羊装满了金盘。一夜寒冷无比，刺骨的寒风凄紧，拥裹着貂裘抱怨早寒天气。

简评

此词记狩猎盛事，兼写塞外风情。一改凄婉词风，雄丽中颇显豪情。

又

小构园林寂不哗。疏篱曲径仿山家。昼长吟罢风流子[①]，忽听楸枰响碧纱[②]。　　添竹石，伴烟霞[③]。拟凭尊酒慰年华。休嗟髀里今生肉[④]，努力春来自种花。

注释

① 风流子：唐教坊曲名，后用为词牌。

② 楸枰：棋盘。古时多用楸木制作，故名。

③ 烟霞：泛指山水、山林。南朝梁萧统《锦带书十二月启·夹钟二月》："敬想足下，优游泉石，放旷烟霞。"

④"休嗟"句：典出《三国志·蜀志·先主传》："荆州豪杰归先主者日益多，表疑其心，阴御之。"裴

松之注引晋司马彪《九州春秋》："备仕荆州数年，尝于表坐起至厕，见髀里肉生，慨然流涕。还坐，表怪问备，备曰：'吾常身不离鞍，髀肉皆消。今不复骑，髀里肉生。日月若驰，老将至矣，而功业不建，是以悲耳。'"

译文

规模小巧的园林寂而不喧。稀疏的篱笆，幽曲的小径，好像身处山里人家。长昼漫漫，一曲《风流子》吟罢，忽然听到落棋声从碧纱窗内传来。添上竹石，山水为伴。打算凭借杯酒来慰劳青春年华。不要嗟叹而今髀里长肉（徒生烦恼），要在春天到来时努力种花自娱。

简评

此词表达了纳兰的隐逸情怀。遗世独立，悠闲自得，与清风明月为伴的逍遥正是纳兰心中所渴求的。全词幽静之景与安逸闲适之情相得益彰，静谧而和谐，令人心生向往。

南乡子

何处淬吴钩[①]。一片城荒枕碧流。曾是当年龙战地[②]，飕飕。塞草霜风满地秋。　　霸业等闲休。跃马横戈总白头。莫把韶华轻换了，封侯。多少英雄只废丘。

注释

① 淬：浸染。吴钩：兵器，形似剑而曲。春秋吴人善铸钩，故称。后也泛指利剑。

② 龙战：《易·坤》："上六，龙战于野，其血玄黄。"后遂以喻群雄争夺天下。

译文

哪里是用血浸染吴钩之地？而今已是城池荒芜，碧水长流。这里曾是当年群雄争霸的战场，而今风声飕飕。塞草遍野，寒风呼啸，满地皆是秋色。称霸的事业轻易地结束了，策马驰骋，兵戈杀伐，最终也只换得一头白发。不要轻易用美好的年华换取封侯功名，多少英雄到头来只不过被埋于废弃的山丘之下而已。

简评

这是一首怀古之作。世事无常，功名虚无，词作用历史古迹之满眼苍凉来说明霸业也好，封侯也罢，最终不过被历史的尘埃湮没。全词悲壮中又有着超越历史的时空之叹，沉郁悲慨。

鹊桥仙

月华如水，波纹似练，几簇澹烟衰柳。塞鸿一夜尽南飞，谁与问、倚楼人瘦。　　韵拈风絮[①]，录成金石[②]，不是舞裙歌袖[③]。从前负尽扫眉才[④]，又担阁、镜囊重绣[⑤]。

注释

① 韵拈风絮：用谢道韫咏雪的典故。

② 金石：指宋赵明诚《金石录》。

③ 舞裙歌袖：见宋罗永年《酹江月·贺杨诚斋》："不用翠倚红围，舞裙歌袖，共理称觞曲。"

④ 扫眉才：称才女。

⑤ 担阁：耽误。镜囊：古有怀镜占卜之习。唐王建《镜听词》记一女子以镜卜期，许愿若夫三日归来，则为镜重绣镜囊："可中三日得相见，重绣镜囊磨镜面。"

译文

月光如水般明净，水波似绢般洁白，几簇淡烟，柳枝低垂。边塞的大雁一夜间尽数飞往南方，有谁关心？那个倚靠着小楼的人清瘦不堪，她吟咏诗词，录写文章（有谢道韫、李清照之才），并非是轻薄的歌妓。从前我辜负了她的才情，而今又耽误她重绣镜囊的发愿。

简评

词写离思。景中含愁，真情流露，忧思难忘。

虞美人

绿阴帘外梧桐影。玉虎牵金井[①]。怕听啼鴂出帘迟[②]。恰到年年今日两相思。　凄凉满地红心草[③]。此恨谁知道。待将幽忆寄新词。分付芭蕉风定月斜时。

注释

①玉虎：井上的辘轳。金井：井栏上有雕饰的井。一般用以指宫廷园林里的井。

②啼鴂：伯劳鸟。

③红心草：草名。唐沈亚之《异闻录》载：相传唐代王炎梦侍吴王。久之，闻宫中出辇，鸣箫击鼓，言葬西施。吴王悲悼不止，让词客作挽歌。炎应教作《西施挽歌》，有"满地红心草，三层碧玉阶"之句。后以"红心草"为美人遗恨之典故。

译文

帘外是一片梧桐的树荫，辘轳牵着华丽的井栏。怕听伯劳鸟的啼鸣，迟迟不肯步出帘外。每年的今日，总是相思不已。红心草凄凉满目，这种愁有谁知道。将埋藏心中的相思倾吐在新词中，在风停、月亮西斜之际，托付给那片芭蕉树。

简评

此词写幽恨，百转回肠。最妙在"怕听"句，因为每到此日，相思难去，伤感阵阵，深挚动人。

茶瓶儿

杨花糁径樱桃落[①]。绿阴下、晴波燕掠[②]。好景成担阁。秋千背倚[③]，风态宛如昨。　　可惜春来总萧索。人瘦损、纸鸢风恶[④]。多少芳笺约。

青鸾去也[5]，谁与劝孤酌。

注释

①糁径：洒落在小路上。唐杜甫《绝句漫兴》："糁径杨花铺白毡。"

②燕掠：燕子贴水而飞。

③秋千背倚：见唐李商隐《无题》："十五泣春风，背面秋千下。"

④纸鸢：风筝。恶：凶狠，强烈。

⑤青鸾：见唐李白《凤凰曲》："青鸾不独去，更有携手人。"

译文

杨花洒落在小路上，樱桃因成熟而掉落。天气晴好，绿荫下，燕子贴水而飞，美好的景色却无心欣赏。背靠着秋千，风神体态宛如昨日。可惜春天总有些衰败冷落，人瘦削憔悴，风筝也被狂风吹落。曾多少次书信相约，但人已离去，还有谁来劝慰独自斟酒之人呢！

简评

春景独好，人却憔悴，相约成空，落寞孤寂。全词情景交融，幽思之情跃然纸上。

临江仙

点滴芭蕉心欲碎，声声催忆当初。欲眠还展旧时书。鸳鸯小字，犹记手生疏[①]。　　倦眼乍低缃帙乱[②]，重看一半模糊。幽窗冷雨一灯孤[③]。料应情尽，还道有情无。

注释

①“欲眠”三句：见明王彦泓《湘灵》：“戏仿曹娥把笔初，描画手法未生疏。沉吟欲作鸳鸯字，羞被郎窥不肯书。”

②缃帙：书的浅黄色布套，代指书籍。

③“幽窗”句：参见明汤显祖《牡丹亭·悼觞》：“冷雨幽窗灯不红。”

译文

窗外雨打芭蕉的点滴声令我心碎欲滴，声声催促着我回忆起当初的情景。临睡前又翻检旧时书信。看着那写满相思情意的书笺，便记起初学书写时还不甚熟练的模样。疲倦的双眼刚低垂，便看到这些散乱的书册，看到一半早已泪眼模糊。在这冷冷的雨夜，幽暗的窗前，一盏孤灯独照。原以为情缘已尽，可谁又道得清究竟是有情还是无情呢？

简评

雨打芭蕉，声声心碎。当年情深意切，如今物是人非。离开不一定就是不爱，只是，这样的分别更让人肝肠欲断。

蝶恋花

散花楼送客

城上清笳城下杵[①]。秋尽离人，此际心偏苦。刀尺又催天又暮[②]。一声吹冷蒹葭浦[③]。 把酒留君君不住。莫被寒云，遮断君行处。行宿黄茅山店路[④]，夕阳村社迎神鼓。

注释

① 杵：捶衣用的棒槌，代指捣衣声。

②“刀尺”句：见唐杜甫《秋兴八首》其一：“寒衣处处催刀尺，白帝城高急暮砧。”

③ 蒹葭浦：见唐刘禹锡《武陵书怀》：“露变蒹葭浦，星悬橘柚村。”

④ 黄茅山店：荒村野店。

译文

城上胡笳声凄凄，城下捣衣声阵阵。秋天快要过去，此时此刻，离别之人心情分外愁苦。正是赶制寒衣的时候，天色又暗下来了。一声胡笳之声仿佛将芦苇荡都吹冷了。想用美酒挽留却终究留不住你。愿天边的阴云不要遮住你前行的道路。在荒村野店的路上前行和住宿，夕阳下正遇上村中敲锣打鼓祭祀土地神。

简评

康熙十八年（1679），纳兰挚友张纯修被任命为湖南江华县令，纳兰为其送行并作此词。依依不舍的离别中加入了身世飘零之感。

金缕曲

再用秋水轩旧韵

疏影临书卷。带霜华、高高下下，粉脂都遣。别是幽情嫌妩媚，红烛啼痕休泫。趁皓月、光浮冰茧[①]。恰与花神供写照，任泼来、淡墨无深浅。持素障[②]，夜中展。　残釭掩过看逾显。相对处、芙蓉玉绽，鹤翎银扁[③]。但得白衣时慰藉[④]，一任浮云苍犬[⑤]。尘土隔、软红偷免[⑥]。帘幕西风人不寐，恁清光、肯惜鹴裘典[⑦]。休便把，落英翦。

注释

① 冰茧：冰蚕织就的茧，此指用茧丝制成的白纸。

② 素障：白绢屏风。

③ 鹤翎：鹤的羽毛。比喻白色的花瓣。

④ 白衣：典出南朝宋檀道鸾《续晋阳秋·恭帝》载："王宏为江州刺史，陶潜九月九日无酒，于宅边东篱下菊丛中摘盈把，坐其侧。未几，望见一白衣人至，乃刺史王宏送酒也。即便就酌而后归。"

⑤ 浮云苍犬：比喻世事无常，变化迅速。唐杜甫《可叹》："天上浮云如白衣，斯须改变如苍狗。"

⑥ 软红：喻指繁华的都市。

⑦鹴裘：即鹔鹴裘。以鹔鹴羽毛所制的长袍。《西京杂记》载："司马相如初与卓文君还成都，居贫愁懑，以所著鹔鹴裘就市人阳昌贳酒，与文君为欢。"

译文

疏朗的花影映在书卷上。带着霜花，高低不齐，不见一点粉红的颜色。花儿别有一种幽情和妩媚，不需红烛滴泪高照。皎洁的月光照上花枝，如同照在洁白的用茧丝制成的纸上。花儿形神互映，如同随意泼墨勾勒，淡淡的，看不出深与浅。花影映在白绢屏风上，仿佛夜中展开的写生画。将残灯遮掩起来，花影显得更加清晰动人。相对处，就如玉雕的芙蓉花刚刚绽放，处处是如鹤的翎毛般的白色花瓣。只要有酒慰藉，任他世事变幻，悄悄地与繁华的尘世隔绝。西风卷帘，无法入眠，宁肯用裘袍换取这清凉的月光，休要把初生之花裁剪。

简评

月夜咏花，形神俱到，惟妙惟肖，突出花的高洁与雅致。融入词人高情逸致，物我两融，相得益彰。

补遗卷一

望江南

咏弦月

初八月，半镜上青霄。斜倚画阑娇不语，暗移梅影过红桥[①]，裙带北风飘[②]。

注释

①“暗移”句：见宋高观国《忆秦娥》：“澹移梅影，冷印疏棂。”

②“裙带”句：见唐李端《拜新月》：“细语人不闻，北风吹裙带。”

译文

初八的月亮，如同半面妆镜，悬挂青空。她斜靠在雕花的栏杆上娇媚不语，梅花的影子随着月光暗暗移过红桥。北风吹来，裙裾飘飘。

简评

小词疏荡清丽，不乏空灵之致。女子幽幽的情思跃然纸上。

鹧鸪天

离恨

背立盈盈故作羞。手挼梅蕊打肩头[①]。欲将离恨寻郎说，待得郎来恨却休。　　云澹澹，水悠悠。一声横笛锁空楼[②]。何时共泛春溪月，断岸垂杨一叶舟。

注释

①手挼：用手揉弄。

②“一声”句：见唐赵嘏《长安秋望》：“残星几点雁横塞，长笛一声人倚楼。”

译文

她背对着人，故作羞涩模样，用手揉弄着梅蕊，娇嗔地敲打肩头。想将离愁别恨告诉郎君，可真待到郎君回来了，愁怨全然消失。白云淡淡，流水悠悠，一声笛声萦绕在空荡荡的楼阁中。不知何时才能与郎君一起，在春天的月夜泛舟溪上，江边绝壁的垂杨下，正有一叶扁舟横陈。

简评

小词纯用白描。上片回忆，刻画女子的娇嗔之态，惟妙惟肖。下片写离思，与空寂的景物结合，清丽自然。

明月棹孤舟

海淀[①]

一片亭亭空凝伫[②]。趁西风、霓裳遍舞[③]。白鸟惊飞，菰蒲叶乱[④]，断续浣纱人语。　丹碧驳残秋夜雨[⑤]。风吹去、采菱越女。辘轳声断，昏鸦欲起，多少博山情绪[⑥]。

注释

① 海淀：今北京西郊，纳兰别居桑榆墅就在这里。

② 亭亭：亭亭玉立的荷花。

③“趁西风”句：见宋卢炳《满江红》：“依翠盖、临风一曲，霓裳舞遍。”

④ 菰蒲：茭白和菖蒲，都是水生植物。

⑤ 丹碧驳残：指荷花、荷叶凋残。

⑥ 博山：博山炉，一种名贵香炉。

译文

徒然地伫立凝望，那一片荷花亭亭玉立，趁着秋风，翩翩起舞。白鸟受惊飞起，茭白和菖蒲的叶子被风吹乱，断断续续传来洗衣人的交谈声。荷花、荷叶在秋夜的细雨中凋残，晚风吹去采菱女的歌声。远处汲水的辘轳声已停歇，黄昏中归巢的乌鸦正要飞起，多少迷离情思，尽在袅袅炉烟中。

简评

词作侧重于景物的描写，萧瑟孤清，结句愁意顿生。

临江仙

昨夜个人曾有约，严城玉漏三更[①]。一钩新月几疏星。夜阑犹未寝，人静鼠窥灯[②]。 原是瞿唐风间阻[③]，错教人恨无情。小阑干外寂无声。几回肠断处，风动护花铃。

注释

① 严城：戒备森严的城。

② 鼠窥灯：见宋秦观《如梦令》："梦破鼠窥灯，霜送晓寒侵被。"

③ 瞿唐：瞿塘峡，为长江三峡之首，两岸悬崖陡峭，中有滟滪堆，极其险绝。此处喻约会遇阻。

译文

昨夜那人曾和我相约，三更时分在城中见面。新月当空，还有稀疏的几颗星星。夜深了我还没有就寝，周围一片寂静。原来是意外的变故导致失约，我错以为是他变心了。小栏杆外，寂静无声，风儿吹着护花铃叮当作响。

简评

约会成空，令人无寐。即便失约无关情变，依旧愁意萦怀。

望海潮

宝珠洞[①]

汉陵风雨，寒烟衰草，江山满目兴亡[②]。白日空山，夜深清呗[③]，算来别是凄凉。往事最堪伤。想铜驼巷陌，金谷风光[④]。几处离宫，至今童子牧牛羊。　　荒沙一片茫茫。有桑干一线[⑤]，雪冷雕翔。一道炊烟，三分梦雨，忍看林表斜阳。归雁两三行。见乱云低水,铁骑荒冈。僧饭黄昏，松门凉月拂衣裳[⑥]。

注释

① 宝珠洞：未详何指，或为今北京西郊八大处之宝珠洞。

②“寒烟”二句：见宋王安石《桂枝香·金陵怀古》：“六朝旧事随流水，但寒烟衰草凝绿。”宋辛弃疾《念奴娇》：“虎踞龙盘何处是，只有兴亡满目。”

③ 清呗：清晰的诵经声。

④“想铜驼”二句：铜驼巷陌即铜驼街，原址在今河南省洛阳市，以道旁汉铸铜驼两两相对而得名，为古代著名的繁华之地。金谷为金谷园，原址在今洛阳市西北，为晋代石崇所筑之别墅。后亦代指繁华之地、游宴之所。

⑤ 桑干：桑干河，今永定河上游。相传每年桑葚熟时河水干涸，故名。

⑥松门：前植松树的屋门。此指寺庙之门。

译文

汉代帝王的陵园历经风风雨雨，烟冷草衰，江山满眼都是衰亡之景。白天山岭空寂，深夜诵经声清，想来别有一番凄凉。往事最令人伤感，想繁华如铜驼街，抑或金谷园，以及几所当年的行宫，如今成了牧童放羊之地。荒芜的沙漠茫茫一片，只有一条细细的桑干河，河面冰冻，雕鹰翱翔。一缕炊烟，阵阵细雨，不忍看那树林外斜阳残照。两三行大雁归来。远处沉云压水，披挂铁甲的战马来回于荒凉的山岗。黄昏时分，僧人开始做饭，庙门外，凉月如水，照耀着衣裳。

简评

全词用铺叙手法写景，苍劲荒凉，抒写兴亡之叹。

忆江南

江南忆，鸾辂此经过[①]。一掬胭脂沉碧甃[②]，四围亭壁幛红罗[③]。消息暑风多[④]。

注释

①鸾辂：天子的车驾。

②胭脂：胭脂井。南朝陈景阳宫内的景阳井，在今南京城内。隋兵攻陈时，陈后主和宠妃张丽华、孔贵嫔等躲入此井，后被隋兵牵出。甃：井壁。

③ 红罗：李后主建红罗亭于宫中，四面栽红梅。

④ 暑风：热风。

译文

追忆江南，这里曾经有天子的车驾经过。幽深的胭脂井，当年陈后主与张丽华魂归于此，而今红罗亭的亭壁四围挂起了红罗帐，以遮蔽这多变的暑热之风。

简评

江南承载了太多的历史。暑风多变，一如世事无常。词作融入兴亡之叹，略显悲凉之意。

又

春去也[①]，人在画楼东。芳草绿黏天一角，落花红沁水三弓[②]。好景共谁同。

注释

① 春去也：见唐刘禹锡《和乐天春词依忆江南曲拍为句》："春去也，多谢洛城人。"

② 弓：古代五尺为一弓。

译文

春天远去了，人在画楼之东。绿油油的香草与天相连，落花飘红，浸在深深的流水中。这么美好的景色，能与谁一同欣赏呢？

简评

春已逝去，人还孤独。良辰美景，无人共赏，失落惆怅。

赤枣子

风淅淅，雨纤纤[1]。难怪春愁细细添。记不分明疑是梦，梦来还隔一重帘。

注释

①纤纤：形容细长。

译文

风声轻微，雨丝细长。怪不得春天的愁绪细细增添。往事记不清楚，怀疑是梦境，醒来一看，还隔了一层厚厚的帘幕。

简评

代言之作，抒写春愁。简淡清新。

玉连环影

才睡。愁压衾花碎。细数更筹[1]，眼看银虫坠[2]。梦难凭。讯难真。只是赚伊终日两眉颦。

注释

①更筹：古代夜间报更用的计时竹签。南朝梁庾肩吾《奉和春夜应令》："烧香知夜漏，刻烛验更筹。"

②银虫：灯花。

译文

刚刚睡下。愁思太重，仿佛把衾被上的花卉图案都要压碎。细细数着更筹，眼看着灯花落下。梦境不可信，音讯难成真，只是赢得她终日里蹙起的两弯蛾眉。

简评

愁思之作，细腻动人。"愁压衾花碎"一句，生动形象，颇有韵致。

如梦令

万帐穹庐人醉[1]。星影摇摇欲坠。归梦隔狼河，又被河声搅碎。还睡。还睡。解道醒来无味。

注释

①穹庐：圆形的毡帐。

译文

千万顶行军毡帐中，将士们酩酊大醉，星空仿佛也摇摇欲坠。回家的梦被白狼河阻隔，又被滔滔河水声搅得粉碎。继续睡吧，继续睡吧，我知道，梦醒之时，会更加百无聊赖。

简评

词作首二句描绘塞外之景，大气磅礴。“归梦”句以下表达思乡之情，一副愁人肝肠，令人心生怜悯。

天仙子

月落城乌啼未了[①]。起来翻为无眠早。薄霜庭院怯生衣[②]，心悄悄。红阑绕。此情待共谁人晓。

注释

①“月落”句：见唐张继《枫桥夜泊》：“月落乌啼霜满天，江枫渔火对愁眠。”

②生衣：夏衣。见唐王建《秋日后》：“立秋日后无多热，渐觉生衣不着身。”

译文

月亮落下了，城头的乌鸦还在啼叫不止。起床吧，反正早就睡不着了。清晨庭院里一层薄霜，凉意袭人，夏衣已不胜其寒，心中黯然。红色栏杆曲折环绕，这份感情又有谁能明白呢？

简评

此词刻画一个因相思萦怀而失眠的主人公形象。抒写性灵，明白如话，真挚自然。

浣溪沙

锦样年华水样流。鲛珠迸落更难收[1]。病余常是怯梳头。　一径绿云修竹怨[2]。半窗红日落花愁。愔愔只是下帘钩。

注释

①鲛珠：喻泪珠。

②绿云：喻繁茂的绿色枝叶。

译文

锦绣一般的美好年华像流水一般逝去。一想到此就泪如雨下，难以停止。病体痊愈之后常常不敢梳头。小径中，绿竹枝繁叶茂，满满的都是愁怨。半窗落日映衬着落花，飘扬的也都是愁绪。怏怏地放下帘钩。

简评

叹年华流逝，叹多愁多病，叹春事消歇，叹闺中寂寞，全词承载着浓浓的愁情，虽不离传统题材，却也婉丽动人。

又

肯把离情容易看。要从容易见艰难。难抛往事一般般[①]。　　今夜灯前形共影，枕函虚置翠衾单。更无人与共春寒。

注释

①一般般：一件件，一样样。

译文

愿意将别离当作寻常之事来看，但更从寻常中看出苦痛。这苦痛就来自于对一件件往事放不下。今夜，灯前只有形影相伴，匣状枕空放床头，翠被亦孤单，更没有人一起感受这料峭的春寒。

简评

上片写离情，百转千回。下片写孤寂和怀思之意，移情于景，情景兼融。全词透着寂寞和伤感的情绪。

又

已惯天涯莫浪愁[①]。寒云衰草渐成秋。漫因睡起又登楼。　　伴我萧萧惟代马[②]，笑人寂寂有牵牛[③]。劳人只合一生休[④]。

注释

①浪愁：空愁。见宋杨万里《无题》："渠侬狡狯何须教，说与旁人莫浪愁。"

②代马：北方所产之马。三国魏曹植《朔风诗》："仰

彼朔风，用怀魏都。愿骋代马，倏忽北徂。”唐刘良注：“代马，胡马也。”

③ 牵牛：即牵牛星，俗称牛郎星。

④ 劳人：忧伤之人，这里为自指。《诗经·小雅·巷伯》：“骄人好好，劳人草草。苍天苍天，视彼骄人，矜此劳人。”

译文

已经习惯浪迹天涯，不要徒然地发愁。到处是寒冷的云和衰枯的草，秋意渐浓。刚刚睡醒，又茫然地登楼。静静陪伴我的唯有胡马，连牵牛星也嘲笑我孤独一人。忧伤的人怕要一辈子都忧愁不已吧。

简评

此词写羁旅在外的隐恨，颇有牢骚不平之气。

采桑子

居庸关[①]

嶲周声里严关峙[②]，匹马登登。乱踏黄尘。听报邮签第几程[③]。　　行人莫话前朝事，风雨诸陵。寂寞鱼灯[④]。天寿山头冷月横[⑤]。

注释

① 居庸关：关名，在北京昌平，距北京市区 50 公里，是长城的重要关口之一。据传秦修长城时，将一

批庸徒（佣工）徙居于此，故得名“居庸”。

② 嶲周：车轮转动一周。嶲，通“规”。

③ 邮签：古代驿馆夜间报时之器，即漏筹。唐杜甫《宿青草湖》：“宿桨依农事，邮签报水程。”

④ 鱼灯：用人鱼膏制成的灯烛，置于帝王陵寝，可长久不灭。《史记·秦始皇本纪》：“葬始皇骊山……以人鱼膏为烛，度不灭者久之。”

⑤ 天寿山：在北京昌平东北。明永乐七年建山陵，得名天寿山，为明代皇陵所在地。

译文

车轮转动声中，越过地势险要的居庸关，马蹄乱踏，登登作响，黄色的尘土飞扬。听驿馆的漏筹报时，行旅之人休要评论前朝的兴亡，散开的皇陵笼罩在风雨中。陵墓中的灯火孤零零地闪烁。天寿山顶，一轮明月当空，清冷幽寒。

简评

此词将鞍马行役之苦与历史兴亡之叹结合，融沧桑感于凄凉中，颇见沉郁之致。

清平乐

发汉儿村题壁[①]

参横月落[②]。客绪从谁托。望里家山云漠漠。似有红楼一角[③]。　不如意事年年。消磨绝塞风烟[4]。输与五陵公子[5]，此时梦绕花前。

注释

①汉儿村：今河北迁西县汉儿庄乡。

②参：星名，白虎七宿之一。参星横斜，即谓夜已深。唐柳宗元《龙城录·赵师雄醉憩梅花下》："相顾月落参横，但惆怅而尔。"

③红楼：代指家园之楼阁。

④绝塞：极远的边塞地区。

⑤五陵公子：指京都的富豪子弟。五陵，指汉、唐时长安、咸阳附近的帝王陵墓。后以五陵代指京都繁华之地。

译文

参星横斜，月亮已落，旅居他乡的愁绪无所寄托。向远方望去，故乡行云蒙蒙，似露出一角红楼。年年都有不如意之事，在边塞的风尘烟雾中蹉跎。比不上京都的富豪子弟，此时正做着花前月下的美梦。

简评

写羁旅在外的思念之情，不直写思念而思念之意自现。"似有红楼一角"分明是想念家中的她了，隐曲委婉。

又

角声哀咽。襆被驮残月[1]。过去华年如电掣。禁得番番离别。　　一鞭冲破黄埃[②]。乱山影里徘徊。蓦忆去年今日，十三陵下归来。

注释

① 襆被：用包袱裹衣被，即行李。

② 一鞭：喻指一抹斜阳。

译文

号角声哀伤幽咽，残月照上行李。过往的年华如同闪电一般迅速逝去，哪里还禁得住几番离别。一抹斜阳穿透黄色的尘土，仿佛在群山影中徘徊。突然想起去年的今天，我刚从十三陵下回来。

简评

上片写行役的艰辛、年华之流逝和连番离别，凄凉伤感。下片首二句写日落荒山，与凄凉的心境相映。末二句似以平淡的叙述出之，却倍添怅惘伤感之意。

又

画屏无睡[①]。雨点惊风碎[②]。贪话零星兰焰坠[③]。闲了半床红被。　　生来柳絮飘零。便教咒也无灵[④]。待问归期还未，已看双睫盈盈。

注释

① 画屏无睡：见唐温庭筠《池塘七夕》："银烛有光

妨宿燕，画屏无睡待牵牛。”

②“雨点”句：见宋张辑《疏帘淡月》：“梧桐雨细，渐滴作秋声，被风惊碎。”

③兰焰：灯花。

④咒：祈祷。

译文

描花的屏风里，彼此无眠。雨点突被风吹，碎落一地。絮语绵绵，空使灯花坠落，锦被闲置。生来就注定要如柳絮般飘零一生，即使祈祷也没有用。你想问我何时归来，还没等开口，却已泪眼盈眶。

简评

此词上片写将别时的无眠与絮语，难舍难分之情尽在其中。下片感慨身世飘零，并回忆她“未语泪先流”的娇柔怜爱之态。

秋千索

锦帷初卷蝉云绕[①]。却待要、起来还早。不成薄睡倚香篝[②]，一缕缕、残烟袅。　绿阴满地红阑悄，更添与、催归啼鸟。可怜春去又经时[③]，只莫被、人知了。

注释

①蝉云：蝉鬓，此处谓头发蓬乱。

②香篝：熏笼。

③经时：许久，历久。

译文

锦帐刚刚卷起，蝉鬓如云般绾绕。想要起来，天色还早。小睡不成，斜倚熏笼，一缕缕残烟袅袅升腾。满地树影婆娑，红色栏杆处一片寂静。更添了几声杜鹃声，似在催人归去。春天过去好长时间了，只是没有被人感知到罢了。

简评

此词写伤春之情。上片写女子的慵懒之态，炉烟袅袅恰似愁思萦怀。下片写室外的阑珊春景，寂静中生出无端的孤清。全词简淡清婉，颇有韵致。

浪淘沙

秋思

霜讯下银塘[①]。并作新凉。奈他青女忒轻狂[②]。端正一枝荷叶盖，护了鸳鸯。　燕子要还乡。惜别雕梁。更无人处倚斜阳。还是薄情还是恨，仔细思量。

注释

①霜讯：即霜信，霜期来临的消息。银塘：清澈明净的池塘。

②青女：传说中掌管霜雪的女神。借指霜雪。

译文

清澈明净的池塘已现霜降的信息，秋天到了，天气转凉。无奈霜冷风疾。幸好有一枝挺直的荷叶，遮护了鸳鸯。燕子要飞回家乡，与华丽的梁柱依依惜别。在那无人处，那人独自在斜阳中倚靠着。到底是怨薄情还是愁离恨，得仔细想想了。

简评

词作从景物落笔，将秋之萧瑟传达，同时又流露出愁意。全词多用白描，明白如话，清丽自然。

虞美人

秋夕信步

愁痕满地无人省。露湿琅玕影[①]。闲阶小立倍荒凉。还剩旧时月色在潇湘[②]。　薄情转是多情累。曲曲柔肠碎。红笺向壁字模糊。忆共灯前呵手为伊书。

注释

①琅玕：形容竹之青翠，亦指竹。

②旧时月色：见宋姜夔《暗香》："旧时月色，算几番照我，梅边吹笛。"潇湘：见唐刘禹锡《潇湘神》："楚客欲听瑶瑟怨，潇湘深夜月明时。"

译文

满地的青苔如愁痕点点，却无人发觉。露水沾湿了青竹，竹影婆娑。独自伫立在无人的台阶上，倍觉凄凉。只剩那旧时的月色还孤独地照着一片竹林。薄情反被多情累，九曲柔肠，寸寸痛断。面壁看，粉红色的笺纸上，字迹已经模糊不清。想起当年和她一起在灯前，呵着手为她写字的情景。

简评

“欢愉之辞难工，穷苦之言易好”，纳兰写愁，更能入人骨髓。词上片写尽萧瑟、孤清的秋意，醇美而凄凉。下片写情。因多情而柔肠寸断，因多情而怀思往事，曾经的温馨一刻不正凸显了此时的茕茕孑立？

补遗卷二

渔父

收却纶竿落照红。秋风宁为翦芙蓉[1]。人淡淡，水濛濛。吹入芦花短笛中。

注释

① 芙蓉：荷花的别名。

译文

收起钓竿，夕阳的余晖已红彤彤一片。秋风劲吹，难道要把荷花剪平整？远处人影若隐若现，流水一片迷蒙，芦花荡中传来悠悠的笛声。

简评

此词题于徐釚《枫江渔父图》，为题画之作。唐圭璋谓此词：“一时胜流，咸谓此词可与张志和《渔歌子》并传不朽。”全词平易简淡，意境空灵。

菩萨蛮

过张见阳山居赋赠[1]

车尘马迹纷如织。羡君筑处真幽僻。柿叶一林红。萧萧四面风。　　功名应看镜[2]。明月秋河影。安得此山间。与君高卧闲[3]。

注释

①张见阳：张纯修，号见阳。

②“功名”句：见宋陆游《秋郊有怀》：“挂冠易事耳，看镜叹勋业。”

③高卧：指隐居不仕。南朝宋刘义庆《世说新语·排调》：“卿（谢安）屡违朝旨，高卧东山，诸人每相与言：‘安石不肯出，将如苍生何？今亦苍生将如卿何！’谢笑而不答。”

译文

（尘世喧哗）车马往来不绝，纷纷如织。羡慕你的住处可真是幽静偏僻。满林柿叶绯红，四面萧萧风吹。容颜易老，功名未就。一轮明月，影落银河。如何能够来到此山，与你一起悠然归隐。

简评

此词借赋赠张见阳山居，再一次表明词人意欲回归山林的理想，实属借题发挥。词以尘世的车马纷繁来反衬山居的静谧安闲和景色优美，从而表明归隐之意，艳羡和惆怅并存。

南乡子

秋莫村居[①]

红叶满寒溪。一路空山万木齐。试上小楼极目望，高低。一片烟笼十里陂[②]。　　吠犬杂鸣鸡[③]。灯火荧荧归路迷[④]。乍逐横山时近远，东西。家在寒林独掩扉。

注释

①秋莫：即秋暮。

②“一片”句：唐韦庄《台城》：“无情最是台城柳，依旧烟笼十里堤。”

③“吠犬”句：形容百姓安居乐业。《孟子·公孙丑上》：“鸡鸣狗吠相闻，而达乎四境，而齐有其民矣。”

④荧荧：光芒闪烁貌。

译文

寒冷的溪上飘满红色落叶，一路上山林寂静无人，树木整齐划一。试着登上小楼极目远眺，群山高低连绵。十里山坡，一片烟雾笼罩。狗吠声夹杂着鸡鸣，灯光闪烁，找不到回去的路。沿着横亘之山而行，忽远忽近，时东时西。家在秋冬的林木深处，正孤独地关着门儿。

简评

此词写田园风光，空灵静谧，恬淡安逸。虽写无我之境，却处处可以感受到词人那跃动的欣喜和向往。

雨中花

楼上疏烟楼下路。正招余、绿杨深处。奈卷地西风，惊回残梦，几点打窗雨。　夜深雁掠东檐去。赤憎是、断魂砧杵[1]。算�酒忘忧，梦阑酒醒，愁思知何许。

注释

①赤憎：可恶，可恨。

译文

楼上炉烟冷落，楼下小径幽幽，正召唤着我往那绿杨深处走去。无奈秋风席卷，令我从梦中惊醒。几点雨正敲打着窗棂。夜已深了，大雁掠过东边的屋檐飞去。最可恨的是，令人伤感的捣衣声不绝于耳。料想喝酒能忘掉忧愁，然而梦残酒醒之际，忧愁的思绪又不知道会有多少。

简评

词作以梦境入手，西风惊梦，雨打窗棂，打破了深夜的寂静。结尾处词人欲借酒消愁。全词幽怨凄清，令人心生爱怜。

满江红

为曹子清题其先人所构楝亭，亭在金陵署中[1]

籍甚平阳[2]，羡奕叶、流传芳誉[3]。君不见、山龙补衮[4]，昔时兰署[5]。饮罢石头城下水[6]，移来燕子矶边树[7]。倩一茎、黄楝作三槐[8]，趋庭处[9]。　　延夕月，承晨露。看手泽[10]，深余慕。更凤毛才思[11]，登高能赋[12]。入梦凭将图绘写，留题合遣纱笼护[13]。正绿阴、青子盼乌衣[14]，来非暮[15]。

注释

①曹子清：曹寅，字子清，号荔轩，又号楝亭。《红楼梦》作者曹雪芹的祖父，纳兰性德之友。曹寅之父曹玺在江宁，曾植楝树一棵，并于旁筑亭。后曹寅重构亭，并题为楝亭，邀请人绘图题词。故纳兰此词亦为题图之作。金陵：今江苏南京。

②籍甚：盛大。《汉书·陆贾传》："贾以此游汉廷公卿间，名声籍甚。"平阳：指平阳侯曹参。此处以曹参喻曹寅，赞其出身高贵。

③奕叶：世世，代代。

④山龙：指古代衮服或旌旗上的山、龙图案。补衮：补帝王所穿的衮龙之衣，喻辅佐帝王，规谏得失。

⑤兰署：即兰台，指秘书省。

⑥石头城：简称石城，又名石首城，故址在今江苏南京清凉山。此句典出南唐尉迟偓《中朝故事》卷上："（李德裕）居庙廊日，有亲知奉使于京口，李曰：'还日，金山下扬子江中泠水，与取一壶来。'其人举棹日醉而忘之。泛舟上石城下，方忆及，汲一瓶于江中，归京献之。李公饮后，惊讶非常，曰：'江表水味有异于顷岁矣。此水颇似建业石城下水。'其人谢过，不敢隐也。"

⑦燕子矶：地名。

⑧三槐：相传周代宫廷外种有三棵槐树，三公朝天子时，面向三槐而立。后因以三槐喻三公。《周礼·秋官·朝士》："面三槐，三公位焉。"宋邵伯温《闻见前录》卷八载：宋王祐尝手植三槐于庭，曰："吾子孙必有为三公者。"后其子旦果入相，天下谓之"三槐王氏"。

⑨趋庭：典出《论语·季氏》，用孔子教孔鲤学诗学礼故事。后因以"趋庭"谓子承父教。

⑩手泽：犹手汗。后多用以称先人或前辈的遗墨、遗物等。《礼记·玉藻》："父没而不能读父之书，手泽存焉尔。"

⑪凤毛：喻子孙有才似其父辈者。南朝宋刘义庆《世说新语·容止》："王敬伦风姿似父，作侍中，加授桓公公服，从大门入。桓公望之，曰：'大奴固自有凤毛。'"

⑫登高能赋：古代指大夫必须具备的九种才能之一，谓登高见广，能赋诗述其感受。汉韩婴《韩诗外传》卷七："孔子游于景山之上，子路、子贡、颜渊从。孔子曰：'君子登高必赋，小子愿者何？言其愿，丘将启汝。'"《汉书·艺文志》："传曰：不歌而诵谓之赋，登高能赋可以为大夫。"

⑬"留题"句：典出五代王定保《唐摭言·起自寒苦》王播先贫后富，题诗扬州惠昭寺的故事。

⑭青子：泛指尚未黄熟的果实。见宋文天祥《次约山赋杏花韵》："春老绿阴青子近，东风来往一吹嘘。"

⑮来非暮：《后汉书·廉范传》载："廉叔度任蜀郡太守，有德政。民作歌谣颂之：'廉叔度，来何暮，不禁火，民安作。'"

译文

（曹家）贵族世家，声名显赫，羡慕其世世代代美名流传。你没看到吗？昔日曹氏规谏得失、位高权重。饮完石头城下的水，又将燕子矶边的树移到园亭中，并移摘一棵黄楝当作古时的槐树，这里正是子承父教的地方。邀请傍晚的月亮，蒙受早晨的清露，看看先人的遗物，令人深深地羡慕。更继承了父辈的遗风，有着超人的才学。梦中将楝亭绘写，题字留念用碧纱笼遮护。楝树绿色成荫，青果累累，盼望显达之士不要来得太晚。

简评

歌功颂德之作往往流于媚俗，此词则不然。全词典故频用，结合楝亭景色和曹氏声望，恰到好处。虽算不上佳构，倒也别有韵味。

图书在版编目（CIP）数据

纳兰词评注 /（清）纳兰性德著；徐燕婷，朱惠国评注.
—北京：北京联合出版公司，2015.7（2023.8重印）
ISBN 978-7-5502-3913-5

Ⅰ.①纳… Ⅱ.①纳… ②徐… ③朱… Ⅲ.①词（文学）-注释-中国-清代 Ⅳ.①I222.849

中国版本图书馆CIP数据核字（2015）第143674号

纳兰词评注

作　　者：（清）纳兰性德
评　　注：徐燕婷　朱惠国
出 品 人：赵红仕
选题策划：梁明德　邵鹏军
责任编辑：王　巍
特约编辑：刘文硕
封面设计：格林文化
版式设计：格林文化

北京联合出版公司出版
（北京市西城区德外大街83号楼9层　100088）
天津丰富彩艺印刷有限公司　新华书店经销
字数161千字　960毫米×640毫米　1/16　印张29
2015年9月第1版　2023年8月第3次印刷
ISBN 978-7-5502-3913-5
定价：66.00元
